Emma Norden

Mila & Adesso

Galopp ins Glück

Loewe

Feriengluck im Sattel

Eine Mähne zum Kuscheln

Ferienglück im Sattel

Auf Sendung!

Mila drückte auf den roten Aufnahmeknopf. Auf dem Display ihres Fotoapparats erschienen eine breit grinsende Tini und Renate, das Mini-Appaloosa-Pony. Tini hatte an die Hinterseite ihrer Jacke zwei Krawatten genäht, die ihr nun in die Kniekehlen baumelten. Mila vermutete, dass das Kleidungsstück, so wie es jetzt aussah, einen Frack darstellen sollte, wie ihn beispielsweise Zirkusdirektoren trugen. Diese Vermutung wurde durch die Gerte in Tinis linker Hand und die Verkleidung von Renate noch unterstrichen. Die hatte nämlich einen bunten Indianerfederschmuck auf dem Kopf und einen Hula-Hoop-Reifen um den Bauch, an dem mehrere Fetzen roter Tüll befestigt waren.

Nicht dazu passte allerdings die Zahnpastatube, die Tini nun begeistert in die Kamera hielt. Dabei verkündete sie mit gebleckten Zähnen: „Nicht vergessen: ‚*Putziweiß* – zweimal täglich, zwei Minuten. Da schaut Ihnen jeder Gaul gern ins Maul.‘“

Mila wunderte sich ein wenig, beschloss aber, einfach weiterzufilmen.

Tini hörte auf, die Zähne zu fletschen, und quetschte die Zahnpastatube in die Hosentasche ihrer Reithose. Dann stellte sie sich breitbeinig hin und verkündete in die Kamera: „Hallo, ich bin Tini und das“, sie deutete auf Renate, „ist Renate, das allerbeste, allerliebste und allerschlaueste Pony auf der ganzen Welt.“ Renate wandte sich mäßig interessiert ab und schnüffelte an dem Reifen, der sich mittlerweile zwischen ihren Vorderbeinen verheddert hatte. Doch Tini strahlte sie verliebt an und fuhr fort: „Meine lieben Zuschauer, herzlich willkommen bei *Renate ist die Größte!* In meinem neuen Videokanal möchte ich euch heute eine absolut einmalige Sensation zeigen!“

Tini riss die Augen auf und die Arme nach oben.

Renate schnupperte immer noch am Hula-Hoop-Reifen herum.

„Ein Pony, das durch einen brennenden Reifen springt! Tadaaa!“

Mit diesen Worten befreite sie Renate von dem Reifen und hielt ihn ihr vor die Nase. Renate machte nicht die geringsten Anstalten, das Ding vor ihr auch nur irgendwie zu beachten – geschweige denn hindurchzuspringen. Sie stand einfach da und sah Tini an.

Verlegen lächelte Tini in die Kamera. „Manchmal brauchen auch begabte Pferde eine kleine Extramotivation", erklärte sie. Dann holte sie aus der zahnpastatubenfreien Hosentasche eine kleine schrumpelige Möhre heraus und hielt sie Renate hin. „Na komm, spring!", forderte sie das kleine gescheckte Pony auf.

Doch Renate schüttelte den Kopf und schnaubte. Sie schenkte der Möhre keinerlei Beachtung und trottete stattdessen zu Mila.

„Ich glaube, ich habe sie zu sehr verwöhnt", meinte Tini empört. „Du kannst die Kamera ausschalten. Das war ja wohl voll die Pleite!"

Mila strich sich eine braune Strähne aus dem Gesicht, drückte abermals auf den roten Knopf und ließ die Kamera sinken. Tini sah so bedröppelt drein, dass Mila sie am liebsten sofort in die Arme genommen und geknuddelt hätte.

„Ist doch nicht so schlimm", versuchte Mila ihre kleine Cousine zu trösten. „Filme mit Tieren sind schwierig. Da braucht man immer ein paar Versuche, bis es klappt!"

Tini zog die Oberlippe kraus. „Ja, logo, aber doch nicht mit Renate. Ich habe ihr vorher alles erklärt. Und sie hat es auch verstanden, das habe ich ganz deutlich gemerkt."

Mila strich Tini über die langen blonden Haare. „Na komm. Wir probieren es später noch einmal."

„Aber ich wollte den Film doch heute in dieses Netz stellen. Damit alle es sehen können. Mama hat gesagt, wir können einen Block auf einem Pokal aufmachen."

Mila stutzte. Einen Block auf einem Pokal aufmachen?

„Meinst du vielleicht, dass du einen Blog auf einem Portal aufmachen willst?", fragte Mila. „Einen Internetblog?"

„Hab ich das nicht gesagt?" Tini hob verwundert die Augenbrauen. „Ich will ein Tubenstar werden und ganz viel Geld verdienen, damit Mama nie mehr arbeiten muss."

Mila kicherte. Ein Tubenstar? Das wurde ja immer besser … Nun ergab auch der Werbeslogan mit der Zahnpastatube plötzlich Sinn. Tini hatte da etwas missverstanden. Das war einfach zu witzig. „Dann wünsche ich dir auf jeden Fall viel Glück und dass viele Leute in diesem *Netz* deinen Film ansehen!", sagte Mila schnell und drehte ihr Gesicht weg, damit Tini nicht sah, wie sehr sie lachen musste.

Tini nickte. „Bestimmt. Jeder, der Renate sieht,

liebt sie. Das ist einfach so", stellte sie fest. Sie ging zu Renate hinüber, die sich zur Abkühlung im noch feuchten Gras wälzte, und vergrub ihre Nase in Renates weicher Mähne.

Mila sah ihre kleine Cousine und ihr Minipony gerührt an. Dass Renate auf ihre alten Tage mit so viel Liebe überschüttet werden würde, hätte noch vor einem halben Jahr niemand geahnt. Sicher: Auch Mila liebte das kleine Pony, auf dem sie ihre ersten Reitversuche unternommen hatte, sehr. Aber seit sie Adesso von ihrem Vater geschenkt bekommen hatte, musste sie ihre Aufmerksamkeit auf zwei Pferde aufteilen.

Mila ließ ihre Gedanken zu Aurelie und ihrem Reitstall wandern, auf dem sie bis vor Kurzem den größten Teil ihrer Freizeit verbracht hatte, und ein behagliches, warmes Gefühl breitete sich in ihrem Bauch aus. In ihrer Vorstellung war alles zum Greifen nah: der Duft des Stalls, Aurelies braune lustige Locken, die sie meist zu einem lockeren Knoten aufsteckte, und die gemütliche Reiterstube, in der sie nach dem gemeinsamen Reiten immer eine Tasse Rotbuschtee getrunken hatten.

Gleichzeitig war dieses Leben mittlerweile auch in weite Ferne gerückt. Milas Eltern waren Ärzte und vor einem guten halben Jahr hatten sie sich entschlossen, für eine längere Zeit nach Kenia zu gehen. Und sie hatten *außerdem* beschlossen, Mila im *Pferdeinternat Inselglück* auf der Insel Marum unterzubringen, solange sie beruflich unterwegs waren. Zunächst war Mila mit dieser Idee alles andere als einverstanden gewesen. Sie hatte nicht auf ein Internat gehen wollen. Schon gar nicht auf eines, bei dem das Turnierreiten so im Mittelpunkt stand wie auf *Inselglück*. Schließlich sollte Reiten Spaß machen und keinen Stress erzeugen. Doch trotz aller anfänglichen Bedenken war das Internat mittlerweile zu Milas zweitem Zuhause geworden. Nicht zuletzt dank ihrer Tante Caro, die im Internat Mathe unterrichtete und mit ihrer Tochter Tini auch dort lebte. Außerdem hatte Mila auf der Insel echte Freunde gefunden, unter anderem ihre allerbeste Freundin Charly.

Und wenn Mila ehrlich war, konnte sie sich das Leben gar nicht mehr so recht ohne Marum, seine langen Strände, den unverwechselbaren Wind und seine freundlichen Bewohner vorstellen. Vor allem nicht ohne einen bestimmten Bewohner: Jan, den Jungen vom Islandpferdehof, der in ihre Klasse ging. Seit ein paar Wochen waren sie sogar ein Paar. Sie lächelte, als sie an seine blonden Wuschelhaare und seine Sommersprossen dachte.

Vor drei Tagen hatten die Sommerferien begonnen und die meisten von Milas Mitschülern waren zu ihren Eltern nach Hause gefahren. Mila war froh, dass Charly eine Sondergenehmigung erhalten hatte, hierzubleiben. Zu Hause war Charly nämlich eine waschechte Prinzessin. Aber der Rummel nervte sie und sie hatte überhaupt keine Lust, mit ihren Eltern auf den Sommerlandsitz der Familie zu Löwenstein-Gabelsberg zu fahren und Charlotte Arlene (so hieß Charly mit vollem Namen) zu sein. Viel lieber wollte sie Charly genannt werden und auf ihrer Stute Vanilla reiten. Mila konnte das sehr gut verstehen.

Außer Charly, Tante Caro und Tini war nur die Köchin Frau Käthe im Internat geblieben. Und natürlich Herr Gründgen, der Stallmeister, und sein Sohn Michel.

Michel kam gerade mit einer Schubkarre zum Pferdeäpfelaufsammeln auf die Koppel gefahren. Er stellte die Karre ab und wischte sich mit der Hand den Schweiß von der Stirn. Dann schlenderte er zu ihnen herüber.

„Heute ist es einfach für *alles* zu heiß", stellte er müde fest. „Und ganz besonders zum Arbeiten. Was treibt ihr so?"

„Och, nichts Besonderes", antwortete Mila, schnappte sich die Mistschaufel und fing ganz selbstverständlich an, den Pferdemist auszuheben. „Wir versuchen, reich und berühmt zu werden."

Michel grinste. „Bin nicht sicher, ob das mit Pferdeäpfeln klappt."

Mila grinste zurück. „Kennst du etwa nicht die berühmte Pferdeapfel-Theorie? Es bringt Glück, wenn man sie aufsammelt. Je mehr, desto besser."

„Dann habe ich wohl für den Rest meines Lebens das Glück gepachtet", meinte Michel und machte eine Siegerfaust. „Yippie!"

Nun kam auch wieder Leben in Tini und sie schaute aus der mittlerweile ziemlich verstrubbelten Mähne von Renate zu ihnen hoch.

„Das hättest du mir mal früher sagen sollen", schmollte sie. „Deswegen ist sie also nicht gesprungen – wir hätten Pferdeäpfel gebraucht."

Verwirrt blickte Michel abwechselnd von Mila zu Tini. „Ich bitte um Aufklärung. Ich kapiere gar nichts."

Mila seufzte und reichte Tini die Schaufel. „Hier! Gib dein Bestes! Und dann sehen wir mal, ob Renate durch den Reifen geradewegs ins Internet springt."

Sehnsuchts-Cupcakes

Mila bürstete Adessos Rücken. Hatte sein Fell schon immer so geglänzt? Es kam ihr fast so vor, als könnte man sich darin spiegeln. Das war ein wirklich gutes Zeichen. Adesso fühlte sich hier auf *Inselglück* mehr als wohl und das Springtraining schien ihm auch nichts auszumachen. Er sah einfach toll aus und er war besser in Form als jemals zuvor.

Sie lehnte ihren Kopf an Adessos Kruppe und sog den warmen, erdigen Duft ein. Um nichts auf der ganzen Welt würde sie diese Momente aufgeben wollen. Adesso wandte den Kopf zu ihr nach hinten und schnaubte.

„Ich mach ja schon weiter mit der Extramassage", sagte Mila lachend. „Gefällt dir die neue Bürste? Und das Öl, das ich dir gekauft habe?"

Adesso schnaubte noch einmal.

Mila sprühte aus der Pumpflasche ein wenig Öl

auf Adessos Hals und begann, die Muskeln mit der Hand behutsam zu lockern.

„Schade, dass du mich nicht auch massieren kannst, mein Schöner", sagte Mila. „Meine Schultern könnten ebenfalls ein wenig Entspannung gebrauchen."

Michel sah über die Boxentür. „Stehe dir jederzeit zur Verfügung!", sagte er. „Ich bin Profi. Ich krieg alle Muskeln weich."

Mila wurde rot und begann zu schwitzen. Mist. Alles, nur das nicht … Michel hatte also gehört, was sie eben zu Adesso gesagt hatte. Er wusste doch, dass er für sie nur ein Freund war. Ein guter Freund. Musste er sie immer so in Verlegenheit bringen? Obwohl … wer sagte denn, dass das Massageangebot nicht rein freundschaftlich gewesen war?

„Äh … ja … danke. Später vielleicht", stammelte sie und verkroch sich mitsamt Sprühflasche und Bürste unter Adessos Bauch, damit Michel nicht sah, wie unangenehm ihr die Situation war.

Oh Mann, war das alles kompliziert. Michel hatte es zwar nie so richtig ausgesprochen, aber es war klar, dass er Mila mehr als nur nett fand. Von Anfang an. Und auch Mila mochte den ein Jahr älteren Michel sehr. Er blieb stets ruhig und überlegt und sie fühlte sich in seiner Gesellschaft pudelwohl. Richtig geborgen. Und sicher. Aber es waren eben eher Bruder-Schwester-Gefühle, die sie für ihn hatte. Nicht diese verliebten Schmetterlingsgefühle, die sie empfand, wenn sie an Jan dachte. Doof, dass der ausgerechnet die ersten zwei Wochen der Ferien bei seiner Oma in England war. Sie vermisste ihn. Die Sehnsucht hatte schon ein richtiges Loch in ihr Herz gebissen.

Michel hatte offensichtlich von dem Gefühlschaos in ihrem Inneren gar nichts mitbekommen, denn er schlug unbekümmert vor: „Habt ihr, du und Charly, nachher Lust auf einen kleinen Ausritt zu den Dünen? Ich muss Pferdinand noch ein wenig bewegen …"

Mila nickte. Michel kümmerte sich wirklich spitzenmäßig um das Schulpferd, das er in Pflege hatte.

„Klar, gerne", antwortete sie erleichtert. „Ich bin in zehn Minuten mit Charly bei Frau Käthe verabredet. Dann frage ich sie."

„Frau Käthe, Sie sind einfach die Beste, wissen Sie das?" Mila nahm sich einen riesigen Cupcake vom Tablett, das die Köchin ihr hinhielt.

„Klar weiß ich das." Frau Käthe lachte. „Ohne mich würdet ihr hier alle verhungern."

Mila nickte und biss ein Riesenstück aus dem rosafarbenen Cupcake. Dabei rutschte die aufwendige Verzierung aus Sahnehaube und dunkelroter Kirsche hinunter.

„Vorsicht. Notfall-Mundraub!“, rief Charly, duckte sich unter Milas Hand hindurch und ließ die Sahne mitsamt der Kirsche in ihren geöffneten Mund fallen.

„Oh, hoppla. Danke“, sagte Mila. „Ohne deinen vollen Körpereinsatz wär das eine ganz schöne Sauerei geworden.“

„Gern geschehen“, mampfte Charly mit vollen Backen und nahm sich selbst eines der duftenden Törtchen.

„Womit haben wir denn dieses Verwöhngebäck eigentlich verdient?“, fragte Mila, die plötzlich misstrauisch geworden war. Vielleicht erwartete Frau Käthe nun zehn Stunden Küchenmithilfe als Dank dafür?

Die rundliche Köchin rückte ihre Kochhaube zurecht und guckte Mila und Charly mitleidig an. „Ihr Schätzchen tut mir einfach so schrecklich leid!“ Dann ging sie auf die Mädchen zu und drückte sie so fest an sich, dass Mila der Atem wegblieb. Charly, die gerade wieder vom Cupcake abgebissen hatte, begann zu husten. „Ohne Mama und Papa, ganz allein hier auf der Insel. Das ist wirklich kaum zu ertragen. Ihr armen, armen Küken“, schniefte Frau Käthe.

„Aber …“ Charly wollte etwas einwenden, aber Frau Käthe drückte sie nur noch fester an ihre Brust und machte damit jedes weitere Wort unmöglich.

„Und dann ist Jan auch noch in England …“, schluchzte Frau Käthe weiter. Sie lockerte ihre Umarmung und die beiden Mädchen glitten an der Schürze der Köchin nach unten, bis sie wieder fest auf ihren eigenen Beinen standen.

Charly und Mila sahen einander an und mussten kichern.

„… und da dachte ich, ich back euch mal so richtig schöne Cupcakes. Was für Leib und Seele, ihr wisst schon.“

„Alles halb so wild, Frau Käthe“, meinte Charly, als sie ihren Cupcake fast vollständig vertilgt hatte. „Es geht uns eigentlich ganz gut. Und wir sind ja freiwillig in den Sommerferien hier im Internat geblieben.“

Mila rollte mit den Augen und bedeutete Charly, leise zu sein. Dann zog sie ihre Mundwinkel nach unten und flüsterte: „Charly, du musst hier nicht die Starke spielen. Es stimmt. Es geht uns überhaupt nicht gut und es ist gerade nicht leicht für uns. Wir fühlen uns schrecklich allein.“ Mila tat so, als müsste sie sich eine Träne aus dem Augenwinkel wischen.

Charly sah Mila verständnislos an.

„Ich wusste es!“ Frau Käthe griff sich einen Teller und schichtete in Windeseile alle Törtchen darauf. „Hier, nehmt sie alle mit. Das ist wenigstens ein kleiner Trost.“

Mila nickte mit ernstem Gesicht. „Ich danke Ihnen. Sie haben unser Elend damit wirklich versüßt.“

Charly packte mit an und gemeinsam trugen sie den Kuchenberg aus der Küche.

„Sag mal, das stimmt doch gar nicht“, sagte Charly empört. „Uns geht es doch prima. Oder habe ich irgendwas verpasst?“

Mila grinste. „Nee, hast du nicht. Aber diese kleine Notlüge hat uns genug Proviant für unseren Strandausritt eingebracht.“

Lange Sommerweile

Mila ließ sich auf Charlys Bett plumpsen. „Ich habe das Gefühl, die Cupcakes sind in meinem Bauch noch einmal aufgegangen", stöhnte sie. „Ich platze."

„Ich will dir ja nicht zu nahe treten, aber du hast sechs Stück verdrückt! Da muss nichts mehr aufgehen, das ist einfach zu viel", stellte Charly nüchtern fest.

Mila rollte sich schwerfällig herum und stützte ihren Kopf auf die Hand. „Okay, hast ja recht. Aber ich habe nicht so viel gegessen wie Renate. Hast du gesehen, wie Tini sie mit den selbst gebackenen Hafer-Apfel-Pferdeleckerlis gemästet hat?" Mila kicherte. „Die Dinger haben den Test echt bestanden. Dann kann Tini sowohl das Rezept als auch eine überglückliche und pummelige Renate ins Netz stellen."

„Ist doch süß, dass Tini ihr eigenes Geld verdienen will“, meinte Charly. „Vielleicht wird *Cindy* auf Tini aufmerksam und sie wird berühmt?“ Charly nahm die neueste Ausgabe der Krimi-Pferdezeitschrift zur Hand, die Tini bei ihr vergessen hatte. Diesmal hatte Comic-Cindy einen Fall auf einem benachbarten Bauernhof zu lösen. Außerdem hatte sie unzählige Tipps in Sachen Pferdefrisuren parat. Eigentlich gefiel Mila die Zeitschrift nicht besonders, aber seit sie vor einiger Zeit mit Cindys Hilfe Michel hatte helfen können, blätterte sie ganz gerne darin herum.

Mila streckte die Beine aus. Der Ausflug war schön gewesen. Sommer, Sonne und Strand gehörten mittlerweile genauso zu ihrem Leben wie Adesso und Renate. Adesso liebte es, im Wasser zu tollen und sich ein wenig abzukühlen – das Thermometer zeigte seit Tagen deutlich mehr als 30 °C an. Und Mila liebte das Gefühl, über den Strand zu galoppieren. Der weiche Untergrund, Adessos geschmeidige Bewegungen und der salzige Duft vom Meer – in diesen Augenblicken wusste Mila, dass alles gut und richtig war. Und dass sie alle kommenden Probleme auf Adessos Rücken lässig überspringen würde.

Als sie von Kopf bis Fuß durchnässt gewesen waren, hatten sie sich im Windschatten einer Düne niedergelassen und Frau Käthes Cupcakes gegessen. Tini hatte noch eine Kanne Kakao dabeigehabt.

Pferdinand, Adesso, Renate und Vanilla, Charlys Stute, hatten währenddessen miteinander gespielt. Wobei die kleine Renate eindeutig der größte Frechdachs gewesen war. Obwohl Tini für alle Pferde gleich viele Leckerlis gebacken hatte, war mindestens die Hälfte sofort in Renates Maul gelandet.

„Vermisst du Jan?", fragte Charly plötzlich.

Mila sah ihre beste Freundin an. „Was denkst du denn? Na klar. Schließlich sind wir gerade auf zwei verschiedenen Inseln. Und irgendwas stimmt nicht mit der Verbindung. Immer wenn ich mit ihm skype, ist plötzlich sein Bild weg. Oder ich sehe ihn, höre aber nicht mehr, was er sagt. Total nervig. Ich bin schon Halbprofi im Lippenlesen."

„Da gäbe es natürlich noch die gute alte Telefonverbindung", witzelte Charly. „Vielleicht wäre das die Lösung?"

„Ich will eben das gesamte Paket. Und wenn ich ihn schon nicht umarmen und riechen kann, dann will ich ihn wenigstens sehen." Sie blickte gedankenverloren in die Ferne. „Ich weiß nur nicht, ob er mich genauso vermisst wie ich ihn."

„Wieso denkst du das?", fragte Charly erstaunt. „Jan ist doch so verknallt in dich, dass jede seiner

Sommersprossen zu strahlen beginnt, wenn er dich sieht!“

Mila lächelte. Ach ja, Jans süße Sommersprossen … und seine wilden blonden Wuschelhaare …

„Weiß auch nicht genau“, meinte Mila unsicher. „Er scheint ganz schön viel Spaß zu haben. Er geht jeden Abend auf den Pier – mit Linda. Das ist die Nachbarstochter von Oma Rose.“

„Bist du eifersüchtig?“, fragte Charly. „Auf diese Linda? Das brauchst du nicht, echt. Dass Jan so happy ist, hat überhaupt nichts zu bedeuten. Du kennst ihn doch. Er ist immer so fröhlich. Deswegen liebst du ihn ja.“

Mila musste Charly recht geben. Aber trotzdem – jetzt, da Charly es so deutlich aussprach, merkte sie, dass es ihr alles andere als einerlei war, dass er so viel Spaß mit diesem Mädchen hatte.

Sie zwang sich zu einem Lächeln, schnappte sich die *Cindy* und deutete auf einen der Frisurenvorschläge für die Pferdemähne. „So, Prinzessin Charly“, sagte sie und zog eine Augenbraue nach oben. „Welchen Zopf soll das Prinzessinnenpferd Vanilla bekommen? Fischgräte oder eingedrehte Schnecken?“ Sie musste dringend auf andere Gedanken kommen. Ganz, ganz sicher machte sie sich einfach zu viele Sorgen und Jan vermisste sie genauso sehr wie sie ihn …

Eiszeit

Tini hatte den Bollerwagen aus dem Schuppen geholt und Renate angespannt.

Jetzt rumpelte sie im Kreis an Mila und Charly vorbei, die im Hof standen.

„Ach du liebe Zeit! Was ist das denn? Und dann auch noch so früh am Morgen." Mila gähnte.

„Es ist schon fast Mittag", sagte Charly. „Du bist echt 'ne alte Schlafmütze!"

„Noch nie was von römischen Streitwagen gehört?", rief Tini und musste sich schnell festhalten, weil Renate in den Trab fiel. „Ich bin eine Gladiatorin!"

Charly hielt sich die Hand vor den Mund, um nicht laut loszuprusten. Und Mila wurde schlagartig klar, warum Tini einen Kochtopf auf dem Kopf hatte, an dem eine Spülbürste befestigt war. Mila grinste. Ohne ihre Cousine wären diese Sommerferien wesentlich langweiliger.

„Aus dem Weg!", brüllte Tini, die im Affentempo zurückkam. Charly und Mila mussten sich mit einem Sprung vor Tini und ihrem Streitross in Sicherheit bringen.

„Das war knapp!", stöhnte Mila.

„Guck mal, was vorhin in meinem Postfach war", sagte Charly und wedelte Mila mit einem grellbunten Flyer vor der Nase herum. „Am Hafen hat eine neue Eisdiele eröffnet! Vielleicht können wir Tini auf andere Gedanken bringen, ohne in Gefahr zu geraten, dass sie uns umnietet."

Mila schnappte sich den Zettel und studierte ihn. *Erleben Sie die neue Eiszeit auf Marum*, stand da in fetten Buchstaben. *In der ersten Woche kostet jede Kugel nur die Hälfte!*

„He, wie lange hast du das Ding schon, ohne mir etwas davon zu sagen?", fragte Mila empört.

„Wieso? Du hast doch gestern über deinen vollen Cupcake-Bauch gestöhnt. Kann ich ja nicht ahnen, dass du jetzt schon wieder Lust auf Eis hast." Charly guckte gespielt grimmig, dann lächelte sie. „Lass uns losreiten, bevor das Eis aus ist!"

Tini hatte mit halbem Ohr zugehört – zumindest immer dann, wenn sie gerade an Mila und Charly vorbeigerumpelt war. „Was habt ihr da?", fragte sie neugierig.

Als Mila ihr den Flyer zeigte, war sie sofort

Feuer und Flamme. Sie sprang aus dem Bollerwagen und raste in den alten Teil des Internats, in dem sich die Klassenzimmer und die Lehrerwohnungen befanden. Da Caro Hofer im Internat Mathe unterrichtete, wohnte Tini dort. Anders als die Internatsschüler, die im modernen Wohntrakt untergebracht waren.

„Ich schlachte nur schnell mein Sparpferd", rief sie Charly und Mila zu. Renate schüttelte den Kopf, schnaubte laut und äpfelte auf den Hof.

Eine Viertelstunde später waren sie auf dem Weg zum Hafen. Adesso und Vanilla trotteten nebeneinander her. In der gleißenden Sonne schimmerten Vanillas und Adessos Fell wie Milchreis mit Schokosoße.

Mila freute sich auf das Eis. Es half gegen die Hitze und natürlich auch gegen die Jan-Sehnsucht.

Renate stampfte gleichmütig hinter den beiden Pferden her. Tini hatte sich in den Bollerwagen gesetzt und die Augen geschlossen. Anscheinend vertraute sie Renate blind.

Der lehmige Boden hatte Risse, weil es so lange nicht geregnet hatte. Das war ungewöhnlich. Marum war eine kleine Insel und da änderte sich das Wetter oft recht schnell. Mila mochte den Regen. Danach erschien ihr alles bunter und sie liebte den Geruch von nasser Erde. Aber heute würde es wohl keine Abkühlung von oben geben. Der Himmel strahlte ohne das kleinste Wölkchen und auch der Wetterbericht sagte nur neue Temperaturrekorde voraus. Mila kräuselte die Nase. Auf Marum war man vom Meer nie weit entfernt und daher schmeckte und roch die Luft immer ein wenig nach Salz. Doch je näher sie dem Hafen kamen, desto mehr mischten sich die Gerüche von Algen, Fisch und Schiffsbenzin darunter.

Sie bogen in die geteerte Straße ein und machten die Pferde an einer Holzstange bei den Dünen fest. Niemand wunderte sich darüber. Jeder Einwohner von Marum wusste, dass die Schüler vom Pferdeinternat nur ganz selten ohne ihre Lieblinge unterwegs waren.

„Da vorne ist es!", rief Tini aufgeregt. Auch Mila konnte das neue Eiscafé nun gut erkennen. Das *Eiszeit* war in den leer stehenden Laden neben dem Fischkiosk *Hansemann* eingezogen. Über der Eingangstür prangte eine rot-weiß gestreifte Markise und der Besitzer hatte verschiedenartige bunte Holzstühle an runde weiße Tische gestellt. Es sah richtig gemütlich aus.

„Ich weiß, wo wir ab jetzt suchen müssen, wenn wir Tini und Renate nicht finden können", witzelte Charly.

„Und ich weiß, was mit Tinis selbst verdientem Geld passieren wird." Mila knuffte Tini in die Seite. „Stimmt's?"

Tini antwortete nicht. Sie starrte wie hypnotisiert auf die Eisdiele. Oder vielmehr auf das, was in Überlebensgröße danebenstand: ein weißer Hase mit zwei riesigen Eiswaffeln in jeder Pfote.

„Ein Schneehase", raunte sie entzückt und lief, ohne nach links und rechts zu sehen, auf das Plastik-Aufstelltier zu.

„Die haben offensichtlich genau Tinis Geschmack getroffen", sagte Mila grinsend. „Und dabei hat sie das Eis noch nicht mal probiert!"

„Sieht aber wirklich einladend aus", meinte Charly, nahm Mila an der Hand und zog sie in das Café. „Komm, ich lade euch ein. Ich habe gestern Taschengeld bekommen."

Mila nickte. Charly war reich, schließlich war sie eine echte Prinzessin. Doch das merkte man ihr überhaupt nicht an. Sie hatte zwar viele und teure Klamotten, aber sie legte keinen Wert darauf. Charly war immer großzügig und teilte die Feinkost-Fresspakete, die regelmäßig von ihren Eltern eintrafen, mit all ihren Freunden.

Im Inneren war es angenehm kühl. Tini stand an der Theke und drückte sich die Nase platt. „Guckt mal, es gibt hier ganz irre Geschmacksrichtungen", quiekte sie.

„*Sonne, Wind und Mehr* zum Beispiel. Oder hier: *Pumuckl*-Eis. Das ist ganz knallrot mit gelben und grünen Schokolinsen drin. Oder soll ich lieber den *Strandspaziergang* nehmen? Oder *Milli Vanilli*? Ich kann mich nicht entscheiden. Ich glaube, ich muss vier Kugeln bestellen!"

Die Verkäuferin lachte. „Das ist eine gute Idee. Und morgen kommst du wieder und probierst die nächsten vier Sorten. *Vampirliebe* und *Reh im Sonnenuntergang* sind übrigens meine Lieblingssorten."

„Prima, ich nehme das *Reh* und den *Blubberfisch* da drüben", schaltete sich Mila von hinten ein.

„Und ich die *Prinzessin auf der Zuckererbse* und die *Vampirliebe*." Charly zückte ihren Geldbeutel.

Das Eis schmeckte unglaublich lecker. Den *Blubberfisch* – Blaubeereis mit kleinen runden Blasen, die im Mund zerplatzten – würde Mila beim nächsten Mal auf jeden Fall noch einmal bestellen.

„Himmlisch, diese *Vampirliebe*", schwärmte auch Charly. „Blutorange mit kleinen Zuckerherzen darin. Perfekt."

Tini sagte gar nichts, nickte aber beseelt. Sie war damit beschäftigt, ihre Eiswaffel zu drehen und ständig zu schlecken, damit ihr kein Eis auf die Hose tropfte.

In diesem Augenblick tutete die Fähre. Bei dem schönen Wetter standen die Passagiere noch an Deck und winkten. Mila winkte zurück. Sie musste kurz daran denken, wie furchtbar sie sich gefühlt hatte, als sie im März mit Mama und Papa hier angekommen war. Und wie viele Sorgen sie sich um Renate und Adesso gemacht hatte, die die Fahrt auf dem Lastdeck hatten verbringen müssen. Doch die Sorgen waren ganz umsonst gewesen, wie sich hinterher herausgestellt hatte: Die Pferde hatten die Reise sehr gut überstanden.

„Das sind ja drei Pferdeanhänger hintereinander!", sagte Charly, als die ersten Wagen über die Landungsbrücke rollten. „Ob die alle zu uns wollen?"

„Die Direktorin Frau Steinbach hat nichts von Gästen gesagt", meinte Mila. „Kommt mit, das sehen wir uns mal näher an."

„Wartet auf mich!", sagte Tini zwischen zwei Notschleckern hindurch. „Ich kann mit dem Eis nicht laufen."

„Ich helfe dir doch immer gern, Cousinchen!" Mila beugte sich über Tinis Eisberg und nahm einen guten Mundvoll der Sorte *Pumuckl*. „Los geht's!"

„*Ferien auf Hufen*", las Charly, als die Autos samt Anhängern langsam auf den Hafenparkplatz rollten. „Das muss so eine Art Reisegruppe sein. Mit Pferd!"

„Aber offensichtlich mit eigenem Pferd", überlegte Tini. „Das ist ja cool!"

Der erste Wagen hielt an und ein braun gebrannter junger Mann riss die Beifahrertür auf und sprang heraus.

„Könnts ia mia vülleicht weiderhöffen?", fragte er mit komischem Dialekt. Mila musste sofort an den Urlaub in Oberbayern denken, den sie vor zwei Jahren mit ihren Eltern gemacht hatte. „'S Navi is narrisch worrn. Kennt's ia aich aus?"

Mila sah ihn verständnislos an. „Was ist passiert?", fragte sie freundlich.

„Äh, ja, mein Navi ist, glaube ich, kaputt. Es zeigt den Zielort nicht mehr an. Könnt ihr mir weiterhelfen?", fragte der Mann nun um einiges verständlicher. „Tut mir leid, ich vergesse immer wieder, dass ich hier Hochdeutsch sprechen muss." Dann warf er einen Blick auf seine Lederhosen und die grellblauen Trachtenschuhe. „Und umziehen muss ich mich wohl auch, wenn ich nicht das Gesprächsthema Nummer eins auf der Insel sein will."

„Ja, da könnten Sie recht haben", sagte Mila lachend. „Wo wollen Sie denn hin?"

„Zum *Isländerpferdehof Petersen*", sagte der Mann und streckte Mila die Hand hin. „Ich bin übrigens der Basti Hinterhofer. Oder besser nur Basti und ‚du'. Ich leite eine Reisegruppe aus Bayern und wir machen hier auf der Insel Urlaub mit unseren Pferden. Dafür haben wir die große Weide für unsere Zelte gemietet, dürfen aber bei den Petersens duschen und essen."

„Ich bin Mila und das hier sind Charly und Tini." Mila schüttelte Bastis Hand. „Und den Petersen-Hof kennen wir sehr gut!"

„Wir bringen dich sogar persönlich hin, wenn du willst", bot Charly an.

„Ja, kein Problem", sagte Mila schnell. Der Petersen-Hof war das Zuhause von Jan. Sie hatte Anna, Jans Mutter, sowieso besuchen wollen. Warum also nicht gleich heute? „Wir müssen nur noch schnell unsere Pferde holen."

Basti strahlte übers ganze Gesicht. „Eure Pferde? Dann seid ihr auch Reiterinnen? Das ist ja prima! Danke für euer Angebot. Wir fahren euch einfach hinterher." Er gab den Fahrern der anderen Autos ein Zeichen.

Tini zupfte Mila am Hosenbein. „Der spricht ja lustig", meinte sie. „Als ob er die ganze Zeit auf einem Fleischklops herumkauen würde."

Mila fand den Vergleich ziemlich passend und

kicherte laut los. „Kannst ja beim nächsten Fleischklopsabendessen mal üben“, schlug sie vor und lachte. „Und Renate im Dirndl, ich glaube, da bekommen wir einen richtig tollen Film für deinen Blog hin!“

Inselindianer

Die drei Autos krochen neben Charly, Mila und Renate die Inselstraße entlang. Der Weg zum Hof von Jans Eltern war zwar nicht weit, aber die Sonne brannte erbarmungslos vom Himmel und machte auch den Pferden zu schaffen. Sie hatten wenigstens ein leckeres Eis zur Abkühlung gehabt, aber die armen Pferde …

Mila nahm sich vor, Adesso gründlich abzuduschen, wenn sie wieder zu Hause im Internat waren. Der Arme schwitzte fürchterlich. Auch Renate tat sich mit dem Bollerwagen, den sie ziehen musste, schwerer als sonst. Die Räder verhakten sich ab und zu und Tini musste aussteigen und die Holzkiste wieder auf Kurs bringen.

Doch den Teilnehmern der Reisegruppe schien es nichts auszumachen, dass die Pferdekarawane so langsam unterwegs war. Mila sah, dass sie fröhlich auf die Dünen, die Weiden und die Strände zeigten und offensichtlich viel Spaß hatten. Mila war froh, als sie die erste Weide sah, die zum Islandpferdehof der Petersens gehörte. Sie konnte sich nämlich sehr gut vorstellen, dass die armen Pferde in den Anhängern nun eine Erfrischung gebrauchen konnten. Eine schwarze Islandstute kam auf sie zugelaufen und schnaubte neugierig.

„Fenja!", rief Charly. „Los, lauf und sag Anna Bescheid, dass wir kommen."

Fenjas Ohren wandten sich Charly aufmerksam zu. Sie blinzelte, wieherte und machte in Richtung Hof kehrt.

„Sie ist unglaublich intelligent. Beinahe so wie Renate", murmelte Tini begeistert. „Man muss nur ‚Anna' sagen und sie weiß genau, was zu tun ist. Vielleicht leihe ich sie mir mal für ein Video."

Adesso und Vanilla schüttelten gleichzeitig ihre Mähne.

„He, du hast die beiden beleidigt", witzelte Mila. „Die sind nämlich auch sehr schlau!"

„Weiß ich doch. Aber eben nicht *sooo* schlau wie Renate. Das kann nämlich einfach nicht sein. Sie ist und bleibt die Oberschlauste", beharrte Tini.

Mila und Charly tauschten ein genervtes Augenrollen aus, sagten aber nichts.

Schon bogen sie in den Hof der Petersens ein. Die Pferdehufe machten auf dem Kopfsteinpflaster ein klapperndes Geräusch. Die Autos parkten und Anna Petersen trat wie gerufen aus dem alten Reetdachhaus heraus.

„Hoppla, als Fenja mir Besuch angekündigt hat, konnte ich ja nicht ahnen, dass alle gleichzeitig ankommen würden", rief Anna. Sie umarmte die drei Mädchen und ging dann auf Basti Hinterhofer zu. „Herzlich willkommen! Ich sehe, Sie haben gut hergefunden!"

„Ja, mithilfe von Mila und ihren Freundinnen!" Basti lachte laut, klopfte Mila auf die Schulter und zeigte seine weißen Zähne.

Mittlerweile waren drei Mädchen und ein Junge aus den Autos gestiegen.

„Hallo!", riefen sie und winkten. Ein Mädchen mit blondem Pferdeschwanz und einem bunten Ringelshirt kam zu ihnen herüber. Die anderen öffneten die Pferdeanhänger und sahen dort nach dem Rechten.

Anna nickte und deutete auf eine Holzstange neben der Stalltür. „Dort drüben könnt ihr eure Pferde versorgen. Die werden nach der langen Reise froh sein, endlich am Ziel angekommen zu sein."

„Wir auch", lachte das blonde Mädchen. „Ich bin übrigens Lina. Es ist so cool, dass wir für ein paar Wochen hier sein dürfen. Und dazu noch mit unseren Lieblingen. Draußen schlafen, jeden Tag reiten und nichts anderes tun müssen … das reinste Paradies!“

Dann ging auch sie zum Pferdeanhänger und führte einen rotbraunen Westfalen mit weißen Fesseln heraus.

„Der ist aber schön“, entfuhr es Charly.

„Ja, das ist er wirklich“, meinte Lina. „Aber er ist noch jung und ein ganz schöner Quatschkopf. Er will eigentlich lieb sein, aber der Quatsch gewinnt doch irgendwie immer die Oberhand.“ Sie umarmte den Hals des Pferdes und schmiegte sich an ihn. „Aber das kriegen wir schon noch hin, nicht wahr, Renato?“

Mila schmunzelte und sah Tini an. Deren Wangen wurden vor Aufregung ganz fleckig.

„Mein Pferd heißt Renate“, rief sie glücklich. „Das ist ja ein Zufall.“

Dann küsste sie das Pony auf die Stirn und sagte: „Schau, Renate, dein Traumprinz ist zu dir auf die Insel gekommen. Wie findest du ihn?“

Renate schien für die Raufe mit frischem Heu, die draußen an der Stallwand hing, wesentlich größere romantische Gefühle als für Renato zu hegen, denn sie schüttelte Tinis Hand ab und trottete zielstrebig auf das Futter zu. Enttäuscht zuckte Tini mit den Schultern.

Anna grinste Mila und Charly an. Dann wandte sie sich an Basti Hinterhofer.

„Ihr könnt erst mal in Ruhe ankommen und euch und eure Pferde frisch machen. Für die Pferde ist der Wasserschlauch gedacht und für euch steht im Stall ein kleines Badezimmer mit Dusche zur Verfügung. Ich zeige euch noch die Wiese, auf der ihr die Zelte aufschlagen könnt, und ich würde sagen, wir treffen uns in etwa einer Stunde auf eine Willkommenslimonade in der Küche?"

Basti nickte. „Das klingt gut."

Mila, Charly und Tini halfen den Urlaubsgästen mit den Pferden. Außer Lina, die sie ja schon kennengelernt hatten, waren da noch Sarah und Ella, die beide ihre Andalusier-Schimmel mitgebracht hatten. Zum Glück war die eine Stute noch recht dunkel und etwas kleiner, sodass man sie gut unterscheiden konnte. Der einzige Junge, Tom, hatte eine reinweiße, sehr edel aussehende Araberstute dabei, von der vor allem Charly die Augen nicht abwenden konnte.

Bastis Pferd war ein grau geschweckter Isländer – wahrscheinlich hatte er sich deshalb für den Hof der Petersens entschieden, vermutete Mila. Es machte ihr Spaß, den Gästen zu zeigen, wo sie was finden konnten, und sie fand alle sehr nett.

Als die Tiere versorgt waren, gingen Mila, Charly und Tini zu Anna in die Küche. Die saß am Küchentisch und war über einen Brief gebeugt. Als sie die drei Mädchen sah, zuckte sie zusammen, steckte den Brief zurück ins Kuvert und stopfte ihn in ihre Hosentasche. Ihre Augen waren ganz rot. Hatte Anna etwa geweint?

Mila ging zu ihr und legte ihre Hand auf Annas Arm, um sie zu trösten. „Alles in Ordnung?", fragte sie.

Anna wischte sich mit dem Handrücken über die Augen. „Ja, klar. Alles gut. Es ist …", sie stockte, „es ist nur … weil … Ich vermisse Jan!", sagte sie schließlich und lächelte wehmütig. „Ich mache mir immer Sorgen, wenn er so weit weg ist."

„Dann können wir uns zusammentun", meinte Mila. „Ich vermisse ihn auch schrecklich, aber er ist immer so gut gelaunt und fröhlich, wenn ich mit ihm skype, dass ich befürchte, er kommt gar nicht mehr zurück."

Anna nahm Milas Hände und sah ihr tief in die Augen. „Das ist Quatsch und das weißt du auch. Jan mag diese Insel viel zu sehr, seine Pferde und … dich!"

Mila wurde rot. Ahh, das war eindeutig zu viel! Sie merkte, wie sie zu schwitzen begann, und überlegte, wie sie ganz schnell auf ein anderes Thema kommen konnte. Hilfe suchend wanderte ihr Blick zu Charly. Die verstand sofort, wie unangenehm Mila diese Situation war, und sagte: „Ich wusste gar nicht, dass du die Weide an Feriengäste vermietest, Anna. Das ist eine supertolle Idee."

„Wollte ich eigentlich auch gar nicht, aber Herr Hinterhofer hat mich angeschrieben und mir erklärt, was er vorhat. Sein Vater hat letztes Jahr auf Marum Urlaub gemacht und unseren Hof gesehen. Eigentlich konnte ich mir die Sache mit den Tipis und den Pferden erst gar nicht so richtig vorstellen. Ich meine, schließlich habe ich das Haus mit den anderen Sommergästen voll. Aber die hintere Weide wird gerade nicht benutzt und wir können das Geld wahrlich gebrauchen und da habe ich einfach Ja gesagt. Ist sozusagen ein Experiment."

„Ein Inselindianer-Experiment", meinte Tini zufrieden. „Mit Renato, dem schönen Hengst. Und einem großen Lagerfeuer heute Abend. Basti Hinterhofer hat uns dazu eingeladen. Es gibt Würstchen und Stockbrot."

„Das ist ja toll! Dieser Herr Hinterhofer scheint richtig nett zu sein." Aus Annas Gesicht war der Kummer nun vollständig verschwunden. „Wollt ihr eine Limonade?"

Alle nickten.

„Wie geht es deinen Eltern?", fragte Anna an

Mila gewandt. „Haben sie die Zeit hier auf Marum genossen?“

„Ich habe gestern mit ihnen telefoniert“, antwortete Mila. „Der kenianische Alltag hat sie wieder in ihren Fängen. Ich fand es wirklich mega, dass sie extra zu meiner Aufführung gekommen sind und dann auch noch ein paar Tage bleiben konnten. Und sie fanden es toll, dass wir Zeit füreinander hatten und dass sie sich den Wind um die Nase wehen lassen konnten.“

„Es war wirklich sehr schön, Chris nach all den Jahren einmal wiederzusehen“, meinte Anna und guckte verträumt in die Ferne.

Mila musste daran denken, wie ihr Vater vor ein paar Wochen mitten in Jans erste Liebeserklärung an sie geplatzt war. Oh, das war so peinlich gewesen! Trotzdem hatte sie sich wie verrückt über den Überraschungsbesuch ihrer Eltern gefreut. Und ihnen alles gezeigt und jeden vorgestellt, der ihr in den letzten Wochen ans Herz gewachsen war. Ihr Vater war völlig aus dem Häuschen gewesen, als ihm klar geworden war, dass Jans Mutter Anna war. Die Anna, die er von früher kannte und die eine enge Freundin der Familie gewesen war. Die beiden hatten lange geredet und über alte Zeiten gesprochen. Doch offensichtlich hatte Anna seit seiner Abreise nichts mehr von ihm gehört.

„Das glaube ich", antwortete Mila. „Ihr wart einmal richtig gute Freunde, stimmt's? Zumindest hat Tante Caro das angedeutet."

„Richtig gute Freunde? Ja, das waren wir wohl." Annas Stimme klang einen Moment zerbrechlich, doch dann räusperte sie sich und goss die selbst gemachte Limonade aus einer Karaffe in die Gläser.

Feste Pläne

Tini strahlte Mila an. „Glaubst du, dass die beiden miteinander ein Fohlen bekommen können? Sie sind sooo verliebt."

Mila führte Adesso in den Stall des Inselinternats. Sie hätte ihn auch draußen auf dem Hof trocken reiben können, aber die Kühle der Steinmauern tat gut. Charly ging es offensichtlich genauso, denn auch sie führte Vanilla schnurstracks ins Innere.

Mila überlegte, wie sie Tini von ihrem Wunsch abbringen konnte, ohne sie allzu sehr zu enttäuschen.

„Renate ist ein Minipony", erklärte sie ruhig. „Sie kann nicht das Fohlen eines Westfalenhengstes bekommen. Das wäre viel zu groß. Außerdem ist Renate nicht mehr die Jüngste!"

Mila beobachtete Tini und sah sofort ein, dass ihre Bemühungen, ruhig und vernünftig zu klingen, völlig umsonst gewesen waren. Tini hatte ihre Mundwinkel nach unten gezogen und ihre Augen funkelten zornig.

„Du bist gemein!", rief sie. „Renate und Renato sind wie füreinander geschaffen! Er ist ihr Märchenprinz, ihr Traumpferd, ihr ..."

„He, meine Kleine." Mila ging zu Tini und nahm sie fest in den Arm. „Renate ist total glücklich. Sie hat doch dich. *Du* bist ihr Traummensch und mehr wünscht sie sich gar nicht. So dankbar, wie sie dich ansieht, sieht sie sonst niemanden an. Das kannst du mir glauben." Mila lächelte aufmunternd.

„Echt jetzt?" Tini strich Renate über den Hals und kuschelte sich in das weiche Fell. „Stimmt das, was Mila sagt? Bin ich dein Ein und Alles?", flüsterte sie.

Renate hielt inne und schnupperte an Tini. Dann stupste sie sie zärtlich an.

„Mein liebstes und süßestes und bestes und nettestes Pony", sagte Tini stolz und umarmte Renate.

Mila, die sah, wie Renate die Gelegenheit nutzte, um mit ihrem weichen Maul eine Karotte aus Tinis Hosentasche zu mopsen, meinte trocken: „... und definitiv das verfressenste!"

Charly und Mila hatten zwei In-Out-Hindernisse auf den Reitplatz gestellt. Zwischen den beiden

Hindernissen kann das Pferd keine Galoppschritte machen, sondern muss gleich wieder abspringen. Außerdem hatten sie den Oxer aufgestellt, um Adessos gute Leistungen noch weiter zu verbessern.

Mila war froh, diese In-Outs ohne die aufmerksamen und kritischen Augen ihrer Mitschüler und ihrer Reitlehrerin Tamara probieren zu können. Als sie nach *Inselglück* gezogen war, hatte sie fast keine Erfahrung im Springreiten gehabt. Sie hatte zwar gewusst, dass Adesso durchaus Talent zum Springen hatte, aber an Turnieren wollte sie trotzdem nicht teilnehmen. Außerdem fehlte die Lust, ehrgeizig an der perfekten Bascule oder dem günstigsten Absprungmoment zu arbeiten. Doch auf Marum hatte das Springreiten einen ganz anderen Stellenwert. Ihre Mitschüler träumten von einer Karriere als Springreiter und hatten *den* einen großen Traum: irgendwann in den olympischen Kader aufgenommen zu werden.

Zuerst hatte Mila überhaupt nicht am Reitunterricht teilnehmen wollen. Doch so nach und nach hatten Tamara und vor allem Luke, der Lehrer für Natural Horsemanship, sie überzeugen können, es doch zu probieren. Und es hatte geklappt. Mila hatte vieles nachholen müssen, doch die ersten Erfolge hatten sich bereits eingestellt und Adesso hatte daran einen großen Anteil. Er liebte das Springen und war immer aufmerksam. So aufmerksam, dass mittlerweile die kleinste Gewichtsverlagerung als Hilfe genügte.

Mila schwang sich in den Sattel und spürte sofort die Verbindung zu Adesso.

„Los, mein Schöner", flüsterte sie ihm ins Ohr. „Das probieren wir jetzt einfach mal aus!"

Sie galoppierte an und ritt zunächst ein paar Runden auf der äußeren Bahn.

Als sie das Gefühl hatte, dass Adesso bereit war, ritt sie auf das erste In-Out-Hindernis zu. Mila musste sich konzentrieren, das Hindernis mittig anzureiten. Dann konnte sie nur noch Adesso vertrauen und sich in den Sprung mitnehmen lassen. Adessos Bewegungen waren weich und locker. Er sprang viermal hintereinander über die In-Outs, als wäre dies eine seiner leichtesten Übungen.

„Ihr werdet mir langsam unheimlich", meinte Charly, die mit Vanilla am Rand des Reitplatzes stand und zusah. „Wir hätten die Stangen gleich höher legen sollen."

„Nee, lass mal gut sein", meinte Mila. „Das Experiment ist zwar geglückt, aber das ist Adessos Verdienst. Wir wollen ihn doch nicht erschrecken. Weißt du noch, wie er immer vor dem Oxer gescheut hat?"

„Ja, aber das ist schon lange her", erwiderte Charly. „Ich habe nicht den Eindruck, dass *irgendetwas* dieses Pferd erschrecken kann. Wenn du nächstes Jahr in meiner Schwierigkeitsklasse reitest, müssen Vanilla und ich uns warm anziehen."

„Mach dir da mal keine Sorgen. So gut wie ihr beide sind Adesso und ich noch lange nicht."

„Wir werden ja sehen", orakelte Charly. „Nach dem Workshop-Wochenende in drei Wochen sind wir beide erbitterte Konkurrentinnen."

„Das kann gar nicht passieren. Wir sind nämlich beste Freundinnen", meinte Mila und warf Charly eine Kusshand zu. „Und wenn du gewinnen willst, reiße ich für dich jede Stange!"

Charly kicherte. „Nee, lass mal. Die Bessere soll gewinnen. Reiten ist mir total wichtig, aber du bist mir wichtiger!"

Mila wurde ganz warm vor Freude. Genau so sah sie es auch: Gewinnen war toll und schön, aber eine beste Freundin wie Charly zu haben, war das größte Glück der Welt!

„Was haltet ihr davon, wenn ich euch nächstes Jahr keine Chance lasse, auch nur ein Turnier zu gewinnen? Dann haben wir alle was davon. Ihr müsst euch nicht gegenseitig den Vortritt lassen und ich verdiene so viel Preisgeld, dass ich der

Schule Pferdinand abkaufen kann", hörten die beiden Mädchen plötzlich eine Stimme.

Mila wirbelte herum und sah Michel. „Wie lange stehst du schon da und belauschst uns?", zischte sie wütend. „Das ist unfair!"

Doch Michel war von Milas Wutausbruch nicht sonderlich beeindruckt. „Ist ja gut, du kleiner Feuer speiender Drache. Ich überlege nur gerade, ob ich mit in euer Springtraining einsteige oder ob ich noch weiter Stallarbeit machen muss."

„Du darfst natürlich mitmachen", knurrte Mila. „Nur eben nicht unsere Privatgespräche belauschen."

Mila tat es leid, dass sie Michel ohne Grund angefahren hatte. Aber so war sie nun mal: aufbrausend wie ein Sturmwind mit Super-Extrabeschleunigung. Doch meistens legte sich der Sturm auch gleich wieder, vor allem, wenn sie merkte, dass sie übertrieben hatte.

„Schon gut", meinte Michel und stemmte die Hände in den Rücken. „Ich glaub, ich lass es für heute mit dem Training. Es wartet noch ganz schön viel Arbeit auf mich." Bis vor ein paar Monaten war Michel zwar auf *Inselglück* zur Schule gegangen, hatte aber nicht am Springunterricht teilgenommen. Doch seit einigen Wochen hatte er die Möglichkeit, das Schulpferd Pferdinand zu reiten.

Trotzdem musste er seinem Vater viel im Stall und mit den Pferden helfen und konnte nicht so häufig trainieren wie Mila, Charly und die anderen Internatsschüler.

„Kommst du heute Abend mit zum Petersen-Hof?", fragte Mila versöhnlich. „Anna lässt eine Reitgruppe auf der hinteren Weide campen. Wir sind zum Lagerfeuer-Würstchen-Fest eingeladen." Sie fände es toll, wenn Michel mitkommen würde.

Doch er schüttelte den Kopf.

„Das schaffe ich nicht. Ich muss Pferdinand doch auch noch ein bisschen bewegen. Sonst ist er sauer. Und das zu Recht."

Plötzlich hatte Mila eine Idee. Und ärgerte sich, dass sie da nicht schon früher drauf gekommen war. „Wir helfen dir", sagte sie bestimmt. „Wäre doch gelacht, wenn wir dir den Abend nicht freiarbeiten könnten."

Drei Stunden später lag Mila frisch geduscht und völlig fertig auf dem Bett und hörte die Playlist, die Jan für sie zusammengestellt hatte. Was er wohl gerade machte? Kurz überlegte sie, ob sie ihn anrufen sollte, entschied sich aber dagegen. Die letzten drei Tage hatte immer sie angerufen. Nun war er mal an der Reihe! Heute Abend, zum Lagerfeuerfest mit Annas neuen Indianergästen würde sie ihr

Handy zu Hause lassen. Falls Jan dann anrief, hatte er eben Pech gehabt.

Draußen im Hof klapperte und rumpelte es und Mila sprang auf, um aus dem Fenster zu sehen. Tini hatte Renate mal wieder an den Bollerwagen geschirrt und war gerade dabei, Töpfe und Schüsseln einzuladen. Frau Käthe stand daneben und schlug verzweifelt die Hände vors Gesicht.

„Das wird niemals gut gehen“, hörte Mila sie jammern. „Das wird alles rausschwappen. Die gute Bolognesesoße ... nein, nein, nein und nochmals nein.“

„Frau Käthe, das wird schon gehen! Du weißt doch, dass Renate total vorsichtig ist. Das kommt, weil sie so besonders klug ist.“ In diesem Augenblick machte Renate einen Satz nach vorne. Der Deckel des Topfes fiel scheppernd auf den Boden und ein Schwall Soße schwappte hinterher.

„Ach herrje, jetzt ist es passiert!“, jaulte Frau Käthe auf. „Ich rufe Frau Petersen an, dass wir den Transport anders organisieren müssen.“

„Ich will nichts anders orginieren!“, sagte Tini bestimmt. „Mein Pony und ich, wir kriegen das hin! Wir fahren die Sachen jetzt zu Anna auf den Isländerhof. Aus, Äpfel, Amen!“

Mila beugte sich zum Fenster hinaus. „Was habt ihr denn vor?“, fragte sie neugierig.

Frau Käthe warf ihr einen verzweifelten Blick zu. „Kindchen, ich habe gar nichts vor. Aber Tini schon. Anna Petersen hat vorhin angerufen. Ihr Mann fühlt sich nicht wohl und nun muss sie die Pferde und die Feriengäste im Haus allein versorgen. Da hat sie mich gebeten, ob ich nicht für die Besucher kochen könnte. Das mach ich natürlich sehr gerne, aber du weißt ja, ich habe keinen Führerschein. Und nun kam Tini auf die Idee, den Bollerwagen zu nehmen. Aber du siehst ja, es ist eine Katastrophe!"

„Überhaupt nicht!", beschwerte sich Tini. „Nur weil ein kleiner Miniklecks danebengegangen ist. Du bist unfair, Frau Käthe. Mein *Essen auf Hufen* ist eine ganz, ganz tolle Idee. Und das klappt auch. Das weiß ich von der *Cindy*."

„Ich gebe auf", stöhnte Frau Käthe. „Mila-Schatz, kannst du bitte deiner Cousine mit dieser Cindy-Idee helfen? Ich muss zu meinen Fleischklößchen. Sonst verbrutzeln die noch völlig."

Mila nickte. „Klar, muss mir nur noch schnell was Lagerfeuertaugliches anziehen."

Sie stieß sich vom Fensterbrett ab und schnupperte an dem T-Shirt, das zuoberst auf dem Klamottenberg lag. Es roch nur leicht nach Adesso. Mila entschied, dass es für eine Lagerfeuerrunde auf jeden Fall in Ordnung war. Eine saubere Jeans war schon schwerer zu finden. Sie wühlte im Durcheinander auf Neles Bett.

Nele war Milas Zimmergenossin und sehr ordentlich. Aber die letzte Woche ohne sie hatte genügt, jeden Winkel des Zimmers mit dem unverwechselbaren Mila-Chaos zu überziehen.

Sie fand eine dunkelblaue Jeans mit nur kleinen Flecken und schlüpfte hinein.

Charly und Michel warteten bereits im Innenhof. Michel hatte ein Shirt an, auf dem in neongelben Buchstaben *Pferdeflüsterer* stand, und Charly, die ihre Haare meistens zu einem Pferdeschwanz gebunden hatte, trug ihre roten Wuschellocken heute offen. Beide sahen umwerfend aus. Einen kurzen Moment ärgerte sich Mila, dass sie nicht mehr Wert auf die Auswahl ihres Outfits gelegt hatte.

Tini stand stolz neben dem Bollerwagen, auf den sie mittlerweile auch noch Schüsseln mit Fleischklößchen und frisch gebackenes Brot geladen hatte.

Michel hatte eine dünne Schnur um die Henkel und Deckel der Töpfe und Schüsseln gebunden und alles so festgezurrt, dass nichts mehr wackeln konnte. Bewundernd sah Mila Michel an. Wie machte er das nur? Gab es irgendein Problem auf der Welt, das er nicht lösen konnte? Und dabei war er gar kein Angeber. Eher im Gegenteil. Mila fand ihn manchmal sogar zu bescheiden.

„Tadaa!“, rief Tini stolz. „Ich hab doch gesagt, dass ich das hinbekomme. Genau wie Cindy!“

Michel ging zu Tini und wuschelte ihr durch das Haar. „Genau wie Cindy!“, sagte er. „Und dank der wunderbaren Heinzelmädchen, Mila und Charly, die mir geholfen haben, können wir auch schon los. Was meint ihr?“

Charly kicherte. „Adesso und Vanilla sind noch nicht fertig“, wandte sie ein.

„Das glaubst auch nur du“, meinte Michel. Dann rief er: „Tor auf, Papa!“

Feuer im Herzen

Zum zweiten Mal an diesem Tag ritten sie gemütlich auf dem Reitweg neben der Inselstraße entlang zum Hof der Petersens. Zum Glück hatte es sich schon ein wenig abgekühlt.

Milas Gedanken wanderten zu Anna. Was wohl in dem Brief gestanden hatte, der sie so traurig gemacht hatte? Hoffentlich war er nicht von Jan gewesen. Oder ging es in dem Brief vielleicht um Peter, Annas Mann? Sie erschrak. Frau Käthe hatte vorhin nur erwähnt, dass er krank sei, aber nicht, was ihm genau fehlte.

Vielleicht würde sie es in Erfahrung bringen, wenn sie auf dem Hof war …

Als sie die erste Koppel entlangritten, die zum Grundstück der Petersens gehörte, trabte, wie am Mittag, Fenja auf sie zu. Doch diesmal hatte sie nur Augen und Ohren für Pferdinand. Sie begrüßte ihn aufgeregt, wippte mit dem Kopf und wieherte.

Mila merkte Pferdinand an, dass er am liebsten gleich zu seiner Freundin auf die Koppel gesprungen wäre.

„Du darfst gleich zu ihr“, versprach Michel ihm. „Ruhig, ganz ruhig. Nur gut, dass ich ohne Sattel und Zaumzeug unterwegs bin.“ Er stieg ab und öffnete das Gatter.

Pferdinand und Fenja liefen aufeinander zu, beschnupperten sich und rieben ihre Hälse aneinander. Dann galoppierten sie Seite an Seite über die Wiese.

„Die beiden sind echt süß“, seufzte Mila.

„Du hast recht“, sagte Michel nachdenklich. „Ich sollte Pferdinand viel öfter herbringen. Fenja ist seine große Liebe.“ Dann sah er Mila an, als wollte er noch etwas hinzufügen, schwieg aber.

Mila wurde schwindelig. Michels Blick war ihr durch und durch gegangen. „Du … du … hast jetzt kein Pferd mehr“, stotterte sie. Und ärgerte sich gleichzeitig, dass Michel sie so durcheinanderbrachte. „Willst du bei mir mit aufsteigen?“

Michel lachte und schwang sich hinter Mila auf Adesso. „Bei dir? Immer!“

Es war ein lustiges Gefühl, zu zweit auf Adesso zu reiten, trotzdem war Mila froh, als sie vor dem Wohnhaus der Petersens absteigen konnte.

„Essen ist da!“, rief Tini laut.

Anna kam aus dem Stall geeilt. Haarsträhnen hatten sich aus ihrem locker aufgesteckten Dutt gelöst und sie wirkte völlig abgehetzt.

„Ihr seid Engel!“ Sie streckte die Arme aus und sah gerührt auf den randvoll gefüllten Bollerwagen. „Peter hat es total erwischt. Sommergrippe. Der kann sich gar nicht mehr rühren. Und das, obwohl das ganze Haus voller Gäste ist, die alle reiten wollen, und dann fehlt auch noch Jan. You saved my life!“

Sie nahm Tinis Gesicht in die Hände und schmatzte ihr einen Kuss auf die Nase.

„Vergiss nicht den anderen Engel. Frau Käthe hat das alles gekocht. Wir sind nur der *Essen-auf-Hufen*-Bringdienst“, sagte Tini ernst.

Anna lachte. „Ich ruf sie gleich an“, sagte sie. „Versprochen. Helft ihr mir, die Sachen in die Küche zu tragen?“

Natürlich taten sie das und *natürlich* füllte Anna Renates Bollerwagen mit einem Haufen Leckereien wie Pfannkuchen und Limonade für die Feier am Lagerfeuer. Dann machten sie sich auf den Weg zur hinteren Weide. Mila wurde bewusst, dass sie das Petersen-Grundstück nur in Teilen kannte. Dass es so groß war, hatte sie nicht geahnt. Sie führten die Pferde an einem sandigen Dünenhügel vorbei, der über und über mit Strandhafer bewachsen war.

„Sieht aus wie der wuschelige Kopf eines Klabautermanns“, meinte Mila. Sie musste grinsen.

„Stimmt“, antwortete Charly. „Nur nicht so unheimlich.“

„Nein!“ Tinis Stimme klang schrill. „Ich will nichts vom Schlappopuk hören!“

„Was meinst du?“, fragte Mila erstaunt.

„Der Schlappopuk spukt hier auf Marum. Und wenn die Kinder ihren Teller nicht leer essen, dann kommt er und schleppt sie ins Meer.“ Tini fasste Milas Hand. „Kennst du den nicht? Zum Glück schmeckt mir immer alles, was Frau Käthe kocht.“

„Aber das ist doch nur eine blöde Geschichte …“, versuchte Michel Tini zu beruhigen. „Eine blöde Geschichte, mit der früher Eltern ihren Kindern Angst gemacht haben. Den Schlappopuk gibt es nicht in echt.“

„Kann man nicht wissen“, beharrte Tini trotzig. „Ich will auf jeden Fall nicht, dass Mila findet, dass der Hügel so aussieht. Sonst krieg ich Gänsehaut.“

„Na gut. Also der Hügel … Mmmm, ich finde, der sieht aus wie der Kopf einer Fee. Mit luftigem und langem Haar.“

„Schon besser“, knurrte Tini und stapfte weiter. „Viel besser.“

Als die hintere Weide in Sicht kam, stupste Mila Tini an. „Schau mal." Drei rot-blau gestreifte Tipis waren im Kreis um ein gemütliches Feuer aufgebaut, das schon knisterte und knackste. Die Pferde trotteten gemütlich über die Weide. Das Ganze sah aus wie eine Mischung aus Pfadfinderlager, Zirkus und wildestem Westen.

Basti steckte seinen Kopf aus dem Zelteingang und winkte. „Servus. Herzlich willkommen!"

„Er redet schon wieder in dieser Geheimsprache", flüsterte Tini.

„Servus heißt ‚hallo'", erklärte Mila.

Sie liefen auf die Zelte zu. Mila beobachtete Adesso und Vanilla. Sie waren beide keine Leittiere, deshalb erwartete Mila, dass sie sich in die Pferdegruppe eingliedern würden. Und das taten sie auch.

Die beiden Schimmel kamen als Erste und beschnupperten die Neuen. Mila zwinkerte Charly und Tini zu. Die Pferde schienen sich zu mögen.

Mittlerweile waren auch Lina, Sarah, Ella und Tom aus den Zelten gekrochen.

„Cool, dass ihr da seid", meinte Lina.

„Und dass ihr männliche Verstärkung mitgebracht habt", sagte Sarah und reichte Michel die Hand.

Tom stand neben Sarah und starrte Charly an. Er

machte den Mund auf, sagte allerdings kein Wort. Dann schloss er ihn wieder und strich sich unsicher den langen braunen Pony aus den Augen.

Tom benahm sich ulkig, fand Mila. Aber sie konnte seine Unsicherheit auch supergut verstehen. Charly sah heute Abend einfach umwerfend aus.

Nach einem prüfenden Blick auf den gefüllten Bollerwagen sagte Basti: „Dann gibt es also auch Nachtisch? Ich glaube, wir laden euch vorsorglich für morgen zum Frühstück ein."

Er griff sich eine Flasche Limonade und ploppte den Verschluss auf. „Auf einen wunderschönen Insel-Pferde-Meer-Urlaub!", rief er und trank einen Schluck aus der Flasche. Dann reichte er sie weiter.

„Ihr habt Nachtisch mitgebracht", sagte Tom leise und lächelte Charly schief an, „und *wir* haben uns eine Vorspeise ausgedacht. Allerdings keine, die man essen kann. Sondern eine … eine …"

„… kleine Vorführung zu Pferde!", half Lina ihm. „Unsere Pferde stehen alle im selben Reitstall und zum Sommerfest haben wir etwas ganz Besonderes einstudiert; das wollen wir euch zeigen, weil ihr uns so toll geholfen habt."

Tom nickte erleichtert. „Genau."

„Ja, das wäre cool!", sagte Mila. Gleichzeitig

hoffte sie, dass Tini nicht auf die Idee kam, ihre Romeo-und-Julia-Aufführung hoch zu Ross zu erwähnen.

Sarah, Lina, Ella und Tom holten ihre Pferde, befestigten die Voltigiergurte und saßen auf. Sie galoppierten eine große Runde. Es sah toll aus, wie die Mähnen der Pferde im Sommerwind wehten. Wie auf Kommando knieten die Reiter auf dem Pferderücken und streckten das linke Bein nach hinten aus.

Die vier Pferde gingen nun ganz gleichmäßig nebeneinander her. Gleichzeitig kamen Tom, Ella, Sarah und Lina mit einem geschickten Sprung auf dem Pferderücken zum Stehen. Dabei hielten sie sich an den Händen.

„Das gibt es ja nicht“, rief Tini. „Das ist ja besser als im Zirkus!“

Mila war mächtig beeindruckt. Als kleines Mädchen hatte sie ein bisschen voltigiert, aber das hier war richtig professionell. Einfach toll.

Die Pferde galoppierten nun wieder hintereinander. Dann ließen sich die Mädchen an den Flanken der Pferde kopfüber herunterhängen. Tom sprang im gestreckten Galopp ab, kam kurz auf dem Boden auf und schwang sich erneut auf den Rücken seiner Araberstute. Nun saß er allerdings rückwärts und winkte.

Milas Hände klatschten ganz automatisch. „Bravo!“, rief sie.

„Zugabe“, brüllte Charly aus vollem Hals.

„Tja, das habt ihr nicht gedacht, dass ich solche Talente nach Marum bringe, was?“, feixte Basti.

Mila und Charly schüttelten den Kopf und Michel nickte nur staunend.

Nur Tini zupfte Basti am Ärmel und sagte: „Du? Das ist wirklich super, was deine Kinder da machen. Aber du weißt ja gar nicht, wie schön es aussieht, wenn Mila, Charly und Michel über die höchsten, breitesten und gefährlichsten Hindernisse springen. Die dürfen in drei Wochen nach Olympia oder so. Extratraining für besondere Leistungen.“

Basti kniete sich neben Tini und grinste: „Das sind doch nicht meine Kinder, dafür bin ich viel zu jung! Obwohl ich Mila, Michel und Charly noch nicht habe springen sehen, glaube ich dir jedes Wort. Allein schon der Pferde wegen.“

„Na also!“, antwortete Tini zufrieden. „Hier wimmelt es nämlich von Talenten, dass du es nur weißt!“

Es wurde ein richtig schöner Abend. Nach der Vorführung teilte Basti angespitzte Stöcke aus, auf die sie ihre Würste spießten, die sie anschließend langsam über dem Feuer braun brutzelten. Es schmeckte himmlisch und roch noch viel besser.

Tini wickelte einen Schokoriegel in ihren Pfannkuchen, spießte ihn auf und röstete ihn anschließend. Als die Schokosoße heraustropfte, holte sie ihn aus dem Feuer und aß ihn in zwei Happen auf.

„Nie wieder werde ich einen so guten Pfannkuchen essen", schmatzte sie. „Nie wieder in meinem ganzen Leben."

Mila, Charly und Michel erzählten von ihrem Alltag auf *Inselglück* und von lustigen Begebenheiten mit ihren Pferden. Tom, Ella, Lina und Sarah hörten ihnen aufmerksam zu. Von einem Internat, in das man sein eigenes Pferd mitnehmen konnte, hatten sie noch nie gehört. Und als Tini auch noch damit herausplatzte, dass Charly eine Prinzessin sei, gab es kein Halten mehr. Sie wurde von den drei Mädchen mit Fragen gelöchert. Nur Tom sah bei dieser Nachricht eher erschrocken als erfreut drein.

Als es dunkel wurde, holte Basti seine Gitarre aus seinem Tipi. Mila war zwar nicht besonders heiß aufs Singen, aber das gehörte zu einem richtigen Lagerfeuerabend eben dazu. Sarah setzte sich dicht neben sie und machte ein Ich-will-auch-lieber-nicht-singen-Gesicht. Sie brummelten ein wenig zu „My Bonnie Is Over the Ocean" mit und diskutierten dann leidenschaftlich über den Pferdesport.

Mila bemerkte im Augenwinkel, dass Charly und Tom sich angeregt unterhielten. Ihre Freundin fuhr sich mehrere Male durch die Locken und lachte glockenhell.

Gefiel ihr Tom etwa? Mila hatte bisher noch keine verliebte Charly erlebt, aber warum auch nicht? Schließlich sah Tom gut aus, war älter als sie und liebte Pferde! Also ihren Segen hatten die beiden!

Zufrieden ließ sie sich nach hinten ins Gras plumpsen. Dieser Tag war so aufregend und schön gewesen. Die Langeweile der letzten Tage war unendlich weit weg. So weit weg wie … wie Jan in England. Mila seufzte.

Die Gitarrenklänge hatten schon eine Weile aufgehört, als Charly Mila mit einem Grashalm an der Nase kitzelte.

„He! Nicht einschlafen … Wir müssen doch noch nach Hause reiten! Wir haben Frau Käthe versprochen, Tini um halb elf zurückzubringen."

„Ich schlafe nicht", sagte Mila mit gespielter Empörung. „Ich genieße das Wildwest-Feeling!" Sie stand auf und ließ ihren Blick über die Koppel schweifen. Adesso stand bei den beiden Schimmelstuten und schien ganz zufrieden. „Aber Adesso wird Vanilla untreu. Das muss ich natürlich sofort unterbinden." Sie grinste Charly an und rief nach ihrem braunen Oldenburger. Als Adesso Milas Stimme hörte, wandte er den Kopf in ihre Richtung und trabte los. So elegant und beinahe schwerelos, wie nur Adesso es konnte.

Adesso stupste Mila an und sie gab ihm ein Hafer-Apfel-Leckerli, von denen sie ein paar in die Hosentasche gesteckt hatte. Dann umarmte sie ihn und strich über seine seidige schwarze Mähne. „Na, Schöner? Sind die beiden schimmeligen Damen nett zu dir gewesen?" Adesso legte den Kopf schief und schnaubte. Mila berührte die weiche Haut an seinem Maul und kicherte. „Ganz offensichtlich hast du dich wohlgefühlt. Dann wirst du also auch nichts dagegen haben, wenn wir morgen mit ihnen einen Ausritt über die Insel machen?"

Adesso schüttelte den Kopf, als wollte er sagen: „Nö, nicht im Geringsten."

Frosch oder Prinz?

Frau Käthe hatte den großen runden Tisch in der Küche für das Frühstück gedeckt. Mila war sehr froh darüber, denn in Frau Käthes Küche war es gemütlich.

Und jetzt in den Ferien waren sie nur so wenige, da reichte der Platz allemal. Tini hatte schon gegessen. Mila sah es daran, dass ihr ganzer Mund schokoverschmiert war. Sie packte fleißig belegte Brote in einen Korb. Anscheinend hatte Anna wieder eine Bestellung aufgegeben.

Gerade als Mila sich gesetzt hatte, stürmte Charly herein und hielt Mila kommentarlos ihr Handy-Display vor die Nase. Sie sah verwirrt aus. Verwirrt und aufgeregt.

„Lies mal!“, forderte sie Mila auf.

Es war eine SMS von Tom: *Ich freue mich auf unser Wiedersehen. Ich habe das Gespräch und die Zeit mit dir gestern sehr genossen, Prinzessin der Herzen!*

Charly fuhr sich stöhnend durch die Haare. „Furchtbar, oder?“

Unschlüssig sah Mila ihre Freundin an. Wie meinte sie das? Fand sie es etwa nicht gut, dass Tom ihr geschrieben hatte? Gut – die *Prinzessin der Herzen* war vielleicht ein wenig zu stark in die Kitschkiste gegriffen, aber ansonsten war die SMS doch total niedlich. Mmm, jetzt galt es, Fingerspitzengefühl zu beweisen.

„Jaaaa“, antwortete Mila daher gedehnt. „Furchtbar … nett?“

Charly funkelte sie an. „Ich kann das nicht leiden, wenn jemand so gestelzt mit mir spricht, nur weil ich eine Prinzessin bin. Warum habt ihr das überhaupt ausgeplaudert? Ihr wisst doch, dass ich das nicht leiden kann. Und ich weiß jetzt nicht, ob Tom mich nur deshalb kennenlernen will, weil er sich einmal wie ein Prinz fühlen möchte. Oder mal ein bisschen berühmt sein will oder was auch immer.“ Sie verschränkte die Arme.

Mila erschrak. Na klar, Charlys altes Problem! Darauf hätte sie eigentlich gleich kommen können. Charly konnte nie sicher sein, wen die Leute wirklich mochten: Prinzessin von Löwenstein-Gabelsberg oder die echte Charly.

„Gestern dachte ich noch, dass Tom anders sei. Und jetzt schreibt er das mit der Prinzessin? Also ist er auch nur an meinen Eltern interessiert?“ Charly steckte das Handy wieder in die Hosentasche.

„Das glaube ich nicht“, sagte Michel, der in diesem Moment hereinkam. „Entschuldige, dass ich zugehört habe, aber ich schätze Tom da ganz anders ein.“

„Ach ja? Und wie?“

„Er will sicher nicht berühmt werden. Und das mit der Prinzessin ist ihm bestimmt ganz egal. Er hat das nur benutzt, um dir auf schöne Art und Weise zu sagen, dass du sein Herz berührt hast. Er kann ja nicht wissen, dass du mit der Prinzessin so ein Problem hast, oder?“

Charly blickte nachdenklich zu Boden und wurde genauso rot wie die Turnschuhe, die sie trug. „Danke, Michel. Das tut gut, so was zu hören. Und es stimmt schon. Tom und ich haben vor allem über das Reiten und die Pferde geredet. Überhaupt nicht über das Prinzessinnending. Ich hatte sogar gehofft, er hätte es überhört.“

„Na also. Wenn du ihn auch magst, dann freu dich einfach über die Nachricht und interpretiere da bloß nicht zu viel hinein. So, und jetzt muss ich wirklich in den Stall. Viel Spaß bei eurem Ausflug heute!“

Charly grinste Michel dankbar an. „Wenn wir zurück sind, helfen wir dir, versprochen.“

Aber Michel winkte ab. „Lass mal. Ich arbeite eh nur zwei Stündchen. Ich habe Pferdinand heute einen Michel-Nachmittag versprochen."

Zum Abschied winkte Michel und Mila wunderte sich mal wieder, wie er alles auf seine ganz besondere Michel-Art-und-Weise in Ordnung gebracht hatte. Und plötzlich wünschte sie sich, dass er auch ihr Jan-Chaos ein wenig ordnen würde. Oder war er etwa schon dabei?

„Hoch auf dem Bollerwagen, sitz ich bei Renate vorn …", sang Tini aus vollem Hals und kutschierte wie am Tag zuvor eine Ladung Essen zum Hof der Petersens.

„Ich bin noch niemals so oft hintereinander zum Isländerhof geritten", meinte Mila. „Und das Merkwürdige daran: Jan ist noch nicht mal da!"

Charly hatte während der ganzen letzten Stunde mit dem Grinsen nicht mehr aufgehört. Nun saß sie mit bester Laune auf Vanilla und strahlte heller als die Sonne, die im Minutentakt intensiver und wärmer wurde. „Ja, na und? Also ich kann mir eigentlich nichts Schöneres vorstellen, als mit euch durch die Gegend zu reiten."

„Du lügst", sagte Tini. „Du würdest bestimmt am allerliebsten mit deinem Verliebten hier reiten. Nur du und er!"

„Sag mal, du kleine Krabbe, woher weißt du das denn schon wieder? Du warst doch gar nicht mehr in der Küche", meinte Charly und runzelte die Stirn.

„Aber ich habe Augen und Ohren und ich kenne die zehn Anzeichen der Liebe", behauptete Tini. „Da war so ein Artikel in der *Cindy* …"

„Macht doch nichts", unterbrach Mila ihre Cousine schnell, bevor die sich noch um Kopf und Kragen reden konnte. Dann sah sie einen Punkt in der Ferne. War das nicht Toms weiße Araberstute? „Ich glaube, da vorne kommt uns Tom entgegen", sagte sie erstaunt.

Tatsächlich. Es war Tom. Doch er schien nicht im Mindesten so gut gelaunt zu sein wie Charly.

Die beiden Mädchen galoppierten an und ritten ihm entgegen.

„Was ist passiert?", rief Charly.

Tom wirkte durcheinander, war völlig verschwitzt und hatte eine tiefe Sorgenfalte zwischen den Augen.

„Basti ist verschwunden", japste er atemlos.

Spurlos verschwunden

Alle hatten sich im Hof vor dem Wohnhaus der Petersens versammelt. Mila sah, dass Ella geweint hatte, denn über ihre Wangen zogen sich schwarze Wimperntuschestreifen. Sarah knibbelte nervös an dem Verschluss ihrer Reitkappe herum und Lina hatte eine Karte von Marum auf dem Boden ausgebreitet und machte rote Kreuze darauf.

Mila kniete sich neben sie. „Was machst du da?“, fragte sie.

Lina sah auf. „Ich streiche die Orte aus der Karte heraus, wo wir schon überall gesucht und Basti nicht gefunden haben.“

„Warum habt ihr uns nicht früher informiert? Wir hätten euch doch helfen können“, fragte Mila.

„Erst dachten wir, Basti macht einen Scherz. Das hätte auch irgendwie zu ihm gepasst, findest du nicht?“

Mila nickte. „Hätte es.“

„Aber so nach zwei Stunden haben wir uns echte Sorgen gemacht. Das Komische ist, er hat Freki, sein Pony, nicht mitgenommen. Eigentlich kann er gar nicht so weit gekommen sein."

Tini hatte mittlerweile den Inhalt des Bollerwagens zu Anna hineingetragen und war mit ihr wieder herausgekommen.

„Ihr habt Glück, dass ich da bin", sagte Tini ernst. „Ich habe vor Kurzem mit meinen beiden Assistentinnen", sie zeigte auf Mila und Charly, „einen total spannenden Kriminalfall gelöst. Michel war der Hauptverdächtige und dank mir konnten wir seine Unschuld beweisen."

Alle Augen waren nun auf Tini gerichtet. Die machte eine kunstvolle Pause. Oder eine aus Verlegenheit. Das konnte Mila nicht so genau unterscheiden. Auf jeden Fall fuhr sie fort: „Ich fange jetzt mit den Ermittlungen an. Wer hat als Letztes mit Basti gesprochen?"

Keiner sagte ein Wort.

„Tini hat recht", kam Mila ihrer kleinen Cousine zu Hilfe. „Vielleicht wäre es wirklich gut, systematisch vorzugehen und erst einmal alle Informationen zusammenzutragen."

„Ich habe ihn zum letzten Mal gesehen, als ihr gestern Abend nach Hause gegangen seid", begann Sarah. Mila sah, dass Sarahs Hände zitterten.

Bestimmt hatte sie heute vor lauter Aufregung noch nichts gegessen.

„Ich auch", pflichtete Ella Sarah bei. „Er stand noch einen Augenblick am Feuer und ist dann in sein Zelt verschwunden."

Auch Lina nickte. „Als Gruppenleiter hat er ein Einzeltipi. Wie Tom. Das Schicksal des einzigen männlichen Teilnehmers." Sie lächelte.

„Am frühen Morgen habe ich gehört, dass jemand das Tuch am Eingang zurückgeschlagen hat", sagte Tom. „Ich bin aufgewacht und habe auf die Uhr gesehen. Das war so gegen halb fünf."

Die Mädchen sahen sich an.

„Wir waren nicht draußen", sagte Lina.

„Das war dann wohl Basti", meinte Ella. „Da war er also noch da."

„Hast du denn auch gehört, dass er wieder zurückgekommen ist?", fragte Sarah.

Tom schüttelte den Kopf. „Ich war furchtbar müde und bin ganz schnell wieder eingeschlafen. Tut mir leid."

Tini wackelte mit dem Zeigefinger in der Luft herum: „Sehr interessant. Nun wissen wir also, dass Basti um halb fünf oder später verschwunden ist."

Anna nickte und sah auf ihre Armbanduhr. „Jetzt ist es halb elf. Das sind schon sechs Stunden. Eine lange Zeit … Was kann nur passiert sein?

Verlaufen wird er sich nicht haben. So groß ist die Insel nicht. Und irgendwie führen doch alle Wege irgendwann nach Ritteck. Dort kennt jeder unseren Hof."

„Tja, da bleiben noch genau drei Dinge", sagte Tini ungerührt. „Er hatte einen Unfall, er wurde entführt oder er ist bei Ebbe zu weit hinausgelaufen und jetzt hat ihn der Schlappopuk gefressen." Sie stockte.

Sarah und Ella stießen einen spitzen Schrei aus. „Wer?"

„... davon wollen wir doch mal nicht ausgehen", sagte Anna schnell. „Aber vielleicht war er an einer einsamen Stelle spazieren und hat sich das Bein gebrochen oder so was."

„So wird es sein!" Mila hob die Karte mit den vielen roten Kreuzen vom Boden auf. „Wie habt ihr ihn gesucht? Mit den Pferden?"

Tom nickte. „Ja, wir dachten, so sind wir schneller."

„Basti ist nicht mit Freki unterwegs. Deswegen kann er an Stellen sein, die mit dem Pferd nur schwer zu erreichen sind. Wir müssen ohne unsere Lieblinge weitersuchen. Und wir müssen auch noch mal an die Orte, wo ihr mit den Pferden schon wart. Möglicherweise habt ihr etwas Wichtiges übersehen."

„Lasst uns Teams bilden", schlug Tom vor. „Immer ein Einheimischer mit einem vom Zeltlager." Dabei sah er Charly an.

Charly grinste schief und versteckte ihr tomatenrotes Gesicht hinter ihrer Lockenmähne.

„Einverstanden", flüsterte sie.

Sarah schloss sich Tini an und Mila bildete mit Ella und Lina eine Gruppe.

„Viel Glück", sagte Anna. „Geht ruhig schon los. Ich kümmere mich um die Pferde."

Wind kam auf und trieb einige Wolken, die scheinbar aus dem Nichts gekommen waren, über den Himmel aufs offene Meer hinaus. Zum ersten Mal seit Tagen hätte Mila gerne eine Jacke dabeigehabt. Sie rieb sich mit den Händen über die Arme, um die Gänsehaut loszuwerden. Doch es half nichts. Sie fror erbärmlich. Vor Kälte. Oder vor Angst, dass Basti wirklich etwas Schlimmes zugestoßen sein könnte, denn nun waren sie bereits über eine Stunde an den felsigen Klippen der Nordstrände entlanggelaufen und hatten noch immer keine Spur vom Leiter der Pferdefreizeit gefunden. Lina und Ella hatten nicht lockergelassen, bis Mila ihnen die Sage vom Schlappopuk erzählt hatte. Aber sie konnte ihnen auch glaubhaft versichern, dass es nur einen Menschen auf Marum gab, der wirklich an den Klabautermann glaubte: Und das war Tini.

Ella und Lina waren ein Stück weit vorgelaufen und ließen ihre Augen übers Meer schweifen. Mila konzentrierte sich auf die Landseite. Plötzlich stieß Lina einen spitzen Schrei aus: „Da vorne! Da ist was!"

Die drei Mädchen rannten los. So schnell es im trockenen Sand eben ging. Milas Herz begann wild zu pochen, nicht nur, weil der Sprint am Strand so anstrengend war. Das, was die Wellen an den Strand trugen, um es dann immer wieder ein Stück ins Meer zurückzunehmen, war ein grellblauer Trachtenschuh.

„Das ist Bastis Schuh", rief Lina außer Atem. „Ich bin ganz sicher, er ist nämlich eine Spezialanfertigung."

Mila ließ sich in den Spülsaum fallen. Es war ihr egal, dass sie dabei nass wurde. Das durfte doch einfach nicht wahr sein. War Basti wirklich ertrunken? Jeder wusste, dass man an dieser Stelle nicht ins Wasser gehen durfte. Die Warntafeln und die roten Fahnen waren nicht zu übersehen.

„Ich rufe die Rettungsschwimmer", sagte Mila und fischte ihr Handy aus der Hosentasche. Doch sie hatte keinen Empfang. Auch Ella und Lina konnten mit ihren nichts ausrichten.

„Geh du zurück", schlug Lina Mila vor. „Du kennst dich aus und findest wieder hierher. Wir warten, bis Hilfe kommt. So wissen wir genau, wo der Schuh angespült wurde."

Mila nickte. Als sie durch den Sand zurück zum Dünenweg stapfte, wünschte sie sich, Adesso wäre an ihrer Seite. Adesso, der sie auf seinem Rücken in Windeseile zum Isländerhof zurückgebracht hätte. Es war ein Fehler gewesen, die Pferde zu Hause zu lassen. *Hoffentlich* würde sie rechtzeitig kommen. *Hoffentlich* war es nur irgendein dummer Zufall, dass Bastis Schuh im Meer herum trieb. *Hoffentlich* war es noch nicht zu spät …

Mit Pferdeohren

Immer wieder sah Mila auf ihr Handy. Es kam leider öfter vor, dass man auf Marum keinen Empfang hatte. Normalerweise fand Mila das auch gar nicht schlimm. Doch heute war es eine Katastrophe. Auf den Touristenwegen, die mit Holzbohlen ausgekleidet waren, rannte Mila. Wurde das Gelände unwegsam, machte sie etwas langsamer, aber immer noch so schnell sie konnte. Eine Windbö nahm ihr den Atem und stemmte sich gegen ihren Körper. Ausgerechnet – sie konnte sowieso schon kaum mehr. Mila hielt für einen kurzen Moment inne und atmete tief in den Bauch ein. Sie musste weitermachen, das war klar. Ein Menschenleben hing möglicherweise davon ab.

Nach einer gefühlten Ewigkeit sah Mila das Fachwerkhaus der Petersens.

Der kürzeste Weg führte über die hintere Koppel. Mila juchzte innerlich auf, als sie sah, dass

Anna Adesso, Renate und Vanilla dort hingebracht hatte. Da standen sie und ahnten nicht, was Mila für schlechte Nachrichten mitbrachte.

„Adesso!", rief Mila.

Der braune Oldenburger galoppierte sofort auf Mila zu. Mila schwang sich auf seinen Rücken und galoppierte die letzten paar Hundert Meter. Doch Adesso wollte nicht direkt zum Haus reiten. Er tänzelte nervös herum und warf unruhig seinen Kopf hin und her. „Was ist los, mein Liebling?", fragte Mila.

Adesso wieherte und lief in Richtung des Hügels, vor dem Tini am Tag zuvor so viel Angst gehabt hatte, weil er Mila an einen Klabautermann erinnert hatte.

„Willst du einen Ausritt machen?" Mila ließ sich von Adessos Rücken gleiten. „Das ist gerade ein ziemlich schlechter Zeitpunkt, weißt du?"

Doch Adesso konnte sich nicht beruhigen. Mit seinem Maul stupste er Mila immer wieder an.

Erneut warf Mila einen verzweifelten Blick auf die Empfangsbalken ihres Handys. Oder zumindest auf die leere Stelle, an der sie normalerweise angezeigt wurden. Sie war in einer Zwickmühle. Das einzig Richtige wäre, zu Anna zu gehen und Adesso zu ignorieren. Aber Adesso war außer sich. So wollte sie ihn nicht zurücklassen.

„Ist gut, Süßer. Was willst du mir denn zeigen?“ Sie schwang sich erneut auf seinen Rücken und Adesso galoppierte so nah wie möglich an den Hügel heran. Dann stoppte er und wieherte.

„Hier?“, fragte Mila. „Du willst, dass ich zu diesem Hügel gehe?“

Adesso wurde ganz ruhig und sah Mila aus seinen dunklen Augen eindringlich an. Sie öffnete das Gatter. Adesso machte keine Anstalten hinterherzukommen.

„Adesso, ich gehe jetzt zu Anna und rufe den Rettungsdienst. Dann komme ich wieder, in Ordnung?“

MAAAA! MAAAA! Sie hatte ein leises Fiepen gehört. Was konnte das sein? Mila blieb einen Moment stehen. Oh nein, dafür hatte sie jetzt doch überhaupt keine Zeit. Sie musste zu einem Telefon … MAAAA! Da war es wieder. Ein klagender Ruf. Allerdings schon etwas lauter. Ob ein Tier in Not war? Eine Katze? Ja, es klang eindeutig nach einer Katze.

POFFF! POFFF! Nun klopfte es. *Das* war sicher keine Katze gewesen.

„Hallo? Ist da wer?“, klang es nun dumpf. „Hilfe, ich brauche Hilfe!“

„Ich komme“, rief Mila und wusste eigentlich gar nicht, wohin. War die Stimme aus dem Inneren des Hügels gekommen? Merkwürdig. Sie rannte um den Hügel herum. Und da sah sie es: Auf der Rückseite war eine Tür eingelassen. Eine schwere Eisentür mit einem verrosteten Riegel daran.

Der Hügel war also eine Art Bunker? Vielleicht aus dem Zweiten Weltkrieg? Mila lief ein Schauer den Rücken herunter. Und dann galoppierte ihre Fantasie mit ihr davon. Was, wenn darin Waffen lagen? Oder noch Schlimmeres?

MAAAAUUIII! Das Miauen wurde lauter und eindringlicher. Und das Rufen auch. Jemand brauchte ihre Hilfe und da musste ihre Angst einfach mal warten! Und erst in diesem Moment machte es in ihrem Kopf *klick*. Konnte das Basti sein, der da rief? Natürlich! Das war sogar ziemlich wahrscheinlich. Schließlich hatten sie außer dem blauen Schuh überhaupt keine Beweise, dass er am Strand verloren gegangen war. Sie stolperte fast, weil sie so schnell über den unebenen Boden rannte. Als sie bei der Tür angekommen war, hämmerte sie dagegen und rief aufgeregt: „Basti, Basti, bist du das? Hier ist Mila."

„Mila! Zum Glück bist du da", drang es leise zu ihr hindurch. „Bitte lass mich raus."

Mila versuchte, den Riegel nach oben zu klappen, aber es gelang ihr nicht. Das verrostete Ding hatte sich dermaßen verklemmt, dass kein Reißen,

Zerren oder Ziehen half. Sie beugte sich nach unten, um etwas zu finden, das ihr als Hebel dienen konnte. PLONG! Ein kleines Sprühfläschchen fiel ihr vor die Nase. Hatte sie etwa Adessos Massageöl dabei? Kopfschüttelnd steckte sie es zurück in die Tasche. Doch mit einem Mal erinnerte sie sich, dass sie Herrn Gründgen schon einmal beobachtet hatte, wie er verrostete Türangeln mit Öl behandelte. Die sollten zwar einfach nur nicht mehr quietschen und es war bestimmt irgendein Spezialöl gewesen, aber vielleicht half Adessos Öl ja bei einem Riegel, der sich nicht mehr bewegen wollte?

„Der Riegel klemmt", informierte sie Basti. „Du musst noch kurz warten."

Sie sprühte ein paar kräftige Stöße auf das rissige Metall und rieb es mit den Fingern in die Ritzen. Dann begann sie erneut zu rütteln. Millimeter um Millimeter lockerte sich der Riegel. Mit aller Kraft stemmte Mila sich dagegen und schließlich schwang der Verschluss auf. Sie öffnete die Tür.

Eine kleine schwarze Katze flitschte maunzend heraus. Danach trat Basti ins Freie. Er umarmte Mila stürmisch.

„Danke, ich hatte so Angst, dass mich hier niemand finden würde! Es war so dunkel und dann hat mich auch noch die Katze gekratzt", sagte er.

„Adesso hat dich gefunden", sagte Mila und erzählte Basti, wie sie auf ihn aufmerksam geworden war. Dabei musste sie die ganze Zeit lachen – aus Erleichterung, dass Basti lebendig und unverletzt vor ihr stand.

„Ich muss unbedingt etwas trinken", sagte Basti. „Auch wenn ich nur einen Schuh habe … Lass uns zu Anna gehen. Dann kann ich dir auch die ganze Geschichte erzählen."

Er war schon ein paar Schritte gegangen – ein Fuß war strümpfig, der andere steckte in einem blauen Trachtenschuh, deswegen humpelte er mehr, als er ging –, da fiel ihm ein: „Meine Tasche! Ich habe meine Tasche mit dem Fernglas im Bunker gelassen." Er verzog sein Gesicht. „Egal, ich gehe da auf keinen Fall noch einmal hinein."

„Quatsch. Du musst mir nur die Tür aufhalten", meinte Mila. „Dann mache ich das gerne für dich."

Sie gingen zurück. Mila merkte, dass Basti zitterte. Sie betrat den Kellerraum, der kühl und ein wenig feucht war. Das Licht, das durch die Tür fiel, reichte gerade aus, um zu erkennen, wie tief der Raum war und was sich darin befand. Zum Glück waren es keine Waffen, sondern nur alter Kram der Petersens. Mila sah einen Holztisch, auf dem ein paar Metallkisten standen. An der rechten Wand war ein gefülltes Flaschenregal. Bastis Tasche lehnte daneben. Mila hob sie auf und ihr Blick fiel auf einen alten Lederkoffer, der unter dem Tisch stand.

Der war aber hübsch! Mal sehen, wem der gehörte. Sie drehte den Adressanhänger herum und erstarrte: *Chris Hofer* stand auf dem Koffer. Und eine Adresse, die Mila nicht kannte. Ihr wurde schwindelig und gleichzeitig heiß und kalt. Was machte ein Koffer ihres Vaters in einem alten Felsenkeller, der den Petersens gehörte? Sie wollte gerade den Deckel hochklappen, da bat Basti: „Bitte, Mila, ich will hier weg. Wenn du die Tasche nicht findest, dann lass es. Das Fernglas ist nicht so wichtig."

„Doch, doch, ich hab sie gefunden", sagte Mila schnell und versuchte, so normal wie möglich zu klingen. „Alles gut, ich komme!"

Adesso Superheld

Eine Stunde später hatten sich alle um Annas großen Küchentisch versammelt. Alle Augen waren auf Basti gerichtet.

„Ich konnte nicht mehr schlafen“, begann er zu erzählen. „Und da habe ich mir mein Fernglas geschnappt und bin an den Strand runter. Der Mond war so hell, dass ich gut sehen konnte. Dann konnte ich es einfach nicht lassen – ich habe meine Schuhe ausgezogen und bin ein Stück weit ins Wasser gewatet. Als ich zurückkam, war ein Schuh unauffindbar. Ich habe noch ewig gesucht, es aber irgendwann aufgegeben und wollte noch mal wiederkommen, wenn es hell war.“

Lina stellte einen tropfnassen blauen Trachtenschuh auf den Tisch.

„Tja, das brauchst du nicht mehr. Deinen Schuh haben wir entdeckt. Hoffentlich hat das Wasser das Leder nicht kaputt gemacht.“

Basti winkte ab. „Das ist nicht so schlimm. Einen Schuh kann man ersetzen, das verkrafte ich schon."

„Aber wie bist du denn dann in diesen Keller geraten?", fragte Ella.

„Der zweite Teil der Geschichte ist der wirklich schreckliche", fuhr Basti fort. „Nach meiner Schuhsuche bin ich barfuß zurückgelaufen und habe den kleinen Umweg über den Hügel genommen, weil ich es angenehmer fand, auf den Bohlenbrettern zu gehen als über die Wiese, auf der immer mal wieder Disteln liegen. Und als ich beim Hügel ankam, hörte ich auf einmal ein jämmerliches Maunzen. Ich ging näher hin, konnte aber keine Katze entdecken. Doch das Maunzen hörte nicht auf. Da bemerkte ich die Tür zum Felsenkeller, sie stand einen Spalt offen. Ich vermutete, dass das Kätzchen in den Keller gewitscht war. Ich ging hinein und tatsächlich: Das Kätzchen war in eine hohe Kiste gefallen und konnte von alleine nicht wieder heraus. Dummerweise bin ich an die Tür gestoßen und die ist zugefallen. Der Riegel davor muss sich irgendwie verklemmt haben. Ich saß also in der Falle. Im Dunklen mit einer hungrigen kleinen Katze. Und ich wusste nicht, wie oft jemand in den Felsenkeller geht. Ich hatte wirklich Angst, dass ihr mich nicht so schnell finden würdet."

„Das ist ganz schrecklich", meinte Tom betroffen.

Basti sah Mila an. „Zum Glück hat Adesso mich und die Katze gehört und Mila darauf aufmerksam gemacht. Er ist der wahre Held!"

Mila blickte auf. „Wie bitte? Jaja, stimmt."

Sie hatte gar nicht so richtig zugehört. Ihre Gedanken waren während Bastis Erzählung immer wieder zu dem geheimnisvollen Koffer gewandert. Es ließ ihr einfach keine Ruhe, dass der Name ihres Vaters darauf stand. Gab es etwas im Leben ihres Vaters, das er bisher vor Mila verborgen hatte? Vor ein paar Monaten hätte sie Nein gesagt. Doch jetzt war sie sich nicht mehr sicher. Ganz und gar nicht.

„Ich muss sagen: Ich habe das mal wieder gut hinbekommen", sagte Tini zufrieden und klatschte eine riesige Portion Haferflocken in eine Schüssel.

Mila pustete auf ihre roten Hände. Sie hatte nun den siebenundzwanzigsten Apfel klein gehäckselt. Das reichte!

„Wie viele von diesen Pferdekeksen willst du eigentlich backen und was hast du gut hinbekommen?", fragte Mila.

„Erstens: so viele wie nötig, damit ich reich werde, und zweitens: den Detektivfall. Den habe ich prima gelöst." Sie schüttete zufrieden Apfelsaft zu den Haferflocken.

„Du? Also das musst du mir erklären", sagte Mila. „Adesso hat Basti doch gefunden. Und ich war seine Assistentin."

„Aber ohne meinen supergenialen Plan und meine Detektivarbeit wären alle nur wie die wilden Kaninchen über die Insel gehoppelt und niemand hätte irgendwen gefunden. Das ist ja wohl mal klar!"

Mila grinste. „Na, wenn du meinst. Kommen jetzt die Äpfel zu dem Pamp dazu?"

Tini beugte sich zu Mila und raunte: „Na klar. Das ist aber kein Pamp. Verstanden? Das ist der Teig für die Hafer-Apfel-Kekse. *Tinis leckere Leckerlis* heißen die. Die will ich heute noch nach Ritteck bringen. Die Reiterstube dort hat drei Kilo davon bestellt."

Leckere Leckerlis? Typisch Tini. Aber eines musste sie ihrer Cousine lassen: Sie schien das mit dem Geldverdienen wirklich ernst zu meinen …

„Kommst du mit auf den Reitplatz?", fragte Charly durchs offene Küchenfenster. „Michel ist auch da. Wir wollen uns ein wenig auf den Workshop vorbereiten."

Mila nickte. „Ich komme gleich." Dann wandte

sie sich an Tini. „Und leg für mich eine Tüte Leckerlis zur Seite. Adesso hat sie sich wirklich verdient."

„Alles klar", antwortete Tini. „Das macht vier Euro. Hat aber keine Eile. Du kannst mir das Geld gerne später geben."

Mila ging auf ihr Zimmer und checkte ihr Handy. Die Empfangsbalken waren alle da, doch eine Nachricht von Jan hatte sie trotzdem nicht bekommen. Das war ganz schön hart. Offensichtlich dachte Jan wirklich nicht besonders viel an sie. Milas Bauch fühlte sich plötzlich schwer und klumpig an. Als hätte sie einen Stein verschluckt. Oder einen Igel. Denn zusätzlich pikste es ganz schön.

Bevor Jan gefahren war, war alles gut gewesen. Leicht. Verliebt. Glücklich. Jetzt gerade war es eher das Gegenteil.

„Blödes Handy", raunte Mila und schleuderte das Telefon aufs Bett. „Blöder Jan!"

Sie schlüpfte in ihre Reitklamotten und beeilte sich, in den Stall zu kommen, um Adesso fürs Training fertig zu machen.

Als sie die Tür öffnete, stieß sie fast mit Luke, dem Trainer für Natural Horsemanship, zusammen.

„Hey, was machst du denn hier?“, fragte Mila. „Ich dachte, du liegst in der toskanischen Sonne.“

„Danke für die freundliche Begrüßung“, lachte Luke und gab Mila eine freundschaftliche Kopfnuss. „Wie du vielleicht bemerkt hast, sind die Sommerferien schon ein paar Tage am Laufen, und ob du es glaubst oder nicht, mein Urlaub ist schon wieder zu Ende.“

„Ups, entschuldige“, sagte Mila kleinlaut. „Ich habe mittlerweile Zeit und Raum vergessen. Erst war es gähnend langweilig hier, so langweilig, dass ich mich sogar für Pferdefrisuren und Kochen interessiert habe. Aber seit ein paar Tagen ist dermaßen viel passiert, dass einem fast schwindelig werden kann. Komm doch mit in den Stall, ich erzähle dir alles.“

Luke überlegte kurz, folgte ihr dann aber in den Stall. Mila berichtete ihm von der Pferdereisegruppe, von Peters Grippe, Tinis Essen auf Hufen und ihren anderen Geldverdienversuchen und natürlich von Bastis Verschwinden und Adessos großartigem Gehör.

Luke musste immer wieder laut loslachen und an den spannenden Stellen knetete er seine Hände.

Mila holte Adessos Sattel und legte ihn auf den Pferderücken. Doch Adesso zuckte zusammen und sah Mila erschrocken an.

„Was ist?", fragte Mila. „Kein Sattel heute?"

Adesso schüttelte sich.

„Lass mal sehen", sagte Luke. „Nimm den Sattel noch einmal ab."

Mila wuchtete den Sattel herunter und hievte ihn auf die Bank vor Adessos Box.

Luke legte die Hände auf Milas Pferd und strich im Zeitlupentempo darüber.

Mila sah genau zu, wie er es machte. Denn sie wusste, dass Luke einfach einen unglaublichen Draht zu Pferden hatte. Er konnte mit ihnen sprechen, ohne Worte zu benutzen. Und sie hatte noch kein Pferd erlebt, das Luke nicht voll und ganz vertraute. Luke war Milas absolutes Vorbild. Er hatte ihr gezeigt, dass Pferdeliebe und Pferdesport keine unvereinbaren Gegensätze waren, sondern sehr wohl kombinierbar.

Das Inselinternat war im Reitsport sehr erfolgreich. Unter anderem deshalb, weil es hier ein ehernes Gesetz war, dass die Pferde wie Freunde und Partner behandelt wurden und nicht wie Gegenstände, die man benutzen konnte, um den eigenen Ehrgeiz zu befriedigen. Das war Lukes Verdienst. Er brachte ihnen bei, wie man mit den Pferden kommunizierte, mit ihnen zu einer Einheit verschmolz und nur durch kleinste Hilfen führte und lenkte. Er selbst ritt sein Pferd Jolly Jumper niemals mit Sattel.

Luke stutzte und fuhr ein paarmal über dieselbe Stelle an Adessos Rücken.

„Mila, sieh dir das mal an", sagte er. „Ich glaube, ich weiß, warum Adesso keinen Sattel mag."

Mila ließ ihre Hände über das seidige Fell gleiten. An einer Stelle war es ein wenig rauer als sonst und sie spürte eine kleine Erhebung unter der Haut.

„Was ist das?", fragte sie erschrocken. „Gestern war das noch nicht da, da bin ich mir ganz sicher."

„Wahrscheinlich nur ein kleiner Abszess oder eine verstopfte Talgdrüse", meinte Luke. „Unschön und tut dem Pferd weh, aber in der Regel völlig ungefährlich. Hat sich Adesso an der Stelle verletzt?"

Mila schüttelte den Kopf. „Nicht, dass ich wüsste."

„Mmm, vielleicht sollte sich Dr. Rosenthal das einmal ansehen. Auf keinen Fall solltest du jetzt aufsatteln. Aber du kannst ohne Sattel reiten. Hast du Lust?"

„Eigentlich wollte ich noch mal die Paraden trainieren. Du weißt schon, wegen des Workshops nächstes Wochenende. Ich bin da einfach noch ganz schön hinterher."

„Das kannst du auch ohne Sattel probieren", erwiderte Luke. „Die anderen werden Augen machen, wenn du denen dein Können ohne Sattel und Zügel zeigst. Das sind sie nämlich nicht gewöhnt."

„Okay", sagte Mila und kicherte. „Ich bin dabei. Zügellos und frei!"

Nach zehn Minuten hatten auch Vanilla und Pferdinand keinen Sattel und keine Zügel mehr und Luke strahlte. „Ihr macht das toll! Und merkt ihr, wie aufmerksam die Pferde sind? Besonders für Vanilla ist das wichtig, Charly. Sie muss ganz bei dir sein und sich ausschließlich auf dich konzentrieren. Nur dann ist kein Platz mehr für eventuelle Störungen. Vor allem nicht für Vögel."

Charly nickte. „Es ist zwar schon echt besser geworden in letzter Zeit, aber du hast recht. Sie ist jetzt noch ruhiger als sonst."

„Ihr werdet beim Workshop einen guten Eindruck machen, da bin ich mir sicher", meinte Luke. „Und nächstes Jahr ist Michel auch dabei. Was du in den letzten Wochen geleistet hast, ist spitze. Ich dachte, an Mila kommt niemand heran, aber bei dir muss ich eine Ausnahme machen."

„Danke, Luke." Michel lächelte verlegen.

„Das sag ich aber hier nur als privater Luke, nicht als euer Lehrer, verstanden? Und das bleibt unter uns."

„Ehrensache", antwortete Michel.

„Jetzt gehen wir an die Feinheiten!“, sagte Luke. „Jeder reitet eine Runde im Trab mit Aussitzen. Mila, du beginnst.“

Mila trabte an und bemerkte sofort, dass ihr heute das Gleichgewicht fehlte. Sie spannte den Rücken an und sofort ging ihre Hüfte nicht mehr richtig mit und das rechte Bein wurde unruhig.

„Stopp“, rief Luke.

Mila parierte zum Stehen durch. „Tut mir leid, ich glaube, mir geistert Adessos Knubbel im Kopf herum. Ich kann mein Gleichgewicht heute schlecht halten.“

„Setz dich erst mal gerade hin“, beruhigte Luke sie. „Schließ kurz die Augen und spüre die intensive Verbindung zwischen Adesso und dir. Dann atme tief ein und ganz ruhig wieder aus. Lass deinen Brustkorb locker. Das entspannt deinen Rücken und deine Hüfte.“

Mila atmete ein und aus. Dann schloss sie die Augen. Sie spürte Adessos Wärme und die Kraft seiner Muskeln. Sie roch seinen Duft und hörte, wie er leise schnaubte. Alle Gedanken, die gerade noch wild um sie herumgewirbelt waren, schlüpften geordnet in ihren Kopf und eine sanfte Ruhe breitete sich in ihr aus.

Es war ganz einfach, den richtigen Moment zu erwischen. Sie trabte an und BÄMM – sofort war alles mühelos. So wie es sein sollte. Adessos und ihre Bewegungen bildeten eine harmonische Einheit und sie war so tief in ihren Ritt versunken, dass sie nicht mal hörte, wie Charly, Michel und Luke zu klatschen begannen.

Fundkiste

„Bitte komm mit“, meinte Mila. Sie stellte ihren Eistee auf den Holztisch im Hof. „Ich hab Angst vor dem, was ich da entdecken könnte.“

„Und du bist dir ganz sicher, dass da der Name deines Vaters auf dem Adressanhänger stand?“

Mila nickte. „So sicher, wie ein Pferdepups nicht stinkt.“

„Tut er nicht?“ Charly hob eine Augenbraue. „Hab ich mir noch nie Gedanken darüber gemacht.“

„Also für meine Nase zumindest nicht“, beharrte Mila. „Was ist? Begleitest du mich jetzt? Ich brauch jemanden, der mir diese schwere Eisentür aufhält. Wenn du dich nicht traust, frage ich Michel.“

„Klar begleite ich dich“, sagte Charly gedehnt. „Ich muss nur noch schnell mit Tom klären, dass ich später komme.“

„Aha, aha, ahaaaaa!“, juchzte Mila. „Daher weht der Wind. Du bist mit Tom verabredet! Cool. Dem will ich auf keinen Fall im Wege stehen, das ist ja wohl klar." Sie winkte ab. „Nee, du. Lass mal. Dann frage ich Michel."

„Bist du sicher? Immerhin bin ich deine beste Freundin. Ich verschiebe das Date, wirklich!"

„Genau das ist der Punkt", antwortete Mila, zupfte an einer von Charlys Locken und ließ sie wieder zurückschnalzen. „Du bist meine beste Freundin und ich will, dass du glücklich bist. Die letzte Zeit war nicht einfach für dich mit diesem ganzen Prinzessinnenkram. Und Tom ist schließlich nur für ein paar Wochen hier auf der Insel. Da sollst du so viel Zeit mit ihm verbringen wie möglich."

„Bist du dir sicher?", fragte Charly.

„Ganz sicher", antwortete Mila und umarmte ihre Freundin fest.

„Da ist es!" Mila zeigte auf die Tür im Hügel.

Michel und sie waren ziemlich früh losgeritten, um unbemerkt am Hof der Petersens vorbeireiten zu können. Mila hatte ein megaschlechtes Gewissen, weil sie Anna wegen des Koffers nicht gefragt hatte.

Sie wusste genau, dass es eigentlich nicht in Ordnung war, einfach so in Annas Sachen herumzustöbern.

Michel hatte einen einzigen Versuch unternommen, sie umzustimmen. Doch ihm war schnell klar geworden, wie wichtig es für Mila war, den Koffer selbst unter die Lupe zu nehmen.

„Keine schlechte Idee mit dem Felsenkeller“, meinte Michel. „Ein super Versteck.“

„Na ja. So gut, dass Basti fast nicht mehr herausgekommen wäre“, meinte Mila. „Deswegen habe ich mich ja nicht alleine hergetraut.“

Sie trat an die Tür. Der Riegel war noch geöffnet.

„Lass dir Zeit“, sagte Michel. „Ich werde hier stehen bleiben und dein ganz persönlicher Türaufhalter sein.“

„Danke“, antwortete Mila. „Du bist ein echter Freund.“

„Ich weiß“, sagte Michel und zwinkerte ihr zu.

Mila trat in den dunklen Raum und da lag der Koffer. Sie zögerte. Eigentlich war sie furchtbar neugierig auf den Inhalt, gleichzeitig hatte sie aber auch ganz schön Bammel. Vorsichtig zog sie den Koffer unter dem Tisch hervor und näher zur Tür. Sie brauchte ein wenig Licht. Dann klappte sie den Deckel auf: Der Koffer war randvoll gefüllt mit Bildern, Briefen und Notizbüchern. Zuerst griff Mila nach einem Packen Bilder.

Ihr Vater war darauf zu sehen. Und Aduro, sein

Pferd. Bei Siegerehrungen, wie sie über ein Hindernis sprangen und Bilder, die offensichtlich im Stall geknipst worden waren. Chris war vielleicht fünfzehn oder sechzehn Jahre alt. Er sah toll aus in seinem Reitdress, fand Mila. Merkwürdig war nur, dass er fast nie lächelte. Im Gegenteil. Sein Mund war auf den meisten Fotos nur ein verbissener Strich.

Das letzte Bild allerdings war anders. Ganz anders. Eine junge Anna und ihr Vater hielten sich verliebt an den Händen und strahlten sich an. Also doch! Sie hatte es geahnt. Papa und Anna waren früher nicht nur Freunde gewesen, sondern ineinander verliebt. Oh Mannomann! Und wie süß die beiden miteinander aussahen …

Hektisch kramte Mila weiter und bekam einen Umschlag zu fassen, auf den ein gebrochenes Herz gemalt war. Das Papier darin war abgegriffen und fleckig.

Anna, my love,

… stand da. Mit einem roten Filzstift unterstrichen und mit einem Herz daneben.

Ich weiß gar nicht, wie ich ohne dich weiterleben soll.

Du schreibst, du kannst nicht mehr mit mir zusammen sein, weil du meinen Ehrgeiz beim Springreiten nicht mehr erträgst. Und dass du mich nicht mehr so liebst wie früher, weil ich unsere Ideale vom Reiten verraten habe.
Du hast recht. Ich habe es übertrieben.

Ich habe nur noch von Sieg zu Sieg gedacht und auf meine, deine und Aduros Bedürfnisse herzlich wenig Rücksicht genommen. Aber muss deshalb alles vorbei sein? Wie soll ich ohne dich weitermachen? Wie soll ich reiten, ohne deine Unterstützung? Das kann ich nicht!!!!

Anna, komm zu mir zurück, bitte!

Nur noch dieses eine Turnier morgen und dann werde ich kürzertreten. Ich verspreche es hoch und heilig.

Kannst du mir verzeihen? Ich tue alles, damit du mich wieder liebst.

Dein Chris

Ach du meine Güte! Mila wurde schlecht. Anna hatte mit Chris Schluss gemacht und nun hielt sie einen Liebeskummerbrief ihres Vaters in der Hand.

Sie schluckte. Das war ganz schön aufregend, aber auch ganz schön verwirrend. Wie Anna wohl auf den Brief reagiert hatte?

Mila griff nach dem nächsten Umschlag. Doch der enthielt keinen Brief. Nur einen ausgeschnittenen Zeitungsartikel mit der Überschrift: *Das Aus für Chris Hofer? Wollte er zu viel?*

Darunter ein Bild in Schwarz-Weiß, auf dem Chris mit schmerzverzerrtem Gesicht auf dem Boden lag und sich die Hüfte hielt.

Mila erschrak. Was war das denn? Mit klopfendem Herzen überflog sie die Zeilen und musste vor lauter Aufregung immer wieder von Neuem anfangen. Allmählich begann sie zu begreifen. Das Turnier – dieses letzte Turnier, von dem Chris in seinem Brief gesprochen hatte – war für ihn nicht gut ausgegangen. Bei einem Sturz hatte er sich die Hüfte gebrochen. Aduro war selbst so unglücklich gefallen, dass er sich ein Bein gebrochen hatte und eingeschläfert werden musste. Der Reporter äußerte den Verdacht, dass ihr Vater in den letzten Wochen bis zur Erschöpfung trainiert hatte. Härter und ehrgeiziger als alle Konkurrenten. Und dass ihm dies schließlich zum Verhängnis geworden sei.

Mila überlegte. Konnte das stimmen? Ihr Vater, der immer so viel Wert darauf legte, dass sie es mit dem Springreiten nicht übertrieb. Der ihr immer gesagt hatte, dass Turniere nur unnötiger Stress für Pferd und Reiter seien. Konnte es sein, dass er darüber einmal ganz anders gedacht hatte? Und dass er seine Lektion bitter hatte lernen müssen? Mit einem schlimmen Unfall, mit dem Wissen, am Tod des geliebten Pferdes schuld zu sein?

Jetzt ergab plötzlich vieles Sinn, was sie vorher nicht so richtig verstanden hatte. Das Rumgedruckse am Videotelefon, als sie ihren Eltern stolz von ihren ersten Springreiterfolgen erzählt hatte. Der Wunsch ihres Vaters, dass sie auf *Inselglück* nicht bei der normalen Reitklasse mittrainieren sollte. Offensichtlich hatte er mit dem Reitsport seit damals völlig gebrochen. Nicht aber mit den Pferden!

Mila klappte den Deckel des Koffers wieder zu. Sie hatte genug gesehen. Sie rappelte sich auf und lief aus dem Keller. Weg. Sie wollte nur weg. Nach Hause. Zu Adesso.

„Mila, jetzt warte doch mal", rief Michel ihr hinterher. „Was ist denn passiert?"

Mila hatte Tränen in den Augen und konnte gar nicht mehr richtig sehen, wohin sie lief. Sie stolperte über ein Büschel Gras und fiel der Länge nach hin. Mist! Sie boxte mit der Faust auf den Boden. Wie peinlich. Erst musste sie heulen und jetzt lag sie auch noch auf dem Boden wie eine Flunder.

Im nächsten Moment war Michel bei ihr. Er kniete sich neben sie und strich ihr über den Rücken. Mila war ihm dankbar, dass er keine weiteren Fragen stellte. Er war einfach nur da. Das war gut. Langsam setzte sie sich auf und wischte sich die Tränen von der Wange. Tränen und Blut. Wie auf Knopfdruck fing ihre Stirn zu pochen an.

„Du hast einen Kratzer an der Stirn", sagte Michel. Er öffnete seinen Rucksack und holte ein kleines Erste-Hilfe-Set heraus. „Willst du Micky Mouse oder Star Wars?", fragte er und hielt schulterzuckend zwei Pflasterstreifen in die Höhe. „Ich habe leider keine anderen."

Mila musste lächeln, obwohl ihr eigentlich nicht danach zumute war. „Star Wars. Ich brauche *die Macht*", sagte sie.

„Hab ich mir gleich gedacht. Bitte schön!" Er klebte Mila das Pflaster auf die Stirn. „Und wenn du nicht darüber reden willst, ist es völlig in Ordnung."

Als Mila merkte, dass es Michel ernst damit war, hatte sie mit einem Mal das Bedürfnis, darüber zu reden. Wenn irgendjemand sie verstand, dann Michel.

„Ist doch klar, dass dich das durcheinanderbringt", sagte Michel, als Mila geendet hatte. „Und dass du megaenttäuscht bist. Ich verstehe nicht, warum dir dein Vater niemals von dem Unfall erzählt hat.

Dann hättest du doch viel besser nachvollziehen können, warum er so gegen den Reitsport ist …"

Mila nickte. „Ein bisschen mehr Ehrlichkeit wäre gut gewesen. Ich finde das auch total daneben, dass Anna so ein Geheimnis daraus macht, dass sie mal zusammen waren. Darf Peter das nicht wissen? Oder was ist da los? Ist da noch mehr vorgefallen?"

„Willst du Anna selbst fragen?" Michel schlang die Arme um seine Knie.

„Ja … oder? Ach, keine Ahnung." Mila runzelte die Stirn. So sehr, dass sich das Star-Wars-Pflaster zusammenschob. Sie guckte nach oben und patschte es mit der Hand wieder flach. „Das ist ganz schön schwer. Schließlich bin ich ja ohne Erlaubnis an ihre Sachen gegangen. Oh Mann, da hätte ich echt auch früher dran denken können. Diese verflixte Neugier macht mir jetzt Riesenprobleme. Was soll ich machen? Was würdest du tun?"

Michel überlegte einen kurzen Augenblick. „Ich würde zu Anna gehen und beichten, dass du in den Koffer geguckt hast. Ich finde deine Neugier total normal und verständlich. Und auf den Koffer bist du ja eher zufällig gestoßen."

Mila seufzte und atmete ein paarmal tief in den Bauch. „Okay", sagte sie. „Auf zu Anna."

Sie riefen nach Adesso und Pferdinand und die

beiden trabten sofort heran. Pferdinand mit Sattel und Adesso ohne. Der Knubbel an seinem Rücken war eher dicker geworden und Mila hatte für den Nachmittag einen Termin mit Tierarzt Rosenthal ausgemacht.

Sie griff in Adessos Mähne und schwang sich auf seinen Rücken. Mittlerweile hatte sie das schon so häufig ohne Steigbügel gemacht, dass es ihr keine Schwierigkeiten mehr bereitete.

Sie ritten am Hügel vorbei in Richtung Petersen-Hof. Mila war aufgeregt. Ob Anna wohl böse mit ihr war, wenn sie erfuhr, was sie getan hatte? Auf der anderen Seite: So richtig böse hatte sie Anna noch nie erlebt …

Ein Freudenschrei riss Mila aus ihren Gedanken.

„Mila! Mila!"

War das Jans Stimme? Das konnte doch nicht sein! Er sollte erst übernächste Woche wieder zurück sein.

Aber sie hatte sich nicht getäuscht. Jan rannte ihr mit offenen Armen und einem breiten Grinsen entgegen. Milas ganzer Körper begann vor Freude zu kribbeln und ihr blieb der Mund offen stehen. Einfach so.

Jan war wieder da! Und er sah supergut aus. Sein Gesicht und seine Arme waren braun gebrannt und seine Haare waren vom Salzwasser noch heller als zuvor. Allerdings trug er kein Fischerhemd wie sonst, sondern ein Trikot von Manchester United. Mila ließ sich von Adessos Rücken gleiten und lief ihm entgegen.

Stürmisch umarmte Jan Mila und wirbelte sie herum.

„Ich hab dich vermisst!“, flüsterte er. „So schön, wieder hier zu sein!“

PENG! Mila spürte, wie das Band, das ihr Herz die letzten Tage eng gemacht hatte, zerriss. Ihr Herz pochte wild und sie schmiegte sich an Jans Hals. Wie gut er roch! Dieser spezielle Jan-Duft, der ihre Knie weich werden ließ. Hoffentlich würde er sie nie wieder loslassen. Mila vergaß sogar, dass sie eigentlich sauer auf ihn war, weil er die ganze Zeit mit dieser Linda rumgehangen und so selten angerufen hatte.

„Warum bist du schon zurück?“, fragte sie. „Ist irgendwas passiert?“

Jan nahm Milas Hände und sah ihr in die Augen.

„Ja, zwei Dinge“, sagte er und lächelte geheimnisvoll. „Mir ist klar geworden, dass ich ohne dich nicht länger in England bleiben will. Und als meine Mutter mir erzählt hat, dass Papa krank geworden ist und sie den Hof- und Hotelbetrieb ganz alleine stemmen muss, habe ich mich in den nächsten Flieger nach Hause gesetzt.“ Er strich Mila über die Wange und küsste sie sanft. Dann deutete er auf das Pflaster an ihrer Stirn. „Aber was machst du denn in aller Herrgottsfrühe hier? Und auch noch schwer verletzt?“

Er sah zu Michel. Michel nickte Jan kurz zu.

„Du bist also zurück“, stellte er ziemlich kühl fest. „Das wird Anna sicher freuen. Und Mila.“ Er wandte sich an Mila. „Du brauchst mich ja jetzt nicht mehr. Wir sehen uns dann später?“ Er galoppierte an.

Mila fröstelte und rieb sich über die Arme. Puh, das war ja eine komische Stimmung gewesen zwischen Michel und Jan.

„Ich hab viel zu erzählen“, sagte sie schließlich. „Lädst du mich auf einen Kakao ein?“

Gemischte Gefühle

„Ich kapier das einfach nicht!“ Mila ließ sich auf Charlys Bett fallen und trommelte mit den Fäusten darauf. „Lieg ich falsch oder ist Jans Verhalten echt ziemlich unsensibel? Ich meine, ich schütte ihm mein Herz aus und dass ich ganz schön durch den Wind bin, und was macht er? Er lacht mich aus und labert die ganze Zeit von seinem Urlaub – von dieser Linda, von den tollen Abenden am Pier und am Strand und was weiß ich. Das ist doch nicht normal, oder?“

„Vielleicht war er so überglücklich, dich zu sehen, dass er das gar nicht richtig verarbeiten konnte?“, überlegte Charly. „Er hat es bestimmt nicht so gemeint.“

„Das dachte ich ja auch“, räumte Mila ein. „Aber er kam mir so gedankenlos vor. Irgendwie oberflächlich. Wir sind jetzt nicht unbedingt im Streit auseinandergegangen. Aber es war komisch. So, dass man sich die ganze Zeit unwohl fühlt. Weißt du, was ich meine?“

„Vielleicht wollte er dir durch sein lässiges Verhalten sagen, dass alles nicht so schlimm ist. Dass du dir umsonst Sorgen machst. Könnte doch auch sein“, machte Charly einen weiteren Erklärungsversuch.

„Diese Sorgen hätte mir nur Anna nehmen können – zumindest den Teil mit dem Koffergeheimnis. Aber die war leider nicht da …“ Mila bohrte ihren Kopf ins Kissen. „Und ich hatte mich so gefreut, ihn zu sehen“, klang es dumpf daraus hervor. „Jede einzelne Zelle in meinem Körper ist vor lauter Verliebtheit rumgehüpft! Aber was erzähle ich dir? Du kennst das ja. Wie war dein Treffen mit Tom?“

Charlys Augen begannen zu glänzen. „Sehr, sehr schön – und auch ein bisschen romantisch. Als wir am Strand entlanggegangen sind, hat er meine Hand genommen. Ich hab mich gefühlt, als ob ich die Hauptdarstellerin in einem Liebesfilm wäre“, schwärmte sie.

Mila tauchte aus dem Kissenberg auf. „Das freut mich so für dich, echt. Ich hoffe, ich habe dir jetzt nicht die Laune verdorben.“

„Quatsch. Das klappt heute nicht. Nichts und niemand verdirbt meine Laune. Das heißt aber nicht, dass ich nicht nachempfinden kann, wie du dich fühlst.“

Mila nickte und umarmte Charly. „Mal sehen, vielleicht skype ich nachher meinen Vater an und stelle alle Fragen, die mir auf der Seele brennen. Jetzt muss ich in den Stall. Doktor Rosenthal will sich den Abszess an Adessos Rücken ansehen.“

„Kannst du denn am Workshop teilnehmen?“, fragte Charly besorgt.

Mila zuckte mit den Schultern. „Keine Ahnung. Ich werde wahrscheinlich nicht so viel trainieren können. Mal abwarten, was der Doc spricht. Ich will nichts machen, was Adesso schadet. Wenn er nicht fit ist, dann sag ich den Workshop einfach ab.“

„Ich komme mit runter. Ich muss den Tierarzt auch noch etwas wegen Vanilla fragen.“

„Das ist recht unangenehm für Adesso, aber du hast bereits genau das Richtige gemacht“, sagte Herr Rosenthal.

„Luke hat mir dazu geraten“, meinte Mila und streckte Adesso eines der Hafer-Apfel-Leckerlis hin.

Er schnupperte und schnappte sich den Keks mit seinem weichen Maul.

„Lass es dir schmecken, mein Süßer.“ Mila strich Adesso über die weiße Blesse auf der Stirn.

„Ich werde Adesso jetzt ein Antibiotikum spritzen, damit die Keime sich nicht in seinem Körper ausbreiten. Dann werde ich den Abszess vorsichtig öffnen, sodass der Eiter herausfließen kann", erklärte der Tierarzt.

Oh, das klang nicht gut! Eine Spritze und dann auch noch ein Schnitt. Der arme Adesso. Sie wollte aber unbedingt an seiner Seite bleiben.

„Guck nicht so verängstigt." Herr Rosenthal hatte Milas Gesichtsausdruck gesehen. „Beides wird Adesso kaum spüren. Im Gegenteil, es wird ihn erleichtern, dass der Abszess nicht mehr gefüllt ist."

„Kann gut sein. Aber ich habe trotzdem Angst vor Spritzen. Und vor Skalpellen sowieso." Es schüttelte sie, aber sie versuchte, es vor Doktor Rosenthal zu verbergen.

„Bleib einfach neben Adessos Kopf stehen. Es wird ihn beruhigen, dass du da bist."

Mila nickte erleichtert. Das war *die* Lösung. Sie konnte Adesso beistehen, würde aber von dem Geschnippel und Gepikse nichts mitbekommen. Sie lehnte den Kopf an Adessos und streichelte ihn sanft am Hals. „Mein allerbester, liebster, talentiertester Adesso", flüsterte sie.

Adesso schloss die Augen. Er war so ein kluges Pferd. Bestimmt merkte er, wie viele Sorgen sie sich machte. Und natürlich auch, wie sehr sie ihn liebte. Plötzlich schossen Milas Gedanken in ihrem Kopf kreuz und quer. Ihr Vater hatte Aduro sicher auch sehr geliebt. Aber noch mehr geliebt hatte er offensichtlich seinen Erfolg. Ob er sich seinen Fehler jemals verziehen hat?

Vielleicht hatte Jan doch recht mit seinem Misstrauen gegenüber professionellem Pferdesport? Aber musste er deswegen heute so mies reagieren, als sie ihm von ihrer Entdeckung erzählt hatte? Waren Adesso, Vanilla und alle anderen Pferde hier wirklich glücklich? War *sie* wirklich glücklich mit Jan? Plötzlich rannen Mila Tränen über die Wangen und sie konnte gar nichts dagegen tun.

Doktor Rosenthal legte den Arm um ihre Schultern. „Es ist wirklich nicht so schlimm. Adesso hat gar nichts gespürt, und wenn du die Wunde richtig spülst, ist er ganz bald wieder der Alte“, sagte er.

Mila blickte den Tierarzt aus verheulten Augen an. Sie war dankbar, dass er selbst eine Erklärung für ihre Tränen gefunden hatte und sie nichts weiter dazu sagen musste. Denn das wäre eine ziemlich lange, ziemlich verworrene und ziemlich persönliche Geschichte geworden, bei der sie selbst noch nicht so richtig durchstieg.

„Danke“, sagte sie deswegen nur.

„Am besten, du fragst Anna Petersen, ob sie dir

die passende Kräutertinktur ansetzt. Sie kennt sich da wirklich gut aus. Dann wird die Wunde austrocknen. Aber kein Sattel bis dahin. Hast du noch Fragen?"

Mila schüttelte den Kopf.

„Dann gehe ich noch eben zu Charly und Vanilla."

Doktor Rosenthal verabschiedete sich und Mila warf einen scheuen Blick auf die Wunde. Sie war abgeklebt. Die Wunde immer wieder zu spülen würde sie locker hinbekommen.

„Hat es sehr wehgetan?" Michel trat in die Box.

„Adesso nicht, aber mir dafür umso mehr!", antwortete Mila.

„War ja klar, du bist ja auch ein Weichei", gab Michel zurück.

„Na warte!" Mila nahm eine Handvoll Heu aus Adessos Futterraufe und warf es nach Michel.

„He, mit dem Essen spielt man nicht!"

„Mit dem Essen meines Pferdes darf man das!" Mila streckte Michel die Zunge raus. „Bäh!"

Michel rollte mit den Augen und wackelte mit steifen Beinen wie ein Roboter-Zombie auf Mila zu. „Ich krieg dich, und wenn ich dich habe, dann kitzele ich dich durch!"

Schnell flitzte Mila aus Adessos Box und schlang schützend die Arme um ihre Taille. „Wehe!", sagte sie. „Ich bin kitzelig. Ober-mega-wahnsinnig-kitzelig."

„Das weiß ich doch. Deswegen macht es ja so viel Spaß. Aber okay, ich will heute mal eine Ausnahme machen. Schließlich musst du dich noch um Adesso kümmern. Was hat denn Doc Rosenthal nun gesagt?"

„Ist alles nicht so schlimm", erklärte Mila nun wieder ernst. „Allerdings kann ich noch mindestens eine Woche den Sattel nicht draufmachen. Und das wird ganz schön knapp mit dem Workshop. Schließlich kann ich da ja nicht antanzen und ausschließlich ohne Sattel trainieren, oder?" Sie kraulte Adesso am Kinn und streckte ihm einen halben Apfel hin.

Mit einem Happs knurpste Adesso ihn weg.

„Wenn Adesso noch nicht gesund ist, könnt du und Pferdinand ja für uns einspringen."

Michel zuckte mit den Schultern. „Keine Ahnung, ist bestimmt nicht so einfach. Aber ich würde an deiner Stelle mal bei dem Leiter – wie hieß er noch mal, Erpenbeck? – anrufen und ihn fragen, was du tun sollst."

„Gute Idee." Mila grinste. „Erst mal muss ich mit meinem Vater sprechen und vor allem mit Anna – aus medizinischen Gründen und auch wegen meines schlechten Gewissens. Ich habe sie vorhin nämlich nicht gesehen. Die Koffersache ist noch nicht aus der Welt – und vor allem nicht aus meinem Kopf."

Michel nickte. „Mach das. Ich werde ein wenig mit Pferdinand an den Strand gehen und raden."

„Raden?" Mila machte ein fragendes Gesicht.

„Unsere Spezialität. Eine Mischung aus Reiten und Baden", erklärte er. „Mach's gut!"

Immer merkwürdiger ...

Mila stand vor dem Spiegel und popelte sich im Zeitlupentempo das Pflaster von der Stirn. Die Schnittwunde sah einigermaßen gut aus. Noch ein wenig rot, aber das würde schon werden.

In der vorherigen Nacht hatte sie furchtbar schlecht geschlafen. Einfach, weil sie so aufgeregt gewesen war wegen des Koffers und weil ihr die Suche nach Basti noch in den Gliedern gesteckt hatte. Sie beschloss, sich kurz hinzulegen – einen Moment die Augen zu schließen, bevor ...

Schon war sie eingeschlafen. Sie befand sich auf einer Weide. Unter ihren Füßen war allerdings keine Wiese, sondern etwas, das aussah wie Schnee, aber nicht kalt war. Neben ihr stand Michel und reichte ihr die Hand. Sie nahm sie und sie spazierte mit ihm los. Alle Pferde, die sie liebte, tollten um sie herum: Renate, Adesso, Pferdinand, Vanilla und Fenja. Es war total beruhigend, sie zu beobachten. Ihre Hufe wirbelten das weiße Zeugs auf dem Boden auf und alles wirkte dadurch unwirklich. Schön und märchenhaft.

Dann bemerkte sie eine Person auf der anderen Seite des Zauns. Jan. Er winkte Mila heran und sie wollte zu ihm, um ihn auch auf die Watteweide zu lassen, aber sie konnte sich nicht mehr bewegen. Sie streckte die Arme nach ihm aus und begann zu rufen. Doch je lauter sie rief, desto weiter trieb Jan von ihr weg.

Nein!, schrie Mila. Nein!

Etwas schrillte und schepperte. Mila riss die Augen auf. Sie war schweißgebadet. TRRRRRR! Da war es wieder. Aber was eigentlich? Ach ja, ihr Handy! Ein verpasster Anruf von Jan und eine neue Nachricht.

Im Traum hatte sie ihn nicht erreichen können, aber im richtigen Leben hatte er es durchaus versucht. Das war doch zumindest etwas. Sie öffnete die Nachricht mit zitternden Fingern.

Meine liebste Mila. Entschuldige, ich war gestern blöd und unsensibel. Wollen wir noch mal von vorn anfangen? Ich komme nachher vorbei, wenn ich darf. Dein Jan

Zum Glück hatte Jan also wenigstens bemerkt,

dass die Stimmung zwischen ihnen seltsam gewesen war. Schnell tippte sie eine Antwort.

Entschuldigung angenommen. Aber bleib, wo du bist. Ich muss nachher eh noch mal zu euch. Deine Mila

„Nein, doch nicht so! Renate, nicht!"

Mila wunderte sich. Seit wann schimpfte Tini mit ihrem kleinen Lieblingspony? Das war doch noch nie vorgekommen.

Ein Blick aus dem Fenster und sie wusste, warum.

Der Bollerwagen, den Tini ziehen sollte, quoll über vor lauter Kekstüten und Renate wollte sich einfach nicht von der Stelle rühren. Stur stand sie da und fraß das Gras, das zwischen den Pflastersteinen des Hofs spross.

Tini stand neben ihr und zerrte mal hier und mal da an ihr herum. Sie wirkte völlig verzweifelt. Dann verlegte sie sich aufs Bitten. „Komm, meine Süße", flötete sie. „Komm, bitte hilf mir doch, die Kekse auszuliefern. Du kriegst auch eine Extraportion Futter heute Abend. Versprochen."

Doch Renate ließ sich auch davon nicht beeindrucken.

„Hey, Tini, du willst es einfach zu sehr. Man

kann Renate zu gar nichts zwingen, das weißt du doch. Sie muss es selber wollen."

Tini verschränkte die Arme. „Irgendwelche Vorschläge, Frau Schlaukopf, wie wir Renate dazu bekommen können, *dass* sie es will?"

„Vielleicht, wenn wir Adesso als Lockpferd einsetzen?", überlegte Mila.

Tinis Augen begannen zu strahlen. „Ja, genau, das ist es. Ich hab 'ne super Idee!" Sie packte einen Keksbeutel und verschwand im Stall. „Danke, Mila!"

„Keine Ahnung wofür, aber bitte! Gern geschehen!"

Eine halbe Stunde später war Mila frisch geduscht und umgezogen und sie hatte sich überlegt, was sie Jan und Anna sagen wollte. Sie fühlte sich rundum bereit loszureiten.

Adesso stand schon im Hof. Oder vielmehr eine Art geschmückter Christbaum, der Adesso verflucht ähnlich sah. Mila musste zweimal hinsehen, denn sie konnte nicht glauben, was da vor ihr stand.

Das war sicher Tinis Werk gewesen!

Mila kam näher, um das Kunstwerk besser unter die Lupe nehmen zu können. Adessos Schweif und seine Mähne waren eingeflochten. In den kleinen

Zöpfen hingen aufgefädelte Pferdekekse, winzige Äpfel und Minimöhren. Es sah einfach unglaublich aus. Und für Renate bestimmt unglaublich lecker. Zum Anbeißen lecker!

Mila begann zu kichern. Sie kicherte und kicherte und konnte überhaupt nicht mehr aufhören zu kichern. Hilfe, das war einfach *zu* komisch! Adesso als Leckerbissen für Renate. Mila hielt sich den Bauch und musste sich an die Hauswand lehnen, um nicht vor Lachen einfach umzuplumpsen.

Adesso sah sie verwundert an. So fröhlich hatte er Mila die letzten Tage nicht erlebt.

„Rattenscharf, oder?“ Charly kam aus dem Stall und deutete auf Adesso. „Ich habe Tini dabei geholfen. Wenn Renate jetzt nicht hinter ihm herläuft, dann hat sie wirklich keinen Hunger.“

„Diesen Zustand gibt es bei meiner kleinen Dicken nicht“, meinte Mila und prustete wieder los. „Wo ist sie überhaupt?“

„Tini hat sie noch mal ausgespannt, weil sie den Wagen anders beladen wollte. Ich glaube, sie steht in Frau Käthes Kräutergarten.“

Mila ging um den alten Teil des Internats herum, der aussah wie ein altes Herrenhaus. Hinten hatte Frau Käthe einen kleinen Gemüse- und Kräutergarten angelegt, der wahrscheinlich einer der beiden Gründe war, warum das Essen auf

Inselglück von allen so sehr geliebt wurde. Der zweite war Frau Käthes obergeheimes Geheimrezeptbuch, das so geheim war, dass es niemals niedergeschrieben wurde, sondern nur in Frau Käthes Kopf existierte.

Mila sog den würzigen und gleichzeitig süßen Duft ein, der von dem Garten herüberströmte. Doch der Garten war leer. Keine Renate weit und breit. Mila sah sich suchend um.

Auweia! Renate stand neben der kleinen Bank, auf der Frau Käthe sich manchmal ausruhte und auch das Essen abstellte. Renate hatte ihren Kopf in einer großen Schüssel vergraben. Oh, oh, oh. Das war nicht gut. Mila sprintete los. Als sie bei Renate ankam, sah sie gerade noch, wie der letzte geschälte Apfel im Maul verschwand. In diesem Augenblick trat Frau Käthe aus der Küchentür.

„Nein, das darf doch einfach nicht wahr sein! Wer hat denn diesen Vielfraß in meinen Hintergarten gestellt? Meine schönen Äpfel. Den Apfelstrudel zum Nachtisch können Annas Gäste nun vergessen!“, rief sie völlig außer sich und versuchte, Renate von der Schüssel wegzuziehen. Ohne Erfolg, schließlich war der Inhalt der Schüssel fressbar gewesen.

„Tut mir leid, Frau Käthe“, sagte Mila schnell, um Tini zu schützen. „Sie ist mir ausgebüxt und du weißt ja, wie sie ist: der erste und einzige Apfelstaubsauger der Welt."

Frau Käthe nahm die Schüssel mit einem Ruck an sich und hob den Zeigefinger: „Heute Abend bist du hier in der Küche und dann werden Äpfel geschält! Verstanden?"

Mila schluckte und nickte. Hoppla. Frau Käthe konnte ja richtig wütend werden …

Natürlich hatte Renate trotz der vielen Äpfel noch Appetit und so klappte Tinis Pferde-lock-Plan wunderbar. Sie zog den Bollerwagen, ohne zu murren, klebte mit der Nase direkt an Adessos Schweif und versuchte immer wieder, an eine der Möhren zu kommen.

Mila hatte Tini von Renates Überfall auf die Apfelvorräte erzählt und Tini hatte ihr fest versprochen, beim Apfelschälen zu helfen. Sie sah richtig zerknirscht aus. Allerdings nicht, wie Mila feststellen musste, weil sie ein schlechtes Gewissen hatte, sondern eher, weil sie sich Sorgen machte, dass die vielen Äpfel Renates Verdauung schaden könnten.

„Hoffentlich bekommt sie keine flotte Lotte davon", meinte sie und küsste Renate auf den Hals.

„Meinst du Durchfall?"

Tini nickte.

„Du solltest ihr heute auf keinen Fall mehr Äpfel oder Möhren geben", stimmte Mila ihr zu. „Der viele Zucker ist echt nicht so toll. Ich habe mal gehört, dass man nur einen Apfel pro hundert Kilo Körpergewicht füttern sollte. Ich befürchte, da ist Renate heute drüber."

„Ich pass auf wie ein Luchs", versprach Tini. „Danke, dass du uns begleitet hast. Das letzte Stück zum Pferdeladen in Ritteck kriegen wir zu zweit hin, nicht wahr, du verfressenes Monster?" Sie wuschelte Renate durch die Mähne. „Und auf dem Rückweg ist der Wagen viel leichter."

Mila sah ihrer Cousine und Renate noch ein Weilchen nach. Zum einen, weil die beiden einfach richtig niedlich zusammen waren, und zum anderen, weil sie ein wenig Angst vor dem Treffen mit Jan hatte.

Ob die Zeit, die Jan in England gewesen war, etwas mit ihren Gefühlen gemacht hatte? Sie fühlte eine Fremdheit, die vorher einfach nicht da gewesen war. Oder vielleicht hatte sie sie auch vor lauter Verliebtheit gar nicht bemerkt? Jan tickte so anders als sie. Bei ihm musste sie immer nachfragen, wie er etwas meinte, und er tat manchmal richtig geheimnisvoll. Das war zwar spannend und sie hatte sich auch deshalb in ihn verliebt, aber es war auch anstrengend.

Mit klopfendem Herzen ritt sie weiter. Sie sah ihn bereits von Weitem. Er war auf der Koppel mit den Isländern und töltete mit Baldri. Nun klopfte ihr Herz nicht nur, es machte sogar einen kleinen Hüpfer.

Mila liebte die besondere Gangart der Islandpferde. Ein Galopp, der aber völlig gerade und ruhig lief. Als würden die kräftigen Tiere einfach so über die Erde schweben. Kleine fellige Engel auf vier Hufen.

Als Jan Mila und Adesso sah, parierte er zum Schritt durch und kam lachend auf Mila zu.

Mila erinnerte sich an ihre Abmachung, so zu tun, als ob ihr erstes Treffen nicht stattgefunden hätte.

„So eine Überraschung!", rief sie deshalb laut. „Was machst du denn hier? Ich dachte, du bist noch in England!"

Sie öffnete das Gatter und führte Adesso hinein. Jan war von Baldris Rücken gesprungen und lief Mila – wie vorhin – mit offenen Armen entgegen.

„Ich bin vor allem deinetwegen zurückgekommen", sagte er und wirbelte sie wieder herum. „England war wunderschön, aber *du* warst nicht da!"

SCHWUPP! Da war es wieder. Das alte, unglaubliche, sensationelle Gefühl, in Jans Armen zu liegen. Ihn zu riechen, ihn zu spüren.

„Hier war es auch schön, aber *du* warst nicht da“, antwortete Mila. Und diesmal nahm sie sein Gesicht in ihre Hände und küsste ihn. „Ich glaube fast, du hast noch mehr Sommersprossen bekommen. Komm, wir setzen uns da drüben unter den Baum, damit ich sie zählen kann.“

Liebesgeschichten

„Ich konnte einfach nicht anders“, sagte Mila kleinlaut. Sie saß mit Anna, Jan und einem schniefenden Peter am Abendbrottisch und knabberte lustlos an einem Schinkenbrot herum. „Es tut mir so leid!“

Anna stand auf und legte den Arm um Mila. „Nein, dear, mir tut es leid, dass du es auf diese Art und Weise erfahren musstest. Ich weiß nicht genau, welche Gründe dein Vater hatte, dir die Sache nicht zu erzählen, aber eines weiß ich: Du bist ein so vernünftiges und tolles Mädchen, er hätte auf jeden Fall keine Angst haben müssen, dir die Wahrheit zu sagen.“

Mila stützte den Kopf in die Hände und starrte auf den dampfenden Tee vor ihrer Nase. „Und du bist nicht sauer, dass ich einfach deine Sachen durchwühlt habe?“

„Nein, ich denke, das hätte jeder von uns getan“,

beruhigte Anna sie. „Schließlich stand der Name deines Vaters darauf."

„Ich habe auch schon mal unerlaubt in den Koffer geguckt", räumte Peter hustend ein. „Als ich Anna kennengelernt habe, stand dieser Koffer unter ihrem Bett. Für Anna waren es Erinnerungen an eine schöne Zeit, aber ich war natürlich eifersüchtig. So viele Briefe ..."

„Ich kann mich noch immer nicht an den Gedanken gewöhnen", sagte Jan kopfschüttelnd. „Um ein Haar hätte es also weder mich noch Mila gegeben oder wir wären jetzt so was wie Geschwister? Ähhh!" Er nahm Milas Hand und schmatzte einen Bussi darauf.

Mila grinste. „Nicht auszudenken ..."

„Wir waren noch so jung", begann Anna zu erzählen. „Ich war gerade mit meinen Eltern aus England nach Deutschland gezogen und bin immer in der Nähe von Chris' Reitplatz spazieren gegangen. Ich war fasziniert von Aduros Eleganz und von Chris' Talent. Also blieb ich immer öfter und immer länger stehen und irgendwann sind Chris und ich ins Gespräch gekommen. Er hat mir sehr gut gefallen und ich habe mich Hals über Kopf in ihn verliebt. Etwas über ein Jahr war alles super, wir haben ganz viel zusammen unternommen und ich habe auch ein wenig reiten gelernt.

Aber Chris wurde von Woche zu Woche ehrgeiziger. Was ich wollte, zählte irgendwann nicht mehr, sondern es zählten nur noch die blöden Springturniere und seine Leistung. Ich habe immer wieder versucht, ihn zur Vernunft zu bringen. Ihm zu zeigen, was wirklich wichtig ist. Spaß zu haben am Reiten. Am Leben. Aber es hat nichts genützt. Sogar unsere Liebe war machtlos gegen Chris' Ehrgeiz und diesen blöden Trainer, der aus ihm unbedingt den erfolgreichsten Reiter Deutschlands machen wollte. Irgendwann konnte ich es nicht mehr mit ansehen, wie Chris sich selbst und Aduro fertiggemacht hat, und ich habe die Beziehung beendet. Obwohl es mir damals das Herz gebrochen hat. Ich bin dann für eine ganze Zeit nach Island und habe dort Peter kennengelernt, der mit Islandpferden gearbeitet hat." Anna drückte Peters Hand. „Wir lieben beide Pferde, aber eben auf eine ganz andere Weise, als Chris es damals getan hat."

„Das war also vor dem Unglück?", fragte Mila.

„Ja, ich habe die Beziehung ein paar Tage vor dem Unglücksritt beendet. Du kannst dir vorstellen, dass ich mir immer eine Mitschuld an dem Unfall und an Aduros Tod gegeben habe", sagte Anna leise. „Bestimmt war Chris mit seinen Gedanken ganz woanders."

„Nein, du bist nicht schuld“, platzten Jan und Mila gleichzeitig heraus.

„Du hattest ihn davor gewarnt, am Turnier teilzunehmen. Und du hast gesehen, dass sowohl Chris als auch Aduro am Ende ihrer Kräfte waren!“, fügte Mila an.

„Ja, das stimmt. Und doch bin ich einfach weggegangen. Ich konnte es nicht mehr mit ansehen. Aber Chris hätte mich gebraucht. Er steckte zu tief drin, um noch klare Entscheidungen treffen zu können. Ich habe von seinem Unfall und von Aduros Einschläferung erst durch die Zeitung erfahren. Und ich Feigling habe mich nicht mehr bei ihm gemeldet.

Natürlich habe ich den Pferdesport weiterhin verfolgt. Chris' Name tauchte nie wieder irgendwo auf, daraus habe ich geschlossen, dass er seine Karriere nach diesem Ereignis beendet hat. Was ja wohl auch tatsächlich so war.“

Mila nickte. „Nicht nur seine Karriere. Papa liebt Pferde, aber er hasst alles, was mit Springreiten zu tun hat.“

Anna seufzte und wischte sich über die Augen. „Ich wusste nichts von seinem Sinneswandel. Ich wusste ja bis vor ein paar Monaten noch nicht mal, dass er eine kleine Tochter hat und dass mein Sohn in genau diese wunderbare Tochter verliebt ist. Und ich bin sehr froh, dass er hier auf Marum war und wir in Ruhe über alles sprechen konnten. Auch wenn es noch mal sehr aufwühlend war und ich alle unsere alten Briefe wieder gelesen habe. Für mich ist es erst jetzt wirklich gut." Sie schmiegte sich verliebt an ihren Mann.

„War das ein Brief von Chris, den du neulich vor uns versteckt hast?", fragte Mila.

Anna nickte. „Es war doof, die Sachen noch einmal rauszukramen. Aber ich konnte nicht anders."

„Es war gut, dass ihr euch ausgesprochen habt", sagte Peter. „Nur so können die alten Wunden auch wirklich heilen. Und übrigens: Noch viel besser ist es, dass du dich damals für mich entschieden hast!"

„Immer wieder gerne, Darling", meinte Anna.

„Neee, aufhören", quiekte Jan. „Ihr seid meine Eltern. Bitte nicht. Macht das, wenn wir draußen sind, okay?" Er biss noch einmal in sein Brot, stand auf und zog Mila vom Esstisch weg. „Wir sind bei den Pferden!"

Anna lachte. „Ich komme gleich nach und bringe die Kräutertinktur für Adesso. Aber keine Panik – ich komme alleine!"

„Mir tut es auch leid", meinte Jan, als sie zur Koppel gingen. „Ich war total überfordert von dieser

Spionagegeschichte, die du mir erzählt hast. Der Koffer mit den Liebesbriefen von deinem Vater und meiner Mutter, ein schwerer Reitunfall, ein Pferd, das eingeschläfert werden musste. Ich wusste das ja alles auch nicht. Das war einfach too much. Vor allem, weil ich mich ja so gefreut hatte, dich zu sehen und dir von England erzählen zu können. Und da hab ich pampig reagiert. Das war blöd."

Mila nahm Jans Hand. „Ich verstehe das schon. Mich hat das alles auch ziemlich überrumpelt. Deswegen wollte ich ja unbedingt mit dir reden."

Jan sah sie an und Mila spürte die Wärme, die von ihm ausging. „Alles wieder gut?", fragte er. „Ich ... ich ..." Jan verstummte und kaute verlegen auf seiner Oberlippe herum. „Ich mag dich nämlich sehr, Mila Hofer. Mehr, als du dir vorstellen kannst."

Mila schloss die Augen und umarmte Jan fest. Ja, alles war wieder gut.

Vorbereitungen

Die Woche darauf verging wie im Flug. Mila hatte ein paarmal mit ihrem Vater geskypt und sie hatten sich gründlich ausgesprochen. Er hatte ihr erklärt, dass er sich furchtbar für sein früheres Verhalten schämte und befürchtet hatte, dass er kein gutes Vorbild für Mila wäre, wenn er ihr die ganze Sache erzählt hätte.

Mila hatte gemerkt, wie erleichtert ihr Vater war, dass sie Verständnis für ihn hatte.

Was hätte aus ihm werden können mit so tollen Trainern wie Luke und Tamara an seiner Seite? Dann wäre all das, was passiert war, sicher nicht passiert.

Tini hatte ihre geheime Spardose bei Mila im Zimmer aufgestellt und zählte jeden Tag ihre Ersparnisse.

Mila war stolz. Die Sache mit dem Internetkanal

lief zwar noch nicht so richtig gut, aber sie hatten auch erst drei Filme online gestellt (auf denen Renate nie das machte, was von ihr verlangt wurde …). Das meiste Geld hatte Tini allerdings mit ihrer Idee vom *Essen auf Hufen* verdient. Sie hatte nämlich nicht nur Kekse für die gesamte Pferdeschar der Insel gebacken, sondern hatte belegte Brote und Kuchen verkauft, wenn die Fähren im Hafen angelegt hatten. Die Leute fanden Tini und Renate so niedlich, dass sie immer nach kurzer Zeit ausverkauft waren. Und mittlerweile hatte Tini schon über dreihundert Euro zurücklegen können. Tante Caro würde Augen machen. Der Urlaub bei den französischen Wildpferden im nächsten Sommer war nun in greifbare Nähe gerückt.

Mila bekam Charly nur dann zu Gesicht, wenn sie sich den Inselindianern um Basti Hinterhofer anschloss. Was oft der Fall war, denn sie mochte die Gruppe und sie hatten viel Spaß zusammen. Sogar Michel und Jan waren ab und zu dabei.

Mila war glücklich. Diese Ferien waren genau nach ihrem Geschmack. Sie bedauerte fast, dass noch der von ihr gewonnene Workshop bei Herrn Erpenbeck anstand. Von ihrer Seite aus hätte es nun ewig so weitergehen können: Sonne, Strand, Pferde, nette Menschen und Jan!

Adessos Abszess war dank Annas Heiltinktur

gut verheilt – Doktor Rosenthal meinte sogar: in Rekordschnelle. In den letzten Tagen hatte sie Adesso probeweise den Sattel aufgelegt und war ein paar Minuten geritten. Doch sie musste sich eingestehen, dass sie den einfachen Halsring vermisste. Sie war Adesso ohne Sattel einfach näher und sie hatte das Gefühl, direkt mit ihm „sprechen" zu können. Der Sattel und das Zaumzeug erschienen ihr inzwischen wie ein Umweg. Während des Trainings merkte Mila, dass es ihr nun um einiges leichter fiel, die Hände locker zu lassen, und dass sie ganz automatisch den Rücken aufrichtete und die Schultern im richtigen Winkel zurückzog. Luke, der ab und an bei ihrem gemeinsamen Training mit Michel und Charly vorbeischaute, lobte sie viel, war nun aber auch bei kleinen Fehlern viel strenger als vorher.

Sie trainierten gerade Übergänge. Vom Schritt zum Trab und dann in den Galopp. Charly hatte Luke um diese Extrareitstunde gebeten, weil sie wollte, dass Vanilla durchlässiger wurde. Vanilla sollte auf alle Hilfen, die ihr Charly gab, auch korrekt reagieren. Dazu musste Charly diese Hilfe aber klar und eindeutig geben.

„Ja, gut, Charly. Und jetzt die Pobacken zusammenkneifen. Dadurch spannt sich dein Kreuz an und Vanilla kann nicht mehr nach vorne gehen. Knie leicht schließen – und siehst du: ein perfekter Übergang vom Trab in den Schritt!", sagte Luke gerade.

Mila saß auf Adesso und beobachtete ihre Freundin. Michel reparierte eine Latte am Zaun des Reitplatzes, guckte aber oft zu ihnen herüber.

Plötzlich rannte Tini auf Michel zu und wedelte mit einem Brief in ihrer Hand. „Post für dich, Michel!", sagte sie. „Schon wieder von Nele!"

Nele? Mila legte den Kopf schief und sah Michel forschend an. Sie kapierte gar nichts: Hatten Michel und ihre manchmal ziemlich nervige Zimmergenossin etwa Kontakt? Was wollte Nele von Michel? Das konnte nur irgendetwas Mieses sein. In Mila schrillte eine Alarmglocke.

Zu allem Überfluss wurde Michel total nervös und sagte kurz angebunden: „Jaja, leg mir den Brief einfach ins Stallbüro."

Mila sah Charly an und Charly sah Mila an. Mila wusste sofort, dass Charly sich in diesem Moment die gleichen Fragen stellte wie sie.

Michel war die Situation extrem unangenehm und er starrte auf das Stück Holz, das er in der Hand hielt.

„Können wir weitermachen?", fragte Luke arglos. „Mila, du bist dran."

Mila ritt an, doch ihre Gedanken waren weder bei Adesso noch bei den Aufgaben, die Luke ihr stellte. Immer wieder schweiften sie zu Nele ab. Nele und Michel waren überhaupt keine Freunde. Im Gegenteil. Nele mit ihren ständigen Zickereien und Eifersuchtsanfällen hatte Michel immer genervt. Und obwohl Charly und sie vor einigen Wochen ihr Pferd gerettet hatten, war ihr Verhältnis immer noch schwierig. Nele *war* einfach schwierig!

„Mila, bitte konzentrier dich!", rief Luke gerade. „Ich sehe, dass du anwesend bist, aber mit deinem Kopf bist du irgendwo in den Wolken."

„Es geht mir nicht gut", sagte Mila entschlossen und schwang sich von Adesso. „Ich muss für heute aufhören."

„Dann du, Charly!"

„Tut mir leid, Luke, ich seh mal nach Mila. Danke für die Stunde. Wir sind jetzt echt gut für den Workshop übermorgen vorbereitet."

Luke sah sie überrascht an. „Wenn ihr meint … Dann bis nachher." Er wandte sich an Michel. „Das muss man jetzt nicht verstehen, oder?"

Michel antwortete mit einem schiefen Grinsen.

„Muss die sich überall einmischen? Was will sie von *meinem* Michel?", fragte Mila aufgebracht. Sie hatte sich bei Charly eingehakt und stampfte den

Gang zu den Zimmern der Internatsschüler entlang.

„*Dein* Michel?" Charly runzelte die Stirn. „So ganz weiß ich nicht, warum du dich aufregst. Er kann doch machen, was er will, und befreundet sein, mit wem er will, oder nicht?"

Mila spürte, wie Wut und Enttäuschung in ihr hochsprudelten. Das war ihr altes Problem, das sich manchmal noch schwer im Zaum halten ließ. Ihre Gefühle verselbstständigten sich dann einfach und galoppierten mit ihr davon.

„Doch, natürlich darf er selber entscheiden. Aber offensichtlich *kann* er es nicht. Und du kennst Nele. Sie meint es bestimmt nicht gut mit ihm. Sie ist eine hinterhältige Ziege, die einem zwar manchmal ein wenig leidtut, aber sich das Leben mit ihrem Blöd-Verhalten selber schwer macht", platzte es aus Mila heraus. „Und die immer einen persönlichen Vorteil davon haben will, wenn sie mal zu jemandem nett ist."

Charly stemmte die Hände in die Hüften. „Jetzt mach aber mal langsam, ja? Du weißt überhaupt nicht, warum die beiden sich schreiben. Und wenn du mich fragst: Wenn Michel es dir nicht selber sagen will, dann geht dich die Sache auch gar nichts an. Schließlich bist du ja nicht mit Michel zusammen."

Mila erschrak. Hoppla, so deutliche Worte hatte sie von Charly selten zu hören bekommen. Und natürlich wusste Mila sofort, dass ihre Freundin recht hatte. Michel konnte sich selbst aussuchen, mit wem er befreundet sein wollte und welche Menschen ihm guttaten. Und trotzdem fühlte es sich an, als hätte ihr ein Pferd kräftig mit dem Huf in den Bauch getreten. Hilfe! Irgendwie hatte sie gedacht, dass die Freundschaft zwischen Michel und ihr etwas Einzigartiges war. Etwas, das nur sie beide teilten. Und plötzlich sollte auch Nele Michel wichtig sein? Mila konnte den Gedanken daran fast nicht ertragen. Michel war ihr Fels in der Brandung! Als sie auf *Inselglück* angekommen war, hatte er sich um sie gekümmert, ihr alles gezeigt und ihr geholfen, sich einzugewöhnen. Und das war so geblieben. Obwohl sie wusste, dass Michel sich mehr als nur Freundschaft von ihr wünschte. Konnte es sein, dass sie eifersüchtig war? Ja, das war es! Sie war eifersüchtig. Sie wollte nicht, dass Michel seine Zeit mit Nele verbrachte, sondern er sollte sie lieber mit ihr verbringen. Und gleichzeitig wusste sie, dass es ungerecht war. Schließlich war sie mit Jan zusammen und konnte nicht erwarten, dass Michel daheimsaß und wartete, bis sie einmal Zeit für ihn hatte oder ihn für irgendetwas brauchte.

Sie erzählte Charly von ihrem Gefühlschaos.

Charly schluckte. „Das ist ganz schön egoistisch, Mila. Auch wenn ich es ein bisschen verstehen kann", meinte sie zum Schluss. „Vielleicht ist es für euch beide gut, wenn sich Michel mit jemand anderem anfreundet. Dass es Nele ist, finde ich zwar auch nicht so knusprig, aber wer weiß, was für ein toller Mensch hinter der Drachenfassade steckt?"

„Komm, wir gehen noch in der Küche vorbei", schlug Mila vor. „Vielleicht sind noch ein paar Nudeln von gestern übrig. Ich brauche Trost und mentale Stärke. Das klappt am besten mit einem Teller Spaghetti bolognese."

Es geht los …

Mila schwitzte. Sie wischte sich mit einem Handtuch, das sie sich über ihre Schultern gelegt hatte, über die Stirn. Es war mal wieder überirdisch heiß. Ausgerechnet heute, wo sie die Pferde erst in die Anhänger, dann auf die Fähre und anschließend übers Meer bringen mussten. Ganz zu schweigen von der rumpeligen Überlandfahrt, die ihnen dann noch drohte.

Adesso und Vanilla hatten sich jedoch erstaunlich ruhig verhalten. Und zum Glück bestand Adesso nicht mehr darauf, dass auch Renate mit im Hänger fahren musste. Solange Vanilla an seiner Seite war, vertraute er offensichtlich darauf, dass er auch wieder nach Hause kam.

Vielleicht lag es allerdings auch an den superkomfortablen Pferdeanhängern, die Charlys Eltern geschickt hatten – samt Fahrer. Charly hatte darauf bestanden, dass nirgendwo das Wappen der Familie zu sehen war. Schließlich wollte sie als Charly am Workshop teilnehmen und nicht als Prinzessin Charlotte Arlene von Löwenstein-Gabelsberg. Und sie wollte auch keine professionellen „Pferdekümmerer“ aus dem Stall ihrer Eltern. Deswegen hatte Michel sich bereit erklärt, als „Junge für alles“ mit auf das Reitwochenende zu fahren. Mila hatte erst gedacht, sie müsste Überzeugungsarbeit leisten, aber Michel war superschnell mit dem Vorschlag einverstanden gewesen. Merkwürdig schnell. Aber Mila war ihm sehr dankbar. Michel kannte Adesso und Vanilla sehr gut und die Pferde vertrauten ihm blind.

Die Pferde waren bereits im Bauch der Fähre verladen, doch die Abfahrt verzögerte sich um eine Viertelstunde.

Mila, Charly und Michel schlenderten zum *Café Eiszeit* und kauften sich jeweils das Überraschungspaket. Da die Eissorten in der *Eiszeit* ausnahmslos super waren, konnte man nichts falsch machen. Zur Überraschung gehörte außerdem noch ein kleines Quiz. Man schleckte sich durch die drei Sorten, die auf der Überraschungswaffel aufgetürmt waren, und wenn man alle richtig erriet, bekam man noch eine Kugel nach Wahl gratis. Perfekt!

Heute lag Mila ausnahmsweise daneben und nur Michel und Charly bekamen die Extrakugel obendrauf. Mila war aber nicht böse. Sie hätte sowieso nicht gewusst, wie sie noch eine vierte Kugel hätte essen sollen.

Am liebsten wäre sie jetzt einfach wieder nach Hause gefahren. Zu Luke, zu Jan, zu ihrem Sommerferienleben auf Marum, das sie mittlerweile sehr genoss. Der Workshop würde richtig in Arbeit ausarten. Vorgestern hatten sie den Ablaufplan zugeschickt bekommen. Horror. Wenn sie zwischen den vielen Extratrainings und Theoriestunden noch Zeit fürs Zähneputzen fand, konnte sie sich schon glücklich schätzen. Charly hatte sie aufgemuntert und gemeint, dass es sicher nicht so schlimm werden würde, aber Mila war sich da nicht so sicher.

Sie sah Michel an. Der war heute so richtig aufgedreht. Flattrig, gemischt mit superalbern. Ob er aufgeregt war? Normalerweise war er eine coole Socke, die nichts so schnell aus der Ruhe brachte. Mila überlegte. Genau genommen war Michel nicht erst seit heute so, sondern seit sie mitbekommen hatte, dass Nele und er sich schrieben. Wieder spürte Mila diesen doofen Eifersuchtsstachel im Bauch und ärgerte sich. Dieser Stachel hatte nichts, aber auch gar nichts in ihrem Bauch zu suchen!

Da half auch nicht, dass Jan sich beim Abschied gestern ultrablöd verhalten hatte, indem er ihr viel Spaß beim „Quäl- und Stressworkshop" gewünscht hatte. Mila verstand nicht, warum er ihr immer wieder mit dieser Unterstellung wehtun wollte. Er musste doch wissen, wie wichtig ihr ein fairer Umgang mit den Pferden war. Sie hatte nichts darauf erwidert und so getan, als ob er nur einen Scherz gemacht hätte. Dann hatten sie nicht mehr darüber geredet und es war doch noch ein ziemlich schöner Abend geworden. Trotzdem ploppte Jans Ausspruch immer wieder in Milas Kopf auf und sie hatte sich mit gemischten Gefühlen von ihm verabschiedet. Vielleicht musste sie ihm einfach noch einmal klarmachen, wie sie darüber dachte. Aber das musste sie vertagen. Jetzt würde sie auf die Fähre steigen und diesen Workshop hinter sich bringen!

Charly deutete auf das Display des Navigationsgeräts vor ihr. „Noch drei Kilometer", sagte sie erleichtert. „Wir haben es bald geschafft."

„Schade", sagte Michel und nahm sich noch eine Limo aus dem kleinen Bordkühlschrank. „Ich könnte hier noch stundenlang chillen. Ich war noch nie mit einer Limousine unterwegs."

„Voll peinlich ..." Charly verdrehte die Augen.

„Was denkst du, was die anderen von uns halten, wenn sie sehen, mit welchen Autos wir hier vorfahren. Zum Glück sind wir früh dran. Ich hoffe, es ist noch niemand da."

Mila grinste, nahm sich ebenfalls eine Flasche Limo und prostete Michel zu. Sie konnte beide Seiten verstehen.

Nach ein paar Minuten fuhren sie an einem großen und gepflegten Reitplatz vorbei. Auf der anderen Seite standen Pferde auf der Koppel und guckten neugierig zu ihnen herüber. Vor ihnen lag Gut Ammernweide, auf dem der Workshop stattfinden sollte. Es sah richtig einladend aus. In Mila begann die Vorfreude zu kribbeln. Vielleicht hatte Charly recht und es würde ganz nett werden? Sie bogen auf den Parkplatz ein und Mila erstarrte, als sie sah, wer da stand und wartete. Bitte nicht!, schoss es ihr durch den Kopf. Das durfte doch einfach nicht wahr sein! Nein, es würde nicht nett werden. Ganz und gar nicht nett!

„Seid ihr auch endlich da?", fragte Nele und grinste hämisch. „Also, ich habe Fairy schon eingecheckt und sie auch schon mit dem Gelände vertraut gemacht. Das ist natürlich ein Vorteil, den ich nachher haben werde!" Dann wandte sie sich Michel zu und umarmte ihn stürmisch. „Mein lieber, lieber

Michel", quiekte sie in viel zu hoher Stimmlage. „Das ist ja so süüüüß von dir, dass du mitgekommen bist, um mich zu unterstützen."

Milas Augen verengten sich zu Schlitzen. Wie bitte? Sie hörte ja wohl nicht recht. Michel war mitgekommen, um die fiese Schlange Nele zu unterstützen? Deswegen war er so schnell bereit gewesen? Das ging echt zu weit. Mila ballte die Fäuste. Sie konnte nicht mehr klar denken. Sie war so wütend. Wütend und *megasauer*. „Schöner Freund bist du!", brüllte sie Michel an. „Verbündest dich hinter meinem Rücken mit Nele. Auf dich kann ich echt verzichten, du … du … Verräter!" PENG! Milas letztes Wort blieb in der Luft hängen und hallte in ihrem Kopf nach.

Michel sah sie traurig an. „Okay, wenn du das so siehst … Du hast dir deine Meinung gebildet, ohne meine Version der Geschichte zu kennen." Er senkte die Augen und drehte sich um.

Nele hatte den Schlagabtausch zwischen Michel und Mila amüsiert verfolgt. Nun legte sie den Kopf schief, hakte sich bei Michel unter und zog ihn weg.

„Komm, ich zeige dir alles", flötete sie.

„Was machst du überhaupt hier?", rief Mila Nele nach. „Du darfst gar nicht hier sein!"

„Schon mal was von Vitamin B und Vitamin G

gehört?", antwortete Nele schnippisch. „Nee? Kann ich mir vorstellen. Dafür bist du nicht *in* genug!"

Mila war drauf und dran, Nele hinterherzurennen und ihr tüchtig die Meinung zu sagen.

Charly legte Mila beruhigend die Hand auf den Arm. „Schnauf mal durch", riet sie Mila. „Du benimmst dich wie ein wild gewordener Leguan."

Mila musste lachen und das Lachen ließ ihre Wut verdampfen. „Du denkst also, so benimmt sich ein wilder Leguan? Da musst du aber in Bio besser aufpassen." Sie fletschte die Zähne und machte: „Grrrr!"

„Entschuldige, du bist also ein wildes Eichhörnchen."

Mila winkte ab. „Charly, du bist unmöglich. Kannst du mir bitte verraten, warum die blöde Kuh Nele hier ist? Und was Vitamin B und G sind?"

„Vitamin B steht für nützliche Beziehungen, Vitamin G: keine Ahnung", sagte Charly gelassen. „Komm, wir packen jetzt mal unsere Pferde aus und *checken ein,* wie man hier wohl sagt. Dann sehen wir zu, dass wir die restlichen Fragen beantwortet bekommen."

Mila seufzte. „Hab ich eine andere Wahl?"

„Nö", meinte Charly. „Eigentlich nicht."

Böse Überraschung

Mila striegelte Adesso und grummelte. Der Workshop auf Ammernweide hatte denkbar schlecht begonnen. Zu allem Überfluss durfte Nele nicht nur an diesem Wochenende teilnehmen, weil Herr Erpenbeck ihrem Vater einen Gefallen schuldete, sondern sie wohnte auch noch im selben Zimmer wie Mila und Charly. Schöne Pleite. Nun konnte sie nicht mal mehr in Ruhe mit Charly reden.

Adesso bemerkte Milas schlechte Laune und rieb seinen Kopf an ihrem Oberarm.

„Hast ja recht, mein Großer“, flüsterte sie. „Soll sie doch auch teilnehmen – sie nimmt mir ja nichts weg.“ Außer Michel, fügte sie in Gedanken hinzu.

„Mila Hofer“, tönte es durch einen Lautsprecher. „Komm bitte in Halle eins. Dein Einzeltraining beginnt in fünfzehn Minuten.“

Oh, sie hatte getrödelt. Nun musste es schnell gehen.

„Adesso, jetzt müssen wir zeigen, welch supertollgeniales Wunderteam wir sind. Und es wird eine unserer leichtesten Übungen werden."

Sie sattelte Adesso vorsichtig und achtete besonders auf die noch empfindliche Stelle, an der der Abszess gewesen war. Zum Glück lag Halle eins gleich bei den Ställen und sie musste nicht weit laufen.

Sie führte Adesso hinein und staunte. Es war angenehm kühl und es roch gut nach frischer Einstreu. Auf dem Platz war ein Springparcours der Klasse M aufgebaut. Mila sah eine In-Out-Reihe und einen Sprung, den sie aus der Wendung nehmen musste. Sie schätzte, dass die Stangenhöhe um die eineinhalb Meter hoch war. Eine richtige Herausforderung für sie und für Adesso.

Herr Erpenbeck kam auf Mila zu und schüttelte ihr die Hand. „Du kannst Adesso erst ein wenig abreiten. Ich muss noch kurz ins Büro, um ein wichtiges Telefonat zu erledigen."

Mila war die kleine Verzögerung sehr recht. Das gab ihr die Möglichkeit, sich mit der Halle vertraut zu machen. Adesso war aufmerksam und reagierte auf jede Hilfe geschmeidig und durchlässig.

Mila lobte ihn und bemerkte gar nicht, dass Herr Erpenbeck schon wieder in der Halle eingetroffen war.

„Nicht schlecht, Mila!“, sagte er. „Weißt du, Höhe und Weite trainieren ist das eine, aber die Rittigkeit ist viel wichtiger. Wir werden jetzt ganz in Ruhe trainieren, wie du in diesem schwierigen Parcours deinen Galopprhythmus halten kannst und die Sprünge richtig ausbalancierst.“

Mila nickte.

Herr Erpenbeck deutete auf einen Steilsprung, davor und dahinter lag je eine Galoppstange.

„Damit kann man die Balance gut trainieren“, erklärte er. „Fangen wir doch damit an.“

Nach ein paar Minuten bereute Mila es überhaupt nicht mehr, hierhergekommen zu sein. Und nach ein paar weiteren Minuten glühten ihre Wangen vor Begeisterung und sie wünschte sich nichts sehnlicher, als dass diese Reitstunde niemals enden würde.

Adesso schnaubte immer wieder glücklich und er gab sich die größte Mühe, jedes der Hindernisse möglichst hoch und weit zu springen. Es war wie fliegen ... nur irgendwie noch schöner.

„Gut gemacht“, sagte Herr Erpenbeck. „Die Lösungsphase ist besonders wichtig!“

Mila war stolz. Sie hatte nicht erwartet, dass Herr Erpenbeck, der strenge Herr Erpenbeck, sie so viel loben würde.

„Das war's für heute“, sagte er schließlich. „Zumindest von meiner Seite aus. Wir sehen uns morgen wieder!"

„Puh, ich kann nicht mehr!", sagte Charly. „War Herr Erpenbeck auch so streng mit dir? Ich habe das Gefühl, er hatte an allem was zu meckern. Mein Sitz, meine Paraden, meine Hände ... Das war echt anstrengend."

Mila sagte nichts. Warum war Herr Erpenbeck bei ihr nicht so kritisch gewesen? Sie ritt nicht besser als Charly. Ganz im Gegenteil. Aber vielleicht irgendwie anders?

„Komm. Wir laufen ein Stück zum äußeren Reitplatz und ich massiere dir den königlichen Rücken."

Charly funkelte sie böse an und legte den Zeigefinger auf die Lippen. „Psst, nicht so laut", zischte sie. „Nele hat eh schon überall rumerzählt, dass wir mit einer Limousine gekommen sind. Ich will kein Aufsehen erregen."

Tatsächlich hatten sich zwei Teilnehmerinnen nach Charly und Mila umgesehen.

Mila grinste sie an und winkte.

„Hallo, wie geht's?", fragte sie in belanglosem Ton und ging fröhlich an ihnen vorbei. „Siehst du, alles kein Problem. Wir fallen überhaupt nicht auf."

„Mila, du bist unmöglich. Erst krieg ich dich kaum dazu mitzufahren, dann regst du dich total über Nele auf und jetzt bist du komplett überdreht. Aus dir werd ich echt nicht schlau."

Mila schob den Hufeisenanhänger ihrer Halskette hin und her. „Also ehrlich gesagt, ich auch nicht. Ist mir aber gerade wurst. Komm, lass uns gehen."

Das Gelände von Gut Ammernweide war wirklich herrlich. Charly und Mila stiegen eine kleine Anhöhe hinauf und konnten von dort kilometerweit über die flache, sommerliche Landschaft blicken. Sie setzten sich ins Gras und lehnten ihre Schultern aneinander.

„Ich bin so froh, dass du meine Freundin bist", sagte Mila. „Du bist wie Adesso – nur als Mensch. Du bist immer da und ich kann mich auf dich verlassen. Ganz anders als …"

„… als Michel?", fragte Charly und zog eine Augenbraue nach oben.

„Zum Beispiel", antwortete Mila düster. „Der ist echt eine Enttäuschung."

„Sehe ich ein wenig anders, aber das weißt du ja", meinte Charly. Dann deutete sie nach vorne. „Guck mal, sind das da vorne nicht Nele und Fairy?"

Mila kniff die Augen zusammen. Sie sah ein helles Pferd und einen quietschtürkisfarbenen Fleck, der gut das T-Shirt sein konnte, das Nele vorhin getragen hatte.

„Aber sag mal, was machen die denn?“ Charly klang besorgt. Sie stand auf, um besser sehen zu können. „Nein! Das darf sie nicht. Warum tut sie Fairy so was an? Das ist Tierquälerei, ich muss sofort da hin!“ Sie rannte los.

„He, warte, was ist denn?“, fragte Mila erschrocken und trabte Charly verwirrt hinterher.

Doch schon bald sah sie ziemlich deutlich, was Charly gemeint hatte. Nele trainierte einige Dressurfiguren. Und dabei hielt sie Fairys Zügel so straff, dass Fairy ihren Hals rund nach unten bog und die Nase auf das Brustbein drückte. Mila hatte davon gehört. Das Ganze hieß Rollkur und sollte die Pferde gefügiger und geschmeidiger machen. In Wahrheit war diese Haltung für die Tiere sehr schädlich, denn sie überdehnte die Knochen, Bänder und Sehnen und zu allem Übel konnte das Pferd überhaupt nicht sehen, wohin es lief. Für Fluchttiere ein unerträglicher Zustand!

„Aufhören“, schrie Charly, die schon beinahe bei Nele angekommen war. „Sofort damit aufhören!“

Nele blickte auf und ließ die Zügel locker.

Augenblicklich streckte Fairy ihren Hals aus und in eine natürliche Position.

Mila sah, dass Nele sich ertappt fühlte. Das hielt sie aber nicht davon ab, erst einmal loszuschimpfen.

„Das ist ja wohl meine Sache, wie ich Fairy trainiere!“, schrie sie Charly an. „Kümmert euch gefälligst um eure eigenen Angelegenheiten. Falls es euch nicht klar ist: Diese Übung ist erlaubt und für zehn Minuten auch überhaupt nicht schädlich, kapiert? Fairy geht es gut! So werde ich wenigstens konkurrenzfähig. Bei diesem Heititei und Schmusekurs, der auf *Inselglück* gefahren wird, kommen wir doch nie zu was!“

„Du hast doch wohl nicht mehr alle Striegel in der Putzbox!“ Charly war völlig außer sich. „Tu doch nicht so unschuldig. Du weißt genau, dass Fairy das überhaupt nicht gefällt. Ich dachte immer, dass wir zumindest eine Gemeinsamkeit haben: die Liebe zu den Pferden! Aber da hab ich mich ganz offensichtlich getäuscht. Pfui Teufel! Und ich habe dich auch noch vor Mila verteidigt, aber sie hat einfach nur recht.“

Mila war mittlerweile schnaufend am Gatter angekommen. In ihr breitete sich ein warmes Gefühl aus. Sie war richtig stolz auf Charly. Wenn es um das Wohl der Pferde ging, verstand sie eben keinen Spaß.

Nele war nun ebenfalls ans Gatter getreten und funkelte die beiden Freundinnen an.

„Ihr wisst, dass diese Übung nicht verboten ist. Also können auch Frau Steinbach, Luke und ihr alle mich nicht daran hindern, Fairy für den Erfolg im Reitsport fit zu machen. Im Gegensatz zu euch bin ich darauf angewiesen, dass das auch klappt. Denn ohne Kohle kann ich meinen Vater nicht unterstützen, verstanden? Also lasst mich bloß in Ruhe."

Mila wusste, dass Nele recht hatte. Diese Form von Training – auch Hyperflexion des Halses genannt – war zwar höchst umstritten, aber für einen kurzen Zeitraum leider erlaubt. Auch wenn alle Tierschutzverbände dagegen Alarm schlugen. Auf *Inselglück* waren sich alle einig, dass man dies den Tieren auf keinen Fall antun durfte. Mila hatte es bisher für selbstverständlich gehalten, dass sich auch alle Schüler an dieses Gebot hielten.

Mila versuchte, ruhig mit Nele zu sprechen.

„Ich verstehe ja, dass ein großer Druck auf dir lastet. Bestimmt mehr als auf Charly oder mir. Aber Nele, das ist doch nicht der richtige Weg. Auf diese Art machst du dich und auch Fairy kaputt. Du liebst sie doch, oder?"

„Das tue ich. Mehr als alles andere. Und wenn ich sie behalten will, dann müssen Erfolge her.

Kapiert?", zischte Nele wütend. „Außerdem: Wer, glaubst du, hat mir dazu geraten? Michel! Jawohl, dein ach so guter und lieber Michel!"

Mila blieb für einen Moment der Atem weg. Nein, das konnte wirklich nicht sein. Oder? Sie sah Charly an.

„Ich muss wieder zurück", sagte sie matt. „Mir ist schlecht."

Am Boden

Die nächsten Stunden tapste Mila herum wie im Traum. Sie tat alles, was von ihr verlangt wurde: nahm am Theorieunterricht teil, trainierte, kümmerte sich um Adesso, unterhielt sich mit den anderen Workshop-Teilnehmern und aß sogar eine ordentliche Portion Abendessen, obwohl es lange nicht so gut war wie Frau Käthes. Sie kam sich vor wie ein Roboter, der sein gelerntes Verhalten abspulte, an den richtigen Stellen lachte und das tat, was man von ihm verlangte. Sogar Charly merkte nicht, dass sie sich wie ferngesteuert fühlte.

Nur Michel und Nele ging sie aus dem Weg. Immer wenn sie einen von beiden sah, bog sie ab oder blickte in die andere Richtung.

Nach dem Abendessen besuchte sie Adesso, kuschelte noch eine Runde mit ihm und gab ihm eine Handvoll Extra-Kraftfutter. Dann duschte sie ausgiebig und ging vor allen anderen ins Bett.

Am nächsten Morgen wurde sie von den warmen Sonnenstrahlen, die auf ihrem Gesicht tanzten, wach. Charly und Nele schliefen noch, also schlich sie möglichst leise ins Bad und machte eine Katzenwäsche.

Zum Glück war es überall noch ruhig und friedlich. Sie sah auf die Uhr. Kein Wunder, kurz nach sechs. Das hatte sie die ganzen Ferien noch nicht hingekriegt. Sie überlegte, ob sie erst in den Frühstücksraum oder lieber in den Stall gehen sollte. Ihr Magen knurrte zwar, aber die Sehnsucht nach Adesso war größer.

Auch im Stall war noch kein Mensch zu sehen. Ab und zu stieß ein Pferd mit dem Huf gegen eine der hölzernen Türen, immer mal wieder hörte man ein zufriedenes Schnauben.

Adesso freute sich, Mila zu sehen. Er streckte sofort seinen Kopf über die Boxentür und spitzte die Ohren. Sein Schweif pendelte dabei leicht hin und her.

„Na, hast du die Nacht mit all den fremden Pferden gut überstanden?“, fragte sie und strich ihm über die Nase. „Warte noch kurz, ich will nur sehen, wie es Vanilla und Fairy geht.“

Die beiden Stuten waren in der gegenüberliegenden Boxenreihe untergebracht und streckten ebenfalls den Kopf heraus, als sie Milas Stimme hörten. Mila gab ihnen je eine halbe Karotte. Dann sah sie sich Fairy genauer an. Ihr weißes Fell glänzte und sie blickte Mila wachsam und ein wenig stolz an. Sie war wirklich ein prächtiges Tier. Und sie hatte sich gut erholt. Noch vor ein paar Wochen war die Stute in einem erbärmlichen Zustand gewesen. Neles Vater hatte sie aus Geldmangel verkaufen müssen und bei ihrem neuen Besitzer hatte Fairy aus lauter Sehnsucht nach Nele nichts mehr gefressen. Charly und Mila war es gelungen, dass Nele die Stute wieder reiten durfte. Der neue Besitzer war nett gewesen und Mila verstand nicht so richtig, warum Nele unter so großem Erfolgsdruck stand. Durfte sie Fairy nur weiter reiten, wenn sie Turniersiege errang? Oder war das alles ein großes Missverständnis?

„Ist ja schön, dass du wenigstens nichts gegen Fairy hast!“ Michel stand plötzlich hinter Mila.

Mila fuhr erschrocken herum: „Warum sollte ich? Fairy kann doch nichts für Neles Verhalten. Oder für deines. Ich bin so enttäuscht von dir. Ich glaube, es ist besser, wir gehen uns eine Zeit lang aus dem Weg.“

„Wenn du meinst“, antwortete Michel mit eiskalter Stimme. „Es war meine Entscheidung. Alles. Und du wirst damit leben müssen, dass ich meine eigenen Werte und Überzeugungen habe. Es tut mir leid für dich, dass du die nicht teilst. Wenn du deine Meinung änderst, lass es mich wissen."

„Pah, schöne Werte und Überzeugungen sind das", pampte Mila ihn an. „Ich pfeif auf solche Überzeugungen. Wie soll ich die teilen? Michel Gründgen, ich erkenne dich gar nicht wieder."

Mila machte auf dem Absatz kehrt und rannte aus dem Stall. Sie verstand die Welt nicht mehr.

„Willkommen zu unserem kleinen Übungsturnier. Ihr habt alle hart trainiert und jetzt proben wir den Ernstfall. Vielleicht beginnen wir mit den drei *Inselglück*-Mädchen?"

Mila lief ein Schauer über den Rücken. Das klang ja so, als wären Charly, Nele und sie ein Team. Gruselig.

Nele hatte ihr arrogantes Siegerlächeln aufgesetzt und flötete: „Natürlich. Ich würde gerne anfangen. Darf ich?"

„Gerne", sagte Herr Erpenbeck. „Dann mal los."

Nele galoppierte an. Mila sah sofort, dass sie die Zügel viel zu fest zog und die Nase von Fairy zum Brustbein bog.

Plötzlich ging ein Schrei durch die Halle. Michel war von der Zuschauerbank aufgesprungen und schrie, so laut er konnte: „Nele, was in aller Welt machst du da? Hör sofort damit auf."

Doch Nele ritt unbeirrt weiter.

Und dann ging alles ganz schnell. Nele verlor schon während des kurzen Galopps zum Oxer die Balance. Instinktiv zog sie noch mehr an den Zügeln. Fairy verweigerte den Sprung und hielt ruckartig an. Nele konnte sich nicht mehr halten und fiel am Pferdekopf vorbei auf den Boden. WUMMMS! Fairy tänzelte zur Seite, bemüht, nicht auf Nele zu treten.

Die blieb einfach liegen.

Es war still in der Halle.

Zu still.

Sogar Milas Herz setzte einen Schlag aus.

Abschied mit Schmerzen

Der Schreck dauerte kurz an, doch dann sprintete Mila zu Nele. Jetzt war es egal, dass sie sich gerade noch über sie geärgert hatte.

Herr Erpenbeck war jedoch schneller.

„Nele?“, fragte er.

Nele schlug die Augen auf und nickte schwach.

„Wie fühlst du dich? Kannst du dich bewegen?“

Nele bewegte ihre Arme und Beine wie in Zeitlupe.

„Es scheint nichts gebrochen zu sein“, meinte Herr Erpenbeck.

„Ich … krieg … keine … Luft“, presste Nele hervor.

Mila kniete sich neben Nele und nahm ihre Hand. „Das ist ganz normal. Du bist auf den Rücken gefallen. Da bleibt einem erst mal die Puste weg.“

„Die … Rippen …“, hauchte Nele.

„Bleib liegen, Nele. Ich rufe den Krankenwagen. Mila, bleibst du einen Moment bei deiner Freundin?“ Herr Erpenbeck eilte nach draußen.

Freundin? Na ja. Wohl eher das Gegenteil, fuhr es Mila durch den Kopf.

Nele verzog das Gesicht vor Schmerzen.

Das, was Nele getan hatte, war falsch gewesen. Trotzdem hatte Mila nun Mitleid mit ihr. Ganz im Gegenteil zu Michel, der mit wütendem Gesicht quer durch die Halle marschierte.

„Du Heuchlerin“, herrschte er Nele an. „Du hast dich bei mir eingeschleimt und jetzt das? Deswegen wolltest du alles über die Rollkur wissen. Und hast megaentsetzt getan. Nur damit du es selbst anwenden kannst! Pfui Teufel. Deine ganzen Briefe und deine falsche Freundschaft kannst du dir im Übrigen auch in die Haare schmieren.“

Nele stöhnte.

„Du hast ihr das mit der Rollkur doch eingeredet!“ Mila pikte mit dem Zeigefinger auf Michels Brust. „Zumindest hat Nele das erzählt.“

„Ich? Glaubst du, mich reitet ein Geisterpferd? Niemals. Das ist Tierquälerei. Und wenn du glaubst, ich finde das gut, dann hast du aber gar nichts kapiert, Mila Hofer.“ Michel war dermaßen aufgebracht, dass er zitterte.

„He, ihr beiden!“ Charly zog Mila und Michel

am Ärmel von Nele weg. „Das ist jetzt nicht der richtige Ort und nicht der richtige Zeitpunkt für einen Streit!", sagte sie entschlossen.

Mila und Michel rissen sich im selben Moment von Charly los: „Das ist kein Streit, sondern eine Aussprache!", schrien sie gleichzeitig.

Sie sahen einander erschrocken an.

„Zumindest seid ihr euch schon mal in diesem Punkt einig", sagte Charly trocken und schob sie in Richtung Hallenausgang.

„Sie sind in einer Stunde hier", sagte Charly und legte ihr Handy auf den Tisch.

„Mit einem zusätzlichen Anhänger für Fairy."

Nele saß mit versteinertem Gesicht daneben. Es passte ihr überhaupt nicht, dass Charly, Michel und Mila beschlossen hatten, den Workshop vorzeitig abzubrechen und mit ihr nach Marum zurückzufahren.

„Ah, super. Auf die Fahrer deiner Eltern ist wirklich Verlass", sagte Mila. „Ich will einfach nur nach Hause. Die Reitstunden bei Herrn Erpenbeck waren toll, keine Frage. Aber ich bin dermaßen fertig und durcheinander … Zum Glück haben die Sanitäter Entwarnung gegeben. Eine Rippenprellung ist zwar scheußlich schmerzhaft, Nele, aber du fällst nicht lange aus."

Nele blickte zur Seite. Plötzlich begann sie zu weinen. „Das ist alles so furchtbar. Ihr solltet eigentlich gemein zu mir sein und euch nicht um mich kümmern und überhaupt: Warum müsst ihr so scheiße freundlich sein? Ihr kapiert es einfach nicht. Wir können nicht befreundet sein. Wir sind Konkurrenten. Und um Konkurrenten sorgt man sich nicht, sondern man freut sich, wenn sie ausgeschaltet sind."

„Wenn es dir besser geht, sind wir wieder knallharte Konkurrenten, okay?" Mila grinste. „Unter einer Bedingung: keine Rollkur mehr!"

„Ich glaube, auf den Deal kann ich mich einlassen", sagte Nele düster und streckte ihr die Hand hin.

Mila schlug ein.

„Dass du überhaupt in Erwägung gezogen hast, dass ich Nele die Rollkur empfohlen haben könnte, wäre schon Grund genug, dir nie mehr im Leben zu verzeihen", sagte Michel, als sie die Pferde für den Heimweg fertig machten. „Bitte, frag mich das nächste Mal, wenn dir etwas komisch vorkommt, ist das möglich?"

„Jaaa", antwortete Mila gedehnt.

Sie war wirklich zerknirscht. Michel und sie hatten sich in aller Ruhe ausgesprochen. Er hatte ihr erzählt, dass er Neles andere Seite kennengelernt hatte, als sie zusammen Fairy aufgepäppelt hatten. Sie hatten dabei festgestellt, dass sie beide Gedichte schrieben. Als es Fairy wieder besser ging, hatten sie sich weiterhin ihre Gedichte als Briefe gegeben. Und so war eine Art heimliche Freundschaft entstanden. Nach außen hin hatte Nele weiter so getan, als könne sie Michel nicht leiden, und Michel hatte auch niemandem von der Sache erzählt.

Mila staunte. Das hatte sie nicht geahnt. Michel hatte ihr gebeichtet, dass er erst in einen Gewissenskonflikt geraten sei, als Nele ihm geschrieben habe, dass sie sich die Teilnahme am Workshop über ihren Vater erschlichen hatte. Er hatte das doof und überhaupt nicht richtig gefunden, hatte aber nicht gewusst, ob und wie er es Mila und Charly hätte sagen sollen. Und er hatte Mila Stein und Bein geschworen, dass er nichts von Neles Vorhaben mit der Rollkur gewusst hatte. Mila hatte ihm geglaubt. Gerne sogar. Sie war erleichtert, dass sich alles aufgeklärt hatte. Und sie schämte sich, dass ihre Fantasie mit ihr durchgegangen war und sie geglaubt hatte, Michel sei ein Pferde quälender Spion – oder etwas Ähnliches. Jetzt freute sie sich auf *Inselglück*. Auf ein wenig Ruhe und … ihr Handy brummte. Es war eine Nachricht von Basti Hinterhofer.

Mila strahlte: „Leute, wie gut, dass wir bald wieder auf Marum sind. Sonst hätten wir definitiv die Party unseres Lebens verpasst. Basti hat uns für morgen zum Maulballspielen eingeladen. Mit anschließendem Lagerfeuer und allem, was dazugehört."

Charly kam um die Ecke und klopfte auf ihre Hosentasche. „Weiß ich schon lange", sagte sie und lachte. „Ich habe schließlich einen Exklusivinformanten direkt vor Ort. Und ich habe geheime Zusatzinformationen. Tini hat mir ein Foto von den Essensvorbereitungen geschickt."

Brot, Spiele, Pferde und Liebe?

„Ich will das alles nicht", maulte Tini. „Ich will nicht, dass Basti und die Inselindianer wieder nach Hause gehen, ich will nicht, dass die Ferien bald zu Ende sind, ich will nicht aufhören mit meinem *Essen auf Hufen*. ICH WILL EINFACH NICHT!"

Mila konnte ihre Cousine gut verstehen. Solange sie zurückdenken konnte, waren diese Ferien die schönsten, erholsamsten, spannendsten und gemütlichsten gewesen, die sie je erlebt hatte.

„Keine Sorge, Tini. Basti und die anderen kommen bestimmt wieder. Und das *Essen auf Hufen* musst du doch nicht aufgeben. Kannst du doch nach der Schule machen …" Mila sah Tini an und stutzte: „Sag mal, was hast du denn da in deinem Nasenloch stecken?", fragte sie.

„Einen Hustenbonbon", antwortete Tini. „Ich inhaliere die Dämpfe, damit ich kein Gerippe kriege.

Erst hatte es Peter und jetzt liegt Jan mit diesem Sommergerippe im Bett. Nee danke!"

Michel lachte. „Tut das nicht weh? Ich meine, dieser Riesenbonbon in deiner kleinen Nase?"

„Nein", antwortete Tini, popelte sich den Bonbon aus dem einen Nasenloch und steckte ihn in das andere. „Wenn es drückt, wechsle ich die Seiten."

„Dann wissen wir dank dir, was zu tun ist, sollte uns einmal so ein Gerippe anfallen", meinte Charly zufrieden. „Lasst uns ein wenig schneller traben. Ich will jetzt endlich Tom wiedersehen."

Mila hatte aufgehört, die Male zu zählen, die sie sich in diesem Sommer auf den Weg zum Hof der Petersens gemacht hatte. Viele, viele Male. Trotzdem konnte sie sich an der Dünenlandschaft nicht sattsehen und an dem rauen Seewind nicht sattfühlen. Marum war mittlerweile ihr Zuhause.

Sie freute sich auf das Fest. Schade war nur, dass Jan nicht dabei sein konnte. Er hatte die letzten zwei Tage hohes Fieber gehabt und musste das Bett hüten. Beim Maulball hätte er bestimmt super abgeschnitten. Sein Isländer Baldri war ein richtiges Partypferd und hätte sicher eine prima Figur gemacht. Trotzdem war Mila gut gelaunt. Mit Michel hatte sich alles wieder eingerenkt, es war sogar ein wenig inniger als zuvor. Und Nele und sie hatten zumindest Waffenstillstand geschlossen. Bis auf Weiteres. Von Freundschaft war das weit entfernt, aber sie musste sich auch nicht auf fiese Attacken einstellen. Alles gut für den Augenblick. Sehr gut sogar.

„He, da seid ihr ja! Herzlich willkommen!" Basti winkte ihnen von Frekis Rücken aus zu und versuchte gleichzeitig, einem großen roten Gymnastikball nachzureiten, den Linas Hengst Renato quer über die Koppel gestupst hatte. „Ich brauche euch alle in meinem Team", rief er. „Gegen die geballte Mädels-Power habe ich keine Chance. Tom und ich liegen schon 1:5 im Rückstand."

Mila trabte zu Basti.

„Du Armer", sagte sie grinsend. „Hilfe in Form von Charly und mir naht. Oder besser in Form von Adesso und Vanilla!"

Sie sah sich um. Charly war dicht an Tom herangeritten und hielt mit ihm Händchen. „Das gilt aber nicht!", rief Mila. „Das ist Doping durch Glücksgefühle!"

„Und wie das gilt", rief Tom und nahm Frekis Pass an. Dann stupste seine weiße Araberstute den Ball ins gegnerische Tor. „Allein durch Liebes-Power. 2:5."

Sarah und Ella kreischten und ritten einen Ge-

genangriff. Mila und Adesso wehrten ab und BOING! BOING! sprang der Ball erneut ins Tor. Allerdings in ihr eigenes.

„Na, und dir fehlt wohl die Liebes-Power“, feixte Michel und ritt auf Pferdinand dicht an ihr vorbei. Er zwinkerte ihr zu und lächelte sein unverwechselbares Michel-Lächeln. Mila wurde flau im Magen und ihr fiel keine passende Antwort ein. Verflixt. Na warte. Michel würde sie es schon noch zeigen. Und wenn nicht mit Worten, dann mit dem perfekten Tor. Und diesmal auf der richtigen Seite!

Sie spielten, bis es zu dämmern begann. Doch als es immer dunkler wurde, fing auch Milas Magen an zu knurren.

„Es steht 52:52“, rief Basti. „Ein guter Zeitpunkt aufzuhören. Wir werden das nächste Jahr nutzen, um hart zu trainieren und euch dann im Sommer in Grund und Boden zu maulballen. Wer hilft mir mit dem Feuer?“

Mila und Michel halfen Basti beim Holzsammeln. Ella, Lina und Sarah machten Stockbrotteig und Charly und Tom turtelten durch die Gegend. Mila blickte ihnen nach und seufzte ein wenig neidisch. Wie gerne würde sie jetzt auch in den Armen von Jan liegen … Sie hielt inne. Irgendetwas an diesem Gedanken fühlte sich komisch an. Na ja, sie war sicher nur traurig, dass Jan nicht dabei sein konnte. Oder?

Mila stopfte kleine Papierbällchen unter das aufgeschichtete Holz. Dann zündete sie eines davon an und warf es hinterher. Innerhalb weniger Minuten brannten die Scheite und Mila holte sich einen Stock für das Stockbrot. Sie wickelte ein wenig von dem Teig darum, der auf einem klapprigen Tisch neben den Tipis stand.

„Komm, wir setzen uns", hörte sie Michel sagen, der hinter ihr aufgetaucht war. „Das Feuer prasselt so schön und der Abend ist einfach herrlich."

Michel sagte es mit ruhiger, klarer Stimme. Mit der Stimme, die Mila so gern mochte. Und plötzlich wusste Mila, was sie sich wünschte. Ob das alles nur für diesen einen Augenblick galt? Oder für länger? Sie wusste es nicht. In ihrem Herzen war alles durcheinander. Allerdings ein Durcheinander, das sich schön anfühlte. Verwirrend schön. Sie drehte sich um und lächelte Michel an. „Ja, lass uns zusammen zum Feuer gehen!", sagte sie, nahm seine Hand und drückte sie fest.

Eine Mähne zum Kuscheln

Alles ganz entspannt …

Mila ritt den Dünenweg entlang zurück zum Internat. Der sanfte Spätsommerwind wehte durch ihr langes Haar und streichelte warm über ihre braun gebrannten Arme. Gemächlich trug Adesso sie nach ihrem gemeinsamen Ritt durch die Brandung zurück nach *Inselglück*, dem Reitinternat auf der kleinen Insel Marum. Mila lächelte, als sie die Gebäude der Schule hinter der nächsten Düne entdeckte. Wie gut, dass ihre Eltern für ein Jahr als Ärzte nach Kenia gereist waren und sie hier untergebracht hatten. Mila hatte sich rasch eingewöhnt und obwohl sie zunächst nicht gewollt hatte, nahm sie nun sogar am Springunterricht teil – und war recht gut darin geworden. Ihr gefiel einfach alles an diesem Internat!

„Außer Mathe“, sagte Mila kichernd zu sich selbst.

Adesso schnaubte.

„Ich weiß, du findest Mathe auch blöd", antwortete Mila. Sie beugte sich vor, tätschelte Adessos Hals und seufzte.

Mathe war derzeit ihr schlechtestes Fach, aber in Englisch hatte sie dank Jans Hilfe gut aufgeholt. Mila lächelte.

Jan. Ihr erster richtiger Freund, so lieb und blond und fröhlich. Jedes Mal, wenn sie an ihn dachte, hüpfte ihr Herz. Doch nanu? Sie hielt inne. Diesmal hüpfte da gar nichts. Mila schüttelte den Kopf. Jetzt verdarb Mathe ihr schon die schönsten Gedanken!

Beim Internat angekommen, brachte Mila ihren großen Oldenburger in den Stall und versorgte ihn.

„Oh, du hast ja total viel Sand in den Augen", stellte Mila fest. Sie tränkte einen sauberen Lappen in lauwarmes Wasser und wischte Adesso sanft über die Augen. Das große Pferd hielt ganz still. Als Mila fertig war, knabberte er sanft mit der Lippe an ihrem T-Shirt.

„Ach, du Witzbold", sagte Mila. „Meinst du, ich hab da auch noch Sand?" Sie kicherte und schlang ihre Arme um Adesso.

„Hallo, ihr zwei. Schmusestunde?", fragte eine warme Stimme hinter Mila.

Sie wusste sofort, wer das war.

„Michel“, erriet sie und drehte sich um. „Ja, aber wir sind jetzt fertig.“

Adesso wieherte kurz auf.

„Doch, doch, mein Lieber, für heute reicht es. Jetzt ist Mathe dran.“

Michel lachte. „Von einer Lieblingsbeschäftigung zur nächsten, was?“

Mit gespielt ernster Miene drohte Mila ihm mit dem Zeigefinger. „Mach dich nicht lustig, Michel Gründgen“, warnte sie, musste dann aber doch lächeln. Sie mochte den Humor vom Sohn des Stallmeisters und alberte gern mit ihm herum. „Sonst musst du mit mir büffeln.“

Michel verbeugte sich galant. „Stets zu Diensten, weißt du doch.“

„Nee, lass mal“, ächzte Mila. „Ich muss mich da erst selber durchfuchsen.“

Michel nickte ihr zu und lief ins Büro seines Vaters am Ende des großen Stalls. Mila sah ihm nach. Er hatte immer so eine ruhige Art. Sogar die Art und Weise, wie er ging, war beruhigend.

Doch für Mathe half das auch nicht. Unwillig machte Mila sich auf in ihr Zimmer.

Der Weg war kurz, denn die Räume der Schüler lagen direkt neben den Stallungen. Sie konnten sogar vom Gebäude aus durch runde Fenster direkt in die Pferdeboxen sehen. Mila entdeckte so Renate, ihr liebenswertes Pony, das mit ihr und Adesso gemeinsam auf die Insel gekommen war. Ihre kleine Cousine Tini hatte sich Hals über Kopf in Renate verliebt und verbrachte ihre gesamte Freizeit damit, das Pony zu betütteln. Jetzt fütterte sie es gerade mit einer Möhre. Mila lächelte. Dann zwang sie sich, endlich lernen zu gehen.

In ihrem Zimmer saß Nele schon fleißig am Schreibtisch. Konzentriert starrte sie auf ein Buch und machte „Schscht".

„Jaja", murmelte Mila. Immer, wenn sie Nele sah, hatte sie ein schlechtes Gewissen. Wie konnte man nur so viel lernen? Nele war ein ganz anderer Typ als sie. Am Anfang hatten sie sich überhaupt nicht verstanden, doch inzwischen waren sie so etwas wie Freundinnen geworden. Trotzdem waren sie immer noch grundverschieden. Während Neles Zimmerseite picobello aufgeräumt war, musste Mila nun erst einmal ihren Schreibtisch freiräumen und ihr Mathebuch unter all den achtlos fallen gelassenen Klamotten suchen.

„Pscht", machte Nele noch einmal.

„Ja doch", meckerte Mila.

Nele wandte sich zu ihr um und lachte. „Ach, du musst Mathe lernen, oder? Da bist du ja immer besonders gut gelaunt." Sie zuckte mit den Schultern. „Hab ich längst fertig. Ist nicht so schwer, wirst schon sehen.“ Sie widmete sich wieder ihrem Schreibtisch.

Mila streckte ihr heimlich die Zunge raus. Diese kleinen Sticheleien würde Nele wohl nie lassen können. Endlich fand Mila ihr Mathebuch. Es war in der Schultasche gewesen! Wer konnte so etwas ahnen …

Mila lernte tatsächlich bis zum Abend durch. Die Matheaufgaben waren natürlich doch schwieriger gewesen, als Nele behauptet hatte, aber Mila war sehr stolz auf sich, dass sie alles verstanden hatte. Nun freute sie sich sehr auf Frau Käthes gutes Abendessen.

Im Galopp flitzte Mila in den Speisesaal und rannte dabei Charly über den Haufen.

„Hey, sind dir die Gäule durchgegangen?“, fragte ihre beste Freundin lachend. Mila hakte sich bei ihr unter.

„Ich habe eher Hunger wie ein Pferd“, antwortete sie. „Hoffentlich gibt es heute Abend etwas Warmes.“

Es roch verheißungsvoll, als sie sich dem Speisesaal näherten. Vor der Essensausgabe gab es schon eine lange Schlange, hinter der Frau Käthe ihren Kochlöffel schwenkte.

„Was gibt es?“, fragte Mila Isa, hinter der sie sich anstellte.

„Gulaschsuppe“, schwärmte Isa und zupfte ihr rosa Haarband zurecht.

„Hoffentlich auch vegetarisch“, brummte Franzi, die mit ihren schwarzen Klamotten einen kräftigen Gegensatz zu Isas geliebtem Rosa bildete. Seit den Sommerferien aß sie kein Fleisch mehr, was bei Frau Käthes deftigem Essen nicht immer leicht war.

Doch als sie sich der Ausgabe näherten, lächelte die runde Köchin Franzi strahlend an. „Franzi, ich hab eine gute Suppe ohne Fleisch gemacht“, verkündete sie.

Misstrauisch warf Franzi einen Blick in den zweiten, etwas kleineren Topf. „Haben Sie auch nicht einfach nur das Fleisch rausgeangelt? Dann schmeckt die Suppe trotzdem danach“, brummelte sie.

Frau Käthe schüttelte den Kopf. „Nein, es gibt Auberginen-Tomatensuppe für dich und die anderen Vegetarier.“

Erleichtert seufzte Franzi. „Na, dann nur zu“, sagte sie und hielt ihren Teller auffordernd in die Höhe.

Mila nahm sich vor, auch ab und zu weniger Fleisch zu essen. Aber heute wollte sie Gulaschsuppe.

„Bitte, Mila", sagte Frau Käthe. „In Zukunft wird es drei fleischfreie Tage in der Schulkantine geben", ergänzte sie stolz.

Mila staunte. Sie kannte keinen Erwachsenen, der so offen für neue Ideen war wie Frau Käthe. Vor den Sommerferien hatte sie sogar Rezepte aus dem Internet ausprobiert.

„Sie sind spitze", antwortete Mila, eilte dann aber zu ihrem Tisch, damit ihr Magen nicht noch lauter knurrte.

… aber bitte nicht zu entspannt!

Am nächsten Morgen stellte sich heraus, dass Milas Mathehausaufgaben alle korrekt waren. Mila war genauso verblüfft wie ihre Tante, die auch ihre Mathelehrerin war.

„Das hat aber nicht Michel für dich gemacht, oder?“, fragte Tante Caro mit einem prüfenden Seitenblick zu Michel.

„Nein“, widersprach Mila entrüstet. „Ich hab's einfach krass kapiert.“

Die Klasse lachte.

„Äh, ich meine, ich habe ausnahmsweise mal alles verstanden.“

Tante Caro lächelte. „Sehr schön. Und weil ihr offensichtlich alle diese Gleichungen wie im Schlaf beherrscht …“

Mila stöhnte. Jetzt würde ihre Tante sicher einen Test für morgen ankündigen.

„... braucht ihr heute wohl keine Hausaufgaben, um sie zu üben."

„Yeah!", jubelte Mila.

Der Tag fing gut an!

Mittags gab es ein vegetarisches Chili. Es war der erste fleischfreie Tag von Frau Käthe – und es war superlecker. Mila hatte zwei große Teller davon gegessen und wankte proppenvoll Richtung Stall, um Adesso für die Reitstunde vorzubereiten.

„Hallo, Adesso", stöhnte sie vor seiner Box. „Eigentlich wollte ich dir eine ganz besonders gründliche Putzwellness zukommen lassen, aber ich fürchte, ich kann mich nicht bewegen ..." Sie ließ sich auf einen Strohballen fallen.

Michel kam auf sie zu und grinste. „Na, hast du dich fleischlos überfressen?"

„Hattest du nichts von dem Chili?", fragte Mila ächzend.

„Doch, aber nicht so viel, weil ich weiß, dass scharfe Bohnen gerne im Magen tanzen. Das Beste, was dagegen hilft, ist Bewegung!" Grinsend ging er weiter.

Na gut. Mila öffnete die Boxentür und führte Adesso zum großen Putzplatz vor dem Stall. Ausgiebig machte sie ihn sauber, zuerst mit einer Kardätsche, dann mit dem Striegel, bürstete seinen

Schweif und die Mähne, kratzte die Hufe aus und schmuste außerdem ununterbrochen mit ihm. Michel hatte recht gehabt: Nach der Pferdewellness ging es nicht nur Adesso sehr gut, sondern ihr war auch viel besser zumute.

„Auf, Großer", sagte Mila. „Reitunterricht."

Tamara und Luke, ihre beiden Reitlehrer, waren schon auf dem Reitplatz und gaben den ankommenden Schülern erste Anweisungen. Die Reitstunde konnte beginnen.

Doch bereits nach einer Viertelstunde war Luke reichlich genervt.

„Meine Güte, das hatten wir doch die ganze letzte Woche schon", schimpfte er. „Das zieht sich bei euch allen durch – schlechte Haltung, schlechter Rhythmus ... habt ihr in den Ferien überhaupt ein Pferd angesehen? Mir reicht's für heute." Wütend stiefelte er vom Platz.

Mila sah betreten zu Charly hinüber. Die zuckte mit den Achseln. Natürlich waren sie geritten. Charly und sie waren sogar auf einem Seminar gewesen! Wenn auch nur kurz, weil Nele dort einen Reitunfall gehabt hatte. Zum Glück war ihr nichts geschehen. Manchmal ging es mit Nele durch und sie vergaß vor lauter Ehrgeiz, Rücksicht auf ihr Pferd zu nehmen. Bei dem Seminar hatte sie es durch fiese Trainingsmethoden gequält. Mila schüttelte sich, als sie daran zurückdachte. Sie drehte sich zu Nele um. Inzwischen hatte sie sich wieder gefangen und behandelte ihr Pferd Fairy mit Respekt. Mila lächelte.

Jedoch nicht lange, denn Tamara nahm sie nun an die Kandare und brachte ihre Schüler kräftig ins Schwitzen. Mila bemühte sich, auf alles zu achten: gute Hilfen, perfekten Sitz – doch sie merkte selbst, dass sie unkonzentriert war, und wunderte sich nicht, als Tamara ihr „Mila, reiß dich zusammen" zurief.

Geknickt führte sie Adesso schließlich wieder zum Stall.

„Wir müssen uns etwas Gutes tun", verkündete Yasmin, die nie etwas erschüttern konnte. Sie nahm einfach nichts ernst. „Wie wäre es mit einem Serienmarathon heute Abend?"

Alle nickten erschöpft. Viel mehr würde heute sowieso niemand schaffen.

Vor dem Filmabend schlüpfte Mila noch schnell in die Küche. Sie half Frau Käthe, die letzten Handgriffe nach dem Abendbrot auszuführen, damit am nächsten Morgen wieder alles blitzblank war.

„So, den Rest erledigen meine fleißigen Elfen", meinte Frau Käthe schließlich und zwinkerte ihren

Küchenhelfern Anton und Georg zu, die sich mit Putzeimern und Wischlappen an den Ablagen zu schaffen machten. „Wir beide trinken jetzt einen Eistee auf der Terrasse."

Mila grinste. „Setzen Sie sich schon, ich gieße uns Eistee ein." Sie nahm die große Karaffe aus dem Kühlschrank und goss den ungesüßten roten Tee in zwei Gläser, die sie durch die Glastür hinaustrug.

Die sogenannte Terrasse bestand aus zwei Stühlen, die direkt vor dem Kräuterbeet standen. Von hier aus sah man nicht nur den Gemüsegarten, sondern auch die hübsche Rasenfläche hinter dem Internat mit ihren Kirsch- und Apfelbäumen.

„Aaah, das tut gut", brummte Frau Käthe.

Auch Mila mochte die Stille, die hier draußen herrschte.

Plötzlich ertönte ein helles Wiehern. Mila kicherte. „Das ist aber kein Pferd", meinte sie. Und tatsächlich kam in diesem Moment Steffen Gründgen um die Ecke. Er war Michels Vater und eigentlich ein eher ruhiger Mensch, doch gerade rannte er im Galopp zwischen den Obstbäumen hin und her – mit Tini auf dem Rücken.

„Hüah, hüah, schneller, Pferdchen!", rief sie begeistert.

Mila und Frau Käthe klatschten.

„Bravo!“, rief Mila. „Was für ein fantastisch dressiertes Pferd!“

Tini strahlte. „Er galoppiert besser als Renate!“, rief sie, woraufhin Steffen Gründgen einen Lachanfall bekam und ins Gras purzelte. Tini quiekte auf und dann hörten Mila und Tante Käthe nur noch das Lachen der beiden, die hinterm Gemüsebeet durchs Gras kullerten.

Frau Käthe warf Mila einen neugierigen Blick zu. „Und, was brauchst du für euren Filmeabend?“

Mila sah sie erstaunt an. „Woher wissen Sie das schon wieder?“

Frau Käthe schmunzelte. „Ich habe so meine Informanten. Und ich habe schon eine große Schüssel Popcorn in den Seitenschrank gestellt. Musst du nur noch herausholen.“

Stürmisch umarmte Mila die Köchin. „Sie sind einfach die Beste, was würden wir nur ohne Sie machen?!“, jubelte sie.

„Verhungern“, vermutete Frau Käthe und tätschelte Milas Arm. „Und jetzt ab mit dir.“

Mila flitzte los.

Auf dem Flur wäre sie beinahe mit Charly zusammengestoßen. Mila schwenkte die große Popcornschüssel geschickt zur Seite.

„Hoppla“, rief sie. „Das war knapp.“ Sie erschrak, als sie Charlys trauriges Gesicht sah. „Alles okay, Charly?“ Seitdem sie herausgefunden hatte, dass Charly eine echte Prinzessin war, hatte Mila stets Sorgen, dass ihre Freundin wieder zu ihrer Familie zurückmusste. Doch das war es nicht, was Charly so bedrückte.

„Tom fehlt mir“, flüsterte sie.

Tom hatte im Sommer mit einer Reisegruppe auf Marum Urlaub gemacht. Sie hatten bei Jans Mutter gezeltet, die eine Pension auf der Insel führte. Charly und Tom hatten sich sehr gut verstanden und sich dabei ineinander verguckt.

Mila legte ihren Arm um Charlys Schultern. „Du Arme“, tröstete sie. „Ich sorge dafür, dass wir gleich keinen Liebeskram gucken.“

Charly nickte dankbar.

So kam es, dass sie eine Vampirkrimiserie ansahen. Das hätte vielleicht gruselig werden können, aber Michel sorgte mit seinen albernen Kommentaren dafür, dass sie viel lachen mussten.

Mila kuschelte sich gemütlich ins Sofa und fühlte sich sehr wohl und geborgen. Fehlte nur noch Jan – doch der wohnte bei seinen Eltern. Wie viele andere Inselbewohner besuchte er nur die Schule des Internats, nahm aber nicht an den Reitstunden teil. Vielleicht war es ja auch gut, dass er jetzt nicht bei ihr war – sonst würde Charly ganz bestimmt noch mehr leiden.

Pünktlich um neun machten sie Schluss, damit jeder noch in Ruhe abschalten und früh zu Bett gehen konnte. Denn nach dem heutigen Rüffel von Luke wollte ihn morgen niemand enttäuschen.

Training ohne Pferd

So weit kam es jedoch gar nicht, denn an diesem Samstagvormittag gab es ganz anderen Unterricht als sonst. Eigentlich dachte sich Luke für die Samstagsstunden spielerische Übungen mit den Pferden aus, doch heute sollten alle ohne Pferd kommen – und zwar hinter das Internatsgebäude.

Kichernd lief die kleine Truppe den kurzen Weg zur Obstbaumwiese.

„Was will er machen? Äpfel mit uns pflücken?“, kicherte Charly.

„Apfelwettessen“, vermutete Yasmin lachend.

„Quatsch, Luke fällt immer etwas ganz Besonderes ein“, meinte Franzi, um Luke zu verteidigen. Ihre Schwärmerei für den Natural-Horsemanship-Lehrer war allen bekannt und Nele verdrehte ächzend die Augen.

„Ist dir nicht gut, Nele?“, fragte Luke, der von Weitem ihre Grimasse gesehen hatte.

Nele wurde rot. „Doch, doch, alles prima", sagte sie.

Alle kicherten.

„Obwohl ...", setzte Nele an. Doch Mila unterbrach sie, damit Nele nichts von Franzis Schwärmerei preisgab: „Was hast du denn geplant, Luke?" Sie betrachtete die Leinen, die zwischen den alten Obstbäumen befestigt waren. Es waren bunte breite Bänder, die auf Kniehöhe von Baum zu Baum gespannt waren. Insgesamt waren es drei Bänder.

„Das sind sogenannte Slacklines", erklärte Luke. „Damit trainiert ihr eure Skelettmuskeln, genau die, die euch so schön aufrecht halten. Ich glaube, dass ihr diese Partien über die Ferien vernachlässigt habt. Wir widmen uns ihnen nun einmal pro Woche sehr intensiv, dann wird auch eure Körperhaltung wieder besser."

Mila ging näher an die Leine heran. „Wie soll das gehen?"

„Du musst nur darauf entlanglaufen", sagte Luke lächelnd.

„Balancieren?", meckerte Nele. „Ist das dein Ernst? Wir sind doch nicht in der Grundschule."

Luke schmunzelte. Er stieg auf die straff gespannte Slackline, die unter ihm zitterte, und balancierte drei Schritte vorwärts, wobei er die Arme zur Seite ausbreitete, um das Gleichgewicht zu halten. Er wackelte ziemlich heftig.

„Luke, du hast so was schon lange nicht mehr gemacht, oder?“ Mila hob ihr rechtes Bein. „Im Balancieren war ich schon immer gut.“ Sie stieg auf eine der anderen Leinen, drückte sich hoch, schwankte, wedelte mit den Armen – und plumpste ins Gras.

Die anderen brüllten vor Lachen.

Luke nahm Milas Arm. „Alles gut?“

Mila nickte. Was war das denn gewesen?

„Es ist nicht einfach“, warnte Luke. „Am besten, ihr stützt euch anfangs gegenseitig.“

Zunächst glaubten alle, sie könnten die Übung mit links machen. Doch es stellte sich heraus, dass die Slacklines extrem hin und her schwankten und niemand von ihnen es schaffte, auch nur zwei oder drei Schritte ohne Hilfe darauf zu gehen.

Nach einer Stunde stöhnten alle entsetzt auf. „Genug für heute, Luke, bitte“, quengelte Charly und hielt sich die Seiten. „Ich spür schon meine versteckten Muskeln.“

Luke lachte. „Na gut, ihr Muskelschlappis. Ich lass die Leinen einfach dran, ihr könnt euch die nächsten Tage immer wieder daran versuchen. Und jetzt kümmert euch um eure Pferde, die wundern sich bestimmt schon, wo ihr bleibt.“

Tatsächlich liefen alle Schüler zu ihren Pferden und klagten ihnen ihr Leid. Auch Mila kuschelte sich an Adesso.

„Mein Großer, ich klau mal ein bisschen Wärme, ja? Das tut meinen Muskeln sicher gut …", jammerte Mila und drückte sich an Adessos warmes Fell. Plötzlich hatte sie eine Idee. „Weißt du was, Adesso? Ich habe Jan schon fast zwei Wochen nicht mehr gesehen – lass uns zum Islandhof reiten!"

Was für ein Glück, dass der Unterricht heute so kurz gewesen war, da schaffte Mila es noch vorm Mittagessen. Vielleicht wurde sie ja sogar zum Essen eingeladen? Mila saß zu gern in der gemütlichen Küche von Jans Mutter Anna. Rasch machte sie Adesso fertig und führte ihn aus dem Stall. Sie saß auf und nahm den Weg zu den Dünen.

Zwischen den Dünen war es herrlich ruhig. Hier wanderten nur wenige Menschen entlang. Heute war es windstill und im Gras neben dem gepflasterten Weg zirpten die Grillen. „Was haben wir es doch schön auf Marum", murmelte Mila vor sich hin. Sie freute sich auf Jan und Anna und eine schöne Tasse Tee.

Doch als Mila auf dem Gestüt ankam, trank Jan schon mit jemand anderem Tee. Er saß mit einem hübschen Mädchen, das offensichtlich etwas älter war als Mila, vor dem Haus in der Sonne.

Mila saß zögernd ab und band Adesso am Zaun an. Dort stand ein großer Bottich, der immer mit Wasser gefüllt war, und Adesso senkte sofort den Kopf zum Trinken.

„Hallo, Mila", rief Jan, trotzdem blieb er sitzen.

Dafür stand das Mädchen auf. „Hi, ich bin Jazzy", sagte sie und strahlte Mila an. „Ich höre mir gerade an, wie fantastisch ihr alle reiten könnt."

„Hey", sagte Mila und hielt still, als Jazzy ihr links und rechts ein Küsschen auf die Wange drückte. „Machst du hier Urlaub?", fragte sie, was seltsam wäre, denn Jazzy ging doch bestimmt noch zur Schule und gerade waren keine Ferien.

„Sozusagen", lächelte Jazzy. „Wir haben vier Wochen Berufspraktikum und ich habe es tatsächlich geschafft, die Schule so zu bequatschen, dass ich eine Rechercheireise für meinen YouTube-Kanal machen darf. Da arbeite ich ja auch, ist also quasi ein Praktikum bei mir selbst." Sie lachte fröhlich.

„Was ist denn das für ein Kanal?", wollte Mila wissen. Sie stand nicht so auf diese Filmchenwelt, meist ging es sowieso nur um Mode oder Schminke, das war nicht ihr Ding.

„Über Pferde natürlich, sonst wäre ich ja nicht hier", erklärte Jazzy.

Mila horchte auf. Vielleicht war das doch ganz interessant? Bisher hatte sie nie nach YouTube-

Kanälen geschaut, die über Pferde berichteten. Die Mädchen setzten sich an den Tisch.

„Ich hole mehr Tee", rief Jan eifrig.

Jazzy begann, von ihren Videos zu erzählen. „Ich will nicht nur mich selbst zeigen, wie ich reite oder mein Pferd striegle", sagte sie. „Ich beschreibe und filme alles rund um Pferde. Pferderassen, Turniere, Pflege und Gesundheit der Pferde, aber auch der Reiter, Mode und natürlich auch Pferde in der Geschichte, in Büchern oder Theaterstücken. Alles, was es so gibt."

Mila fand das gar nicht schlecht. „Ich schau mir das bald mal an", versprach sie.

„Ja, super", freute sich Jazzy. „Und wenn du Ideen hast, sag Bescheid – ich mach alles mit!" Sie lachte. „Ich muss euch da im Internat unbedingt mal besuchen kommen."

Mila nickte verhalten. Sie wollte nicht, dass Jazzy sie und ihre Freunde wie eine Dokusoap abfilmte.

Jan kam wieder heraus. Er goss Mila einen Tee ein und strich ihr einmal kurz über den Arm.

Irritiert starrte Mila ihren Arm an. Dann starrte sie Jan an, der nun mit gebanntem Blick Jazzys Erzählungen lauschte. Die YouTuberin redete ohne Pause.

Irgendwann stand Mila auf. „So, ich muss dann mal wieder", meinte sie. „Mittag im Internat, ihr wisst schon." Sie sah Jan an, der aber wieder keine Anstalten machte, aufzustehen. Enttäuscht hob sie die Hand. „Bis dann."

Sie stieg möglichst gekonnt – sie konnte Jazzys neugierigen Blick in ihrem Rücken förmlich spüren – auf Adesso und trabte davon.

„Was für ein Blödmann", seufzte sie enttäuscht und kraulte Adessos Mähne. „Du bist mein einzig wahrer Schatz, Adesso."

Adesso wieherte.

Im Internat war es wuselig. Der Stall war voll, alle nutzten den Tag, um ihren Pferden etwas Gutes zu tun. Mila flüchtete bald nach draußen und entdeckte Charly an der Koppel. Sie stand neben einem Jungen, den Mila nicht kannte.

„Hey, Charly", rief sie schon von Weitem.

„Hallo, Mila", antwortete Charly. „Darf ich dir unseren Neuzugang vorstellen: Maximilian von Krettek. Er kommt in unsere Klasse und zieht in Jakobs altes Zimmer." Jakob war bis zum Sommer ihr Mitschüler gewesen, hatte sich aber dann gegen den professionellen Reitsport entschieden und war seit diesem Schuljahr nicht mehr in ihrer Klasse. Mila vermisste ihn, er war ein fröhlicher Typ gewesen, mit dem sie viel Spaß gehabt hatten. Jetzt betrachtete sie prüfend den Neuen. Er war ziemlich dünn und hatte hellbraune Haare mit einem langen Pony, den er ab und zu aus dem Gesicht schüttelte. Seine Klamotten sahen eher fein aus, standen ihm aber ziemlich gut.

„Willkommen“, sagte Mila und hielt Maximilian die Hand entgegen.

Augenblicklich nahm er ihre Hand in seine und beugte seinen Kopf nach unten. Mila riss erschrocken die Augen auf. Er würde ihr doch wohl keinen Handkuss geben? Du meine Güte – hatte Charly nicht „von“ gesagt? Schon wieder so ein adliger Typ und Mila hatte keine Ahnung, wie man einen Handkuss erwiderte … musste sie knicksen?

In diesem Moment gackerte Charly los. „Hihi, dein Gesicht, Mila, hihihi …“

Maximilian grinste und schüttelte Milas Hand nun ganz normal. „Sorry, Charly bat mich, diesen Scherz zu machen. Sie meinte, du fändest das witzig.“ Er sah sie unsicher an. „Scheint mir aber nicht so …“

Mila lachte. „Charly ist halt 'ne zickige Prinzessin“, flachste sie. „Weißt du, was sie besonders witzig findet?“ Mila drehte sich zu Charly. „Wenn man hier pikt. Oder hier … oder hier …“ Sie kitzelte ihre Freundin ordentlich durch. Charly quiekte.

Maximilian schaute ihnen amüsiert zu. „Scheint mir sehr lustig zu sein hier bei euch“, stellte er fest.

„So was von“, meinte Charly keuchend. „Und jetzt gehen wir in den Speisesaal und zeigen dir das Beste des Internats …“ Sie sah zu Mila, und wie aus einem Munde sagten beide: „Das Essen von Frau Käthe!“

Sie behielten recht. Gerade heute gab es ihre berühmte Bolognese – natürlich wieder mit einer vegetarischen Variante.

„Was ist denn da drin, wenn das Fleisch fehlt?“, wollte Mila von Frau Käthe wissen.

„Mehr Gemüse“, antwortete die Köchin. „Möhren, Paprika … probier mal, wird dir schmecken.“

„Na gut, ein bisschen, hier an den Rand“, bestellte Mila.

Durch das Gespräch mit Frau Käthe kam Mila als Letzte an den Tisch – und auf ihrem Platz saß Maximilian. Mila stockte. Und nun? Der Neue wusste ja nichts von der Sitzordnung. Hätte Charly ihm das nicht sagen können? Doch die plapperte so intensiv auf ihn ein, dass Mila ahnte, dass sie daran gar nicht gedacht hatte. Irgendwie wollte sie jetzt nicht dazwischenhocken und sich einfach auf Jakobs alten Platz setzen. Zum Glück entdeckte sie

Tini am kleinen Tisch gleich neben der Essensausgabe. Eigentlich aß sie in der Wohnung mit ihrer Mama, aber wenn es Bolognese gab, durfte sie mit in der Kantine sitzen.

„Mila, hierher!", rief sie da auch schon.

Lächelnd setzte Mila sich neben ihre kleine Cousine. „Hey, Tini", sagte sie. „Schmeckt's?"

„Und wie", schmatzte Tini. Für ihre sechs Jahre konnte sie schon ordentlich futtern. „Ich überlege jedes Mal, ob ich nicht ein bisschen davon für Renate rausschmuggeln soll", sagte sie mit vollem Mund. „Die würde das liiieben!"

Mila nickte. „Stimmt. Aber natürlich ist unser Essen nicht unbedingt gut für Ponys", warnte sie.

„Jaja, ich weiß", sagte Tini. „Aber Renate ist für mich wie ein Schwesterchen. Ich habe ja keine Geschwister. Aber ich hätte gern welche. Weißt du, dann …" Sie plapperte und plapperte und Mila war sehr froh, ihr zuhören zu können. So musste sie weder über Jan und seine schmachtenden Blicke auf Jazzy nachgrübeln noch über Charly, die ihre beste Freundin wegen eines Jungen komplett vergessen hatte.

„Ich muss noch mal einen Film für meinen YouTube-Kanal drehen", meinte Tini. „Da zeige ich dann alles, was Renate im Sommer dazugelernt hat."

Da fiel Mila ein, dass sie Tini von der YouTuberin erzählen wollte. „Weißt du, wen ich heute gesehen habe?“, fragte sie Tini.

Tini riss die Augen auf. „Einen Promi?“

Mila grinste. Ab und zu kamen auch berühmte Leute nach Marum, manchmal konnte man am Strand oder beim Bäcker einen Blick auf sie erhaschen, Tini war immer ganz heiß darauf.

„So ähnlich“, meinte Mila. „Bei Anna ist eine YouTuberin zu Gast, die Filme über Pferde dreht und hochlädt – genau wie du.“

Tinis Augen leuchteten. „Eine YouTuberin? Wie toll! Welche? Miss Pinkpony? Ponytainment? Lizzyskanal?“

Mila kräuselte die Stirn. „Wer? Keine Ahnung, nein, sie heißt Jazzy.“

„Ja, aber wie heißt ihr Kanal?“

Mila machte ein verdutztes Gesicht. „Das hab ich nicht gefragt.“ Sie kicherte.

Tini schüttelte tadelnd den Kopf. „Das sollst du aber bitte rasch nachholen. Wenn wir hier eine berühmte YouTuberin haben, *muss* ich einfach mit ihr reden. Sie kann mir sicher gute Tipps für meine Filme geben.“

Die Ernsthaftigkeit, mit der Tini das sagte, rührte Mila und sie versprach, sich gleich am Nachmittag darum zu kümmern.

Frau Käthe ist weg!

„Warum auch nicht?“, fragte Michel, als Mila am Sonntag eine Runde Tischtennis mit ihm spielte und von Tinis Plänen erzählte. „Jeder fängt klein an. Die berühmtesten Musiker hatten mit sechs ihre erste Gitarre in der Hand und klimperten so krumm, dass alle lachten. Aber fünfzehn Jahre später verdienen sie damit Geld und dann lacht keiner mehr.“

So hatte Mila das noch nie gesehen. „Du meinst also, Tini wird mal reich?“ Sie grinste. „Mit Renate?“

„Wer weiß“, sagte Michel nur und schmetterte ihr einen angeschnittenen Ball entgegen, der so zur Seite flog, dass Mila ihn unmöglich erreichen konnte.

„Schachmatt“, rief Michel.

„Als würden wir hier Schach spielen“, knurrte Mila. Ihr passte es gar nicht, dass sie immer gegen

Michel verlor. „Irgendwann finde ich ein Spiel, das ich besser kann als du. Und dann schlage ich dich haushoch."

„Das muss aber erst noch erfunden werden", erwiderte Michel und duckte sich, als Mila den Tischtennisball in seine Richtung warf.

„Immerhin schuldest du mir ein Eis", stellte sie fest. Denn sie hatten ausgemacht, dass der Sieger den Verlierer immer einladen musste.

Michel kratzte sich am Kopf. „Sei ehrlich, du verlierst immer mit Absicht, um mich zu schröpfen", brummte er und suchte seine Taschen ab. „Ein Euro siebzig, ein Stück Radiergummi und ein sandiges Bonbon", stellte er fest.

„Das reicht nicht", meinte Mila. „Du hast Glück, dass ich einen so guten Draht zur hiesigen Kochchefin habe. Komm, wir fragen Frau Käthe nach einem Eis."

Sie rannten zum Hintereingang der Küche.

„Wieso hast du eigentlich immer Radiergummireste in den Taschen?", fragte Mila keuchend.

Michel hob die Augenbrauen. „Weißt du denn nicht, dass man die immer bei sich haben sollte? Im Falle eines Weltuntergangs ist das das Einzige, was noch hilft."

Mila lachte auf. „Helfen? Wobei? Die Aliens auszuradieren?"

„Ganz recht", sagte Michel. „Lach du nur. Aber komm nicht zu mir, wenn es so weit ist."

Kichernd klopften sie an die gläserne Terrassentür.

Eine fremde Frau öffnete ihnen.

„Wer seid ihr denn?" Sie betrachtete Mila und Michel streng. „Na, ihr kommt mir wie gerufen, ich brauche gerade Unterstützung. Die Küchenhilfen hier sind nicht so schnell."

„Unterstützung für was?", fragte Mila. „Wer sind Sie denn?"

Die Frau stemmte die Hände in die Hüften. Ihre Augen waren stark geschminkt und ihre Haare streng zurückgekämmt. Nun kniff sie die knallroten Lippen zusammen und sagte: „Ich bin die neue Küchenchefin, Elena Sauer. Jetzt kommt rein, wir haben nicht viel Zeit."

Mila sah Michel verwundert an. Der zuckte mit den Schultern.

Im nächsten Moment fanden Mila und Michel sich an einem der Arbeitstische wieder und schälten Möhren. Die Küchenhilfen Georg und Anton standen neben ihnen und schälten verbissen einen großen Berg Kartoffeln.

„Danke, dass ihr helft", flüsterte Anton, als Frau Sauer kurz aus der Küche ging. „Die Neue ist schrecklich."

„Warum ist sie überhaupt da? Wo ist Frau Käthe?", fragte Mila.

„Sie musste gestern Abend plötzlich zu ihrer Schwester nach Bayern, die ist krank geworden. Genaueres weiß ich auch nicht", erzählte Georg leise. „Aber ich wünsche ihr gute Besserung, denn hier wird es bestimmt eine Weile gar nicht lustig zugehen. Die Neue ist heute Morgen mit der ersten Fähre gekommen und seitdem herrscht hier ein eisiger Wind."

Mila sah ihn erschrocken an.

„Ich würde sagen, das ist dann der Weltuntergang", meinte Michel. „Hast du dein Radiergummi parat?"

„In meiner Küche wird nicht geredet", rief Frau Sauer. „Arbeitet lieber fleißig, die Möhren müssen noch in gleich große Sticks geschnitten und angerichtet werden, es soll doch ein guter Einstieg werden heute Abend."

Nach ungefähr einer Stunde waren Michel und Mila entlassen. Sie warfen Georg und Anton mitleidige Blicke zu, verschwanden aber lieber, bevor Frau Sauer noch mehr Sklavenarbeit für sie einfiel.

„Das ist bestimmt der Stress", vermutete Michel. „Jeder ist doch aufgeregt, wenn er irgendwo neu anfängt und sich beweisen muss. Ab morgen ist sie dann vermutlich ganz freundlich."

Mila nickte, war sich aber nicht so sicher. „Für diese Schinderei haben wir uns jetzt aber endlich ein richtig gutes Eis verdient“, fand sie. „Kommst du mit an den Hafen? Ich lad dich ein.“

Michel nickte begeistert. „Die haben das beste Eis. Dafür lass ich dich nächstes Mal auch gewinnen.“

Mila nickte zufrieden. „So ist es fein, Michel Gründgen.“

Offenbar hatte das halbe Internat die gleiche Idee: Auf der Kaimauer neben der Eisdiele saßen eine Menge Schüler, unter anderem auch Charly und Maximilian. Ein Stück daneben hockte Tini mit ihrer Mutter und Steffen Gründgen.

„Was macht Papa denn hier?“, wunderte sich Michel, während er sich in die Schlange vor der Eisdiele einreihte.

„Der braucht halt auch mal eine Auszeit“, meinte Mila. „Aber warum ist Charly schon wieder mit diesem Maximilian zusammen? Hat gar keine Zeit mehr für ihre beste Freundin, diese Prinzessin.“

„Na, du hast ja auch keine Zeit für sie, sondern hängst mit mir rum“, antwortete Michel.

„Das ist was anderes“, fand Mila.

Michel warf ihr einen langen Blick zu. „Ist es das?“

Mila wurde rot. Zum Glück kam sie jetzt an die Reihe.

„Guten Tag, ich hätte gern drei Kugeln: Frühlingswolke, Pink Panther und … was ist denn in ‚Sommersprosse' drin?"

Die Verkäuferin steckte einen kleinen Löffel in das gesprenkelte Eis und hielt ihn Mila hin. „Das ist Vanille mit Lakritzstückchen. Mal probieren?"

Mila probierte. „Mmmh, ja, das nehme ich."

Michel wählte Himbeertraum, Hafenarbeiter und Zitruswelle. Sie liefen zum Kai.

„Was ist denn Hafenarbeiter?", fragte Mila.

„Schokolade mit Arbeiterschweiß", erklärte Michel.

„Iiihh, du Ekel", rief Mila und schubste ihn mit dem Ellbogen.

„Warum, möchtest du nicht wenigstens mal probieren?", neckte er.

Mila zeigte ihm die kalte Schulter und setzte sich zu Charly und Maximilian.

„Hey", sagte sie.

„Hallo", antwortete Maximilian. „Ihr habt ja eine grandiose Eisdiele."

Mila nickte. „Es ist schon okay hier", sagte sie und dann – mit einem Seitenblick auf Michel – lauter: „Wenn nur diese anstrengenden Typen nicht wären …"

Michel, der kurz mit seinem Vater geredet hatte, kam herüber. „Meinst du Jan? Ach, ich find den gar nicht so übel."

Mila boxte ihn in die Seite.

Maximilian lachte. Dann hustete er.

„Alles gut?", fragte Charly besorgt.

Maximilian nickte. Dann erklärte er Mila und Michel: „Ich habe Atemwegsprobleme, daher auch der Wechsel hier aufs Internat. Meeresluft soll mir helfen. Bin mal gespannt."

Mila nickte. „Hast du gesehen, dass es eine Eissorte gibt, die Nordseebrise heißt?"

„Die sollte ich unbedingt probieren", stimmte Maximilian lachend zu.

„Tschüss", rief Tante Caro ihnen zu und erhob sich. Steffen und Tini waren schon zu den Schiffen gelaufen.

„Dein Vater kann echt gut mit Kindern", meinte Mila.

„Ja, sogar mit schwierigen wie dir", fand Michel.

Sie alberten zu viert eine Weile herum, dann beschlossen sie, Maximilian die Insel zu zeigen. Während sie sich aufmachten, erzählten Mila und Michel den anderen von Frau Sauer.

„Deshalb müssen wir pünktlich zum Abendessen zurück sein, ich will unbedingt wissen, was die Neue uns vorsetzt."

Sie schafften es gerade rechtzeitig. Und Frau Sauer hatte sich tatsächlich sehr ins Zeug gelegt. Auf die Schüler wartete ein Buffet! Begeistert liefen alle zu dem langen Tisch – doch die meisten trugen nur spärlich gefüllte Teller zu ihren Plätzen. Das allgemeine Murmeln ließ darauf schließen, dass die Schüler nicht sehr begeistert waren.

Mila betrachtete die Häppchen auf den silbernen Tabletts. „Was ist das hier?", fragte sie Charly leise und deutete auf eine Art graue Würmchen.

„Granat", antwortete Charly. „Kleine Garnelen oder auch Krabben genannt, frisch aus dem Meer."

„Hm, Würmer mag ich nicht so", sagte Mila. „Und das hier?"

„Miesmuscheln", sagte Charly. Sie nahm sich von beidem, doch Mila schüttelte sich.

Dann wollte Charly wissen: „Mila, was ist hier drin?" Vor ihnen stand eine große Schüssel mit graugrünem Brei.

„Nordsee-Watt-Pampe", meinte Mila und prustete los.

Daraufhin kam Frau Sauer angerauscht. „Na, wisst ihr nicht so recht, welche Köstlichkeit ihr zuerst probieren sollt?", fragte sie.

Mila nickte. „Was ist das hier?" Sie zeigte auf die graugrüne Masse.

„Avocado-Algenmus", antwortete Frau Sauer. „Nimm nur reichlich."

Mila nickte, zögerte aber. Glücklicherweise wurde Frau Sauer von jemandem aus der Küche gerufen und verschwand.

„Puh", machte Mila. „Das Avocadomus von Frau Käthe sieht immer viel leckerer aus."

Charly war nicht so leicht zu erschüttern. „Probier erst mal", sagte sie und steckte einen sauberen Teelöffel erst in das Mus und dann in ihren Mund. „Mmmh", machte sie. „Gar nicht übel."

Nun griff auch Mila sich einen Teelöffel und probierte. „Arrgh!", machte sie. Das war *doch* übel! Ihr Blick schweifte über die lange Tafel. Gerade stellte Georg, der Küchenhelfer, einige Schilder vor die Schüsseln. Nun wusste man wenigstens, was sich darin befand. Als er Mila erkannte, flüsterte er grinsend: „Schmeckt alles sehr seltsam, sei vorsichtig!"

Mila nickte dankbar. Dann studierte sie die Schildchen: gefüllte Wachteleier, Herzmuschel-Ragout, frische Austern, Quellersalat. Zögernd nahm sie eine Auster. Zur Not würde sie die Charly zuschieben, die aß so ein Zeug ja zu gern. Dann entdeckte sie am Ende des Tisches die Möhren- und Kartoffelsticks, die sie selbst zurechtgeschnitten hatte. Sie steckten in mit Soße gefüllten kleinen Gläsern. Erleichtert nahm Mila sich je ein Gläschen, dazu reichlich Baguette und ging an ihren Tisch zurück.

Mila stellte fest, dass Maximilian nun auf Jakobs altem Platz saß, offenbar hatte ihm jemand die Sitzordnung erklärt.

Staunend betrachtete Mila Charly, die ihren Teller schon fast leer gegessen hatte.

„Dir schmeckt das alles, oder?“, fragte sie erstaunt.

Charly wurde rot. „Ich hab als Kind schon immer fremde Dinge probieren müssen, das lernt man. Stell dir vor, wir werden von einem Königshaus eines anderen Landes eingeladen und es gibt deren Spezialitäten. Wenn ich das nicht esse, gibt es womöglich ernsthafte Verstimmungen.“

Mila lächelte schief. Ernsthafte Verstimmungen würde ihr Magen bekommen, wenn sie das alles essen müsste. Doch sie war lernwillig. Sie griff nach der Auster.

„Wie esse ich das jetzt?“

Charly zeigte es ihr.

Doch als Mila sah, dass sich etwas bewegte, ließ sie die Muschel fallen. „Das Ding lebt ja noch“, quiekte sie.

„Na klar“, sagte Charly. „Es muss frisch sein, sonst verdirbst du dir den Magen.“

Mila wurde blass.

Grinsend nahm Charly ihr die Auster ab. „Na, dann iss mal dein trockenes Brot, Schätzchen“, witzelte sie.

Mila sah zur Seite, als Charly die Auster ausschlürfte.

„Hoffentlich gibt es ab morgen normales Essen, sonst magere ich total ab“, stöhnte sie und griff zu den Möhren.

Gefühlschaos

Dass besser keiner abmagern sollte, zeigte das Reittraining am nächsten Tag. Luke hatte eine Slackline-Übungsstunde angesetzt und nach einer kurzen Pause noch zum Reitplatz gebeten. Die Schüler holten ihre Pferde aus dem Stall.

„Na endlich", maulte Nele. „Wird ja Zeit, dass an einer Elitereitschule auch mal geritten wird."

Mila sah auf. „Wieso, du bist doch am Wochenende auch geritten", meinte sie.

„Natürlich." Nele warf ihr einen genervten Blick zu. „Aber schließlich bezahlen wir für Reitunterricht, nicht für Turnstunden." Damit trabte sie auf Fairy davon.

Mila schüttelte den Kopf. Nele und ihr Ehrgeiz. Vermutlich trainierte sie schon wieder auf irgendeinen Wettbewerb hin. Mila hingegen hatte nicht einmal eine Ahnung, welcher demnächst anstand.

Das sollte sich bald ändern. Nachdem Luke sie

einzeln über die verschiedenen Hindernisse springen ließ und hinterher tatsächlich manches Haltungslob verteilte, ließ er die Schüler noch einmal im Halbkreis zusammenkommen.

„So, ihr Lieben, heute hatte ich den Eindruck, dass ihr euch endlich wieder Mühe gebt", fasste er die Reitstunde zusammen. „Deshalb verkünde ich euch auch jetzt das nächste Ziel, auf das ihr euch vorbereitet: Ende September findet das *Young-and-great-Turnier* in Havenburg statt."

Franzi pfiff begeistert durch die Zähne und Neles Augen blitzten. Mila wusste wieder mal nicht, worum es ging, aber Luke fuhr fort: „Junge Reiter aus ganz Europa kommen in Havenburg zusammen, und zwar wirklich nur in einer bestimmten Altersklasse: von zwölf bis fünfzehn. Für die besten unter ihnen gibt es neben Geldgewinnen auch Stipendien und etwas, das einige von euch sicher anspornen wird: Zuschauerkarten für die Olympiade im nächsten Sommer."

Jetzt jubelten alle auf. Die Pferde zuckten nervös mit den Ohren. Adesso tänzelte und Mila strich ihm zärtlich über die Mähne. „Wird schon, Adesso, wir üben ja noch", flüsterte sie ihm und sich selbst Mut zu.

Sie brachten die Pferde in den Stall zurück und versorgten sie. Mila war sehr vertieft ins Aufräumen und sortierte sogar die Sachen in ihrem Spind neu, dort hatte sich allerlei Kram angesammelt, der gar nicht hineingehörte. Als sie fertig war, hatte sich der Stall geleert. Sie lief schnell zur Box von Vanilla, Charlys Pferd – doch Vanilla schaute sie nur fragend an. Mila strich ihr über die Blesse.

„Sag mal, ist dein Frauchen schon wieder mit Maximilian unterwegs?", fragte sie seufzend.

Vanilla stupste ihr aufmunternd gegen den Unterarm.

„Na, schon wieder zu spät?", fragte Michel hinter ihr.

Mila nickte. „Hm, ich sollte mich wohl mehr um Charly bemühen", murmelte sie.

„Vielleicht", meinte Michel. „Vielleicht braucht Charly aber auch einfach ein bisschen Abwechslung bei ihrem Liebeskummer."

Mila sah ihn verblüfft an. Sie vergaß immer wieder, was für ein guter Beobachter Michel war. Natürlich war ihm nicht entgangen, dass Charly wegen Tom traurig war. Sie lächelte. „Könnte sein", stimmte sie zu. „Aber sie fehlt mir halt."

„Bei was?", fragte Michel.

„Wie bitte?" Mila verstand die Frage nicht.

„Bei was fehlt Charly dir? Ich stehe jederzeit zur Verfügung – sogar für Mädchenkram, den beste Freundinnen so machen." Michel verbeugte sich.

Mila lachte. „Na ja, im Zimmer sitzen und über Jungs quatschen wäre gut“, sagte sie und schaute Michel herausfordernd an.

Michel nickte. „Klar, bin dabei. Aber nur, wenn ich entscheiden darf, über welche Jungs.“ Dabei zog er seine linke Augenbraue verschmitzt hoch und sah plötzlich so gut aus, dass Milas Magen sich eine ganz winzige Viertelrunde drehte.

Verwirrt blickte sie weg. „Ein andermal ... ich muss noch zu Jan“, sagte sie rasch.

Michel wandte sich mit einem Grinsen ab, doch Mila glaubte, ein leichtes Seufzen zu hören. Schnell lief sie aus dem Stall und in ihr Zimmer.

Während sie duschte und sich umzog, grübelte sie: Immer wieder kam es mit Michel zu diesen seltsamen Momenten, in denen ihr Herz heftiger schlug. Aber sie war doch mit Jan zusammen! Außerdem war Michel gar nicht ihr Typ und sie hatte auch noch nie mit Charly über ihn gesprochen und dabei aufgeregt gekichert. Michel war einfach immer da. Er war viel zu alltäglich, um sich in ihn verlieben zu können. Oder?

„Oh Mann, immer ist alles kompliziert“, fluchte Mila und kickte ihren Turnschuh weg.

Der Schuh flog gegen die Tür, die sich im nächsten Moment öffnete.

„Was machst du da?“, fragte Nele misstrauisch.

Mila kicherte. „Neue Trainingsmethode von Luke“, witzelte sie, um Nele ein wenig zu ärgern.

„Haha“, sagte Nele trocken, musste dann aber doch lachen.

Mila schnappte ihr Basecap und huschte aus dem Zimmer.

Sie musste den ganzen Weg zu Jan laufen, denn sie wollte nicht noch einmal in den Stall und Adesso holen, um Michel nicht wieder zu begegnen. Für heute reichte es an Gefühlschaos! Schnurstracks ging sie zu Tante Caros Wohnung und holte Tini ab.

„Wohin gehen wir denn?“, wollte Tini wissen.

„Zur YouTuberin“, sagte Mila nur.

Tini fiel ihr um den Hals. „Warte“, rief sie dann und verschwand in der Wohnung. Im Nu war sie mit einem Rucksack zurück. „Kamera und Notizblock. Man kann nie wissen“, erklärte sie. „Komm, wir satteln Renate und Adesso.“

„Nein, ich möchte heute lieber laufen“, sagte Mila.

„Laufen?“, quiekte Tini. „Bis zum Islandhof ist es total weit!“

„Ach was, da sind wir ganz schnell.“

Doch Tini behielt recht – es war wirklich ein langer Fußmarsch.

„Hoffentlich hat Jan ein paar Kekse für uns“,

ächzte Tini kurz vorm Ziel. „Ich bin schon ganz zuckerleer …"

Mila nahm ihre Hand. „Wir sind gleich da."

Als sie sich dem Haus näherten, kam Anna zur Tür heraus. „Hallo, ihr Lieben!", rief sie. „Seid ihr zu Fuß?" Sie lachte. „Dann müsst ihr ja mächtig Durst haben."

„Und Hunger", krähte Tini und warf Mila einen vorwurfsvollen Blick zu.

Anna nahm sie mit in die Küche und servierte ihnen zwei Pfirsichschorlen und zwei große Stücke Kirschkuchen.

„Mmh", seufzte Tini glücklich.

„Ich rufe mal Jan", sagte Anna und verschwand.

Tini und Mila schmatzten schweigend und genussvoll.

Nach einer Weile kam Jan mit der YouTuberin in die Küche.

„Hey", rief er fröhlich. „Schön, dass ihr da seid!" Er ging auf Mila zu, doch bevor er sie hätte in den Arm nehmen können, flitzte Tini auf ihn zu und umarmte ihn stürmisch.

„Hallo, Jan", sagte sie. „Willst du mich nicht vorstellen?"

Verblüfft tat Jan, wie ihm geheißen wurde. „Also, Jazzy, das ist Tini, die Cousine von Mila. Tini, das ist …"

„Jazzy, ja, das habe ich schon gehört", antwortete Tini und streckte ihre Hand aus. „Hallo!"

Erfreut ergriff Jazzy Tinis Hand. „Na, du bist ja eine ganz Mutige!", sagte sie.

Sie setzten sich an den Küchentisch und bald war Tini eifrig dabei, Jazzy auszufragen.

Mila gab Jan ein Zeichen, mit ihr aus der Küche zu verschwinden.

Draußen meinte sie: „Ich glaube, das dauert jetzt eine Weile. Tini hat tausend Fragen!"

Jan lächelte. „Tini ist echt süß. Und Jazzy hilft ihr bestimmt. Sie ist so offen und an allem interessiert, sicher kann sie Tini tolle Tipps geben."

Mila schwieg und gemeinsam schlenderten sie zu den Islandpferden. Auf einen kurzen Pfiff von Jan kamen die Ponys angaloppiert. Mila knuddelte eins nach dem anderen. Ach, wie schnell Pferde einen doch beruhigen konnten – na ja, Ponys natürlich auch.

„Filmt sie auch die Isländer?", fragte Mila.

„Ja, jeden Tag", erwiderte Jan. „Heute zum Beispiel hat Jazzy sie gefilmt, wie sie auf der Wiese herumgetobt sind und gespielt haben. Sie ist ganz begeistert davon, wie viel Bewegungsfreiheit unsere Ponys haben." Er warf Mila einen kurzen Seitenblick zu. „Nichts gegen eure Pferdehaltung."

In Milas Magen grummelte es. Die Pferdehaltung und das intensive Training der Tiere war ein ständiges Thema zwischen Jan und ihr. Wenn es nach Jan ginge, würde wohl jedes Pferd frei durch die Wälder streunen.

„Weißt du", begann Jan wieder, „ich habe mir Jazzys Filme angesehen. Sie ist so selbstbewusst! Sie hat ganz viele Follower und das alles neben der Schule – und dann schreibt sie noch lauter gute Noten. Also echt, das ist so beeindruckend! Vor allem hat sie so einen klaren Klamottenstil, richtig elegant für eine Schülerin. Die Filme musst du dir unbedingt auch mal angucken, Mila."

Mila nickte. Was sollte sie auch zu seiner Schwärmerei sagen? Sie selber war weder extrem schlau noch selbstbewusst – und ihr Klamottenstil ließ gewiss zu wünschen übrig … Sie schaute an sich herunter. Mit ihrem verwaschenen blauen T-Shirt und der ausgebeulten Reithose konnte sie bei ihm wohl nicht punkten …

In diesem Moment lehnte Jan sich zu ihr rüber. Mila hielt den Atem an. Er würde sie küssen! Wie lange war das her, dass sie einen Kussmoment hatten? Mila schloss die Augen. Da spürte sie Jans Finger an ihrer Wange.

„Hab sie", sagte er.

Mila öffnete die Augen. Perplex starrte sie auf Jans Finger, der vor ihrer Nase schwebte.

„Hier, die Wimper war ausgefallen. Blas sie weg und wünsch dir was!“, forderte Jan sie auf.

Mila spitzte die Lippen und pustete.

„Super“, sagte Jan lachend. „Komm, wir schauen mal, wie weit die beiden sind.“ Er drehte sich um und ging voraus.

Mila ging stumm hinterher. Ihr Wimpernwunsch hing unerfüllt in der Luft.

Tini war leer gefragt und ganz benommen von den vielen Antworten, die sie bekommen hatte. Rasch schob Mila Tini nach draußen. Sie wollte heim.

„Vielen Dank, Jazzy“, sagte Mila und sah Jan bewusst nicht an.

Auf dem Heimweg durfte sie sich alles anhören, was Tini erfahren hatte. Ihre kleine Cousine blubberte ohne Punkt und Komma und Mila hätte sich am liebsten die Finger in die Ohren gesteckt. Sie hatte ja kapiert, dass Jazzy die tollste Person der Welt war! Immerhin war Tini so abgelenkt, dass sie dieses Mal nicht über den langen Weg klagte.

Im Internat gab Mila Tini schnell bei Tante Caro ab und zog sich in ihr Zimmer zurück. Doch lange hielt sie es dort nicht aus. Sie lief zum Stall und schmuste eine Weile mit Adesso und Renate. Dann klopfte sie an Steffen Gründgens Büro.

„Herein!“

Mila öffnete die Tür.

„Oh, hallo, Mila“, freute der Stallmeister sich. „Was gibt's?“

„Nichts, also …“ Mila wurde rot. „Wo ist denn Michel?“

„Der ist wieder mal bei der neuen Köchin. Offenbar hat sie einen Narren an ihm gefressen, seit gestern muss er dauernd zu ihr in die Küche und helfen. Wer weiß, womöglich wird er bald auf Kochen statt Reiten umsatteln!“ Steffen lachte.

Mila lächelte auch und bedankte sich.

Dann ging sie schnell Richtung Küche. Michel musste schon wieder in der Küche helfen? Da stimmte doch etwas nicht!

Mila wollte den Hintereingang nehmen, entdeckte Michel aber zwischen den Brombeersträuchern.

„He, Michel!“, rief sie laut.

Er sah auf. „Hey, Mila“, sagte er lächelnd und steckte dann seinen Zeigefinger in den Mund. „Verflixt, diese Biester sind vielleicht störrisch! Ich glaube ja, die Beeren sind noch nicht so reif, dass sie gut schmecken, aber wenn die Chefin es so will …“

„Chefin? Wieso Chefin?“, fragte Mila ungeduldig. „Sag bloß, die teilt dich jetzt ständig zu Sklavenarbeiten ein!" Sie spürte, wie die Wut in ihr brodelte.

„Alles gut, Mila", beschwichtigte Michel. „Sie ist neu und kann Hilfe gebrauchen. Ich bin einfach grad zur Stelle gewesen, das ist schon okay."

Doch Mila kam das nicht okay vor. Michel nahm sein spärlich gefülltes Körbchen und ging zur Küche.

„Ich komm nachher zu dir", versprach er und verschwand durch die Terrassentür.

„Da bist du ja – wie lange brauchst du eigentlich?", hörte sie die Stimme von Elena Sauer. „Was hast du ... wie soll ich denn davon für alle Schüler ein Dessert machen? Ich brauche viel mehr!"

„Aber die sind noch nicht reif", wandte Michel ein.

„Soso", meinte Frau Sauer. „Na, aber dann hilf mir wenigstens damit."

„Ich kann leider nicht, ich muss noch für die Schule ...", wehrte Michel sich.

„Ach, das kann warten. Stell dich nicht so an, du bist doch keiner von den reichen Heinis hier, oder?"

Mila war knallrot geworden. Ihre Hände waren zu Fäusten geballt. Das konnte ja wohl nicht wahr sein!

Plötzlich öffnete sich die Terrassentür und Yasmin kam heraus. In ihrer Hand hielt sie ein Eis am Stiel.

„Hey, Mila! Na, holst du dir auch ein Eis?"

Mila schüttelte den Kopf. „Hast du grad etwa danebengestanden, als die Michel so angemacht hat?", fragte sie empört.

„Na ja, ich musste kurz warten. Macht ja nichts", meinte Yasmin, die offenbar gar nicht verstand, was Mila meinte. „Du brauchst übrigens nicht auf Michel zu warten, der muss noch Zwiebeln schälen."

Mila sah Yasmin fassungslos nach. Sie hatte Michel nicht verteidigt, sie hatte nicht mal gemerkt, dass Michel ausgenutzt und fies behandelt wurde! Mila widerstand dem Drang, in die Küche zu stürmen und die Köchin anzuschreien. Das würde nichts bringen und außerdem wäre es Michel sicher schrecklich unangenehm. Mila atmete tief durch.

Nein, sie würde direkt mit der Direktorin, Frau Steinbach, sprechen.

Frau Steinbach saß glücklicherweise in ihrem Büro, als Mila klopfte.

„Hallo, Mila, wie geht es dir?", fragte sie freundlich. Die Direktorin des Internats war die beste Leiterin, die man sich wünschen konnte. Sie hörte stets aufmerksam zu und suchte mit ihren Schülern nach den besten Lösungen für ihre Probleme.

„Hallo, Frau Steinbach, ich möchte etwas … etwas Ungerechtes melden", begann Mila aufgeregt. Wie immer, wenn sie etwas ungerecht fand, schäumte sie vor Wut. „Die neue Köchin zwingt Michel, in der Küche zu arbeiten. Andauernd muss er helfen und … und auch nur er. Sie holt nie jemand anderen in die Küche." Mila biss zornig die Zähne aufeinander.

Frau Steinbach nickte. „Ich weiß davon, Mila."

Mila hob erstaunt die Augenbrauen. Ihre Wut verpuffte, als hätte man sie wie einen Luftballon angepikt.

„Ich habe ihn selbst darum gebeten", fuhr die Direktorin fort.

Jetzt verstand Mila gar nichts mehr.

„Es gab keine Zeit für eine Übergabe", erklärte Frau Steinbach. „Frau Käthe musste sofort abreisen und Frau Sauer kam erst am nächsten Morgen hier an. Ich bat Michel, ihr alles zu zeigen und ihr am Anfang zu helfen. Immerhin ist er am längsten von allen hier im Internat. Er kennt sich gut aus."

Mila versuchte es noch einmal: „Aber sie ist unfair zu ihm."

Frau Steinbach lächelte milde. „Wenn wir Stress

haben, sind wir doch alle etwas angespannt, oder? Ich bin mir sicher, dass sich das in den nächsten Tagen legt. Es war ja sicher nur eine Momentaufnahme, die du erlebt hast."

Mila nickte erschöpft. „Sicher", murmelte sie. „Vielen Dank, Frau Steinbach."

Die Direktorin stand auf und führte Mila an den Schultern zur Tür. „Pass auf. Wir sprechen uns in ein paar Tagen wieder. Ich werde darauf achten und du kommst zu mir, wenn Michel sich bei dir beklagt. In Ordnung? Ich werde auch noch mal mit ihm sprechen."

„Das brauchen Sie nicht, danke. Ich sage ihm Bescheid", versicherte Mila. Sie wusste genau, dass Michel sich niemals beschweren würde. Und er wäre vermutlich auch nicht einverstanden, wenn er wüsste, dass Mila Frau Sauer seinetwegen angeschwärzt hatte.

Frau Steinbach öffnete die Tür. „Michel fällt alles so leicht. Lernen, Reiten – er hat mehr Zeit für andere Dinge als die meisten hier. Auch deshalb habe ich ihn gebeten. Vielleicht magst du ihm ab und zu helfen?"

Mila nickte nur und ging hinaus. Das war ja ein Reinfall gewesen! Sie seufzte. Immerhin hatte sie nicht rumgeschrien und einen ihrer üblichen Tobsuchtsanfälle bekommen …

Nun stand Mila verloren im Flur und wusste nicht wirklich, was sie tun sollte. Sie beschloss, sich abzulenken, und machte sich schnell auf zu den Slacklines im Obstgarten. Das würde sie eine Weile beschäftigen.

Filmreif?

Nun half Mila in den nächsten Tagen ebenfalls in der Küche aus. Und wie Frau Steinbach vermutet hatte, war Elena Sauer normalerweise nicht ganz so fies. Mila konnte nicht behaupten, sie wäre freundlich, aber es kamen auch keine unfairen Sprüche mehr von der Köchin. Natürlich nervte der Küchendienst dennoch und Mila war froh, als sie am Mittwoch eine gute Ausrede hatte: Jazzy kam zu Besuch und hatte Mila gebeten, ihr das Internat zu zeigen.

Schon kurz nach dem Mittagessen stand die YouTuberin auf dem Hof. Sie hatte Mila vom Handy aus Bescheid gesagt, dass sie unterwegs sei. Deshalb wartete Mila vorm Schuleingang auf sie.

„Hey, Mila, das ist super, dass du mich rumführen willst", rief Jazzy ihr strahlend entgegen, und sie umarmte Mila herzlich. Nur die beiden Wangenschmatzer, die der Umarmung folgten, hätte sie sich sparen können, fand Mila.

„Hast du eure Direktorin gefragt, ob ich filmen darf?“, erkundigte Jazzy sich neugierig.

Mila nickte. „Ja, du darfst die Stallungen und Pferde filmen – aber jeweils mit dem Einverständnis der Besitzer. Für die Schüler gilt das aber nicht, wenn du sie filmen willst, müssen die eine Erlaubnis der Eltern einholen – und das muss über Frau Steinbach laufen.“

Jazzy war einverstanden und holte ihr Handy aus der Tasche.

„Filmst du nicht mit einer richtigen Kamera?“, fragte Mila überrascht.

„Nein, mein Handy hat eine super Auflösung, warum sollte ich? Also, was sehen wir uns zuerst an?“

Mila führte Jazzy durch den Eingang, den Gemeinschaftsraum, den Speisesaal und dann in die Ställe. Die Zimmer zeigte sie ihr nicht, die waren schließlich privat. Damit hatte Jazzy auch kein Problem. Sie filmte nicht alles, nur den Eingang und den Ausblick auf den Reitplatz. Im Stall steckte sie ihr Handy in die Tasche.

„So, nun zeig mir mal deinen Liebling“, sagte sie. „Was ist er für eine Rasse?“

Mila führte sie zu Adesso und erzählte ihr alles. Sie staunte, wie viel die YouTuberin wusste – sie war eine richtige Pferdeexpertin. Mila hatte erwartet, dass es Jazzy eher um Satteldecken und Reitstiefel-Marken ginge, aber da hatte sie sich gewaltig getäuscht.

„Reitest du eigentlich auch selbst?“, fragte sie schließlich.

„Natürlich“, antwortete Jazzy lachend. „Selbstverständlich nicht auf einem so hohen Niveau wie ihr. Nur im Reitstall um die Ecke. Ich habe eine Ostfriesen-Stute, sie heißt Nikola. Ich reite sie viel im Gelände und springe dort auch. Auf Wettkämpfen bin ich nur zu Recherchezwecken und auch das bisher selten. Vielleicht wird das jetzt mehr – habt ihr zufällig demnächst einen Wettkampf?“

Mila zögerte. „Hmm, schon, in circa drei Wochen. Aber du kannst dort ja nicht einfach filmen.“

Jazzy lachte. „Keine Angst, ich weiß genau, wen und wann ich bei öffentlichen Events filmen darf, ich bin doch Profi.“ Sie zwinkerte Mila zu, die erleichtert war, dass sie sich darum nicht zu kümmern brauchte.

„So, jetzt muss ich mich und Adesso fertig machen für den Reitunterricht. Möchtest du dabei zusehen?“

„Auf jeden Fall“, sagte Jazzy.

Sie beobachtete Mila, wie sie Adesso striegelte und putzte, und reichte ihr alle Dinge an. Irgendwann fragte sie: „Sag mal, Mila, willst du nicht in meinen Filmen als aufstrebende Reiterin auftauchen? Ich fände es toll, wenn ich hier jemanden eine Weile filmisch begleiten könnte."

Mila schüttelte entsetzt den Kopf. Das war nun wirklich nicht ihr Ding!

„Aufstrebende Reiterin? Sprecht ihr von mir?", fragte Nele mit einem leicht arroganten Tonfall in der Stimme.

„Hey, wer bist du denn? Ich heiße Jazzy", stellte die YouTuberin sich vor.

„Ich bin Nele. Und mit Sicherheit die größte Medaillenanwärterin dieses Jahrgangs", prahlte Nele ungeniert.

„Und", meinte Jazzy, „hättest du Lust, dich filmen zu lassen und auf meinem YouTube-Kanal gezeigt zu werden?"

Nele lächelte huldvoll. „Natürlich, sehr gern", sagte sie.

Mila klappte die Kinnlade herunter. „Du? Du hasst das Sich-zur-Schau-Stellen und Mode und all das!", protestierte sie.

Nele zuckte mit den Schultern. „Wer weiß, ob so etwas der Karriere nicht einen Schub verleihen kann", meinte sie.

Jazzys Augen blitzten. „Na sicher, immerhin habe ich jede Menge Abonnenten!"

„Na, dann zeigen wir denen gleich mal, wie

man richtig springt. Komm mit!" Nele hatte Fairy schon geputzt und führte sie an der Trense aus dem Stall.

„Bis gleich", sagte Jazzy zu Mila und folgte Nele.

Mila sah ihnen kopfschüttelnd hinterher. Sie war ganz froh, noch einen Moment für sich zu haben, bevor es zum Unterricht ging. Gedankenverloren räumte sie auf und kuschelte ein bisschen mit Adesso. Dann liefen auch sie zum Reitplatz.

Sie kam zu spät, das wusste Mila. Aber es fiel kaum auf, denn Luke war in ein Gespräch mit Jazzy vertieft. Jazzy schaffte es offenbar spielend, jeden für ihre Sache zu interessieren. Gebannt sahen beide zu Nele, die gerade den Oxer bezwang. Luke deutete auf Fairy und erklärte Jazzy irgendetwas.

Mila stoppte neben Franzi.

„Wen hast du denn da angeschleppt?", fragte Franzi verärgert. „Die verdreht Luke ja den Kopf."

Mila blickte zu ihrem Reitlehrer. „Also, ich finde, es sieht eher nach einem fachlichen Gespräch aus. Scheint mir nicht so, als ob Luke sie überhaupt richtig ansieht."

Franzis Gesicht hellte sich auf. „Das stimmt. Ja, du hast recht."

Mila lächelte.

Dann bestaunte sie Nele. Wenn Nele etwas wirklich wollte, setzte sie alles daran, es zu schaffen. Und weil sie Jazzy offenbar beeindrucken wollte, legte sie einen hervorragenden Springparcours hin.

„Sehr gut, Nele!“, lobte Luke und forderte Michel auf, als Nächster zu starten.

Jazzy hielt Nele ihr Handy unter die Nase. Mila vermutete, dass sie sich zusammen die Aufzeichnung ansahen. Das war ihr ganz recht, so würde die YouTuberin nicht auf Milas Ritt achten. Sie fürchtete, dass Neles Perfektion in Jazzy hohe Erwartungen ausgelöst hatte. Doch als Mila dran war, winkte Jazzy ihr zu und widmete ihr die ganze Aufmerksamkeit.

Mila seufzte. Dann zuckte sie mit den Schultern. Sie wurde ja nicht gefilmt. Also ließ sie es ganz locker angehen, ritt die Ecken geschmeidig aus und übersprang ohne viel Mühe alle Hindernisse. Als Luke ihr hinterher Feedback gab, hatte sie bei allen Punkten geahnt, was er kritisieren würde. Ihre Haltung beim Absprung war nicht perfekt gewesen, das hatte sie natürlich selbst gespürt. Außerdem fehlte ihr zum Schluss hin meistens die Konzentration. Sie wusste also genau über ihre Stärken und Schwächen Bescheid. Das war doch super!

Als Mila an Jazzy vorbeiritt, sagte sie: „Das ist unglaublich, Mila, wie gut ihr alle reitet. Das war fantastisch. Ich bin begeistert!“ Sie hob ihren Daumen und rief: „Like!“

Mila musste lachen. Sie verabschiedete sich von Jazzy und drehte mit Adesso noch ganz in Ruhe einige Trabrunden.

Im Stall fragte Mila später noch einmal bei Nele nach: „Sag mal, ich dachte, du stehst nicht so auf Äußerlichkeiten. Stimmt das wirklich, denkst du, das wird deiner Karriere Auftrieb geben?“

Nele hob die Schultern. „Wer weiß das schon? Ist doch nicht schlecht, bekannt zu sein. Denk an Charly, wie oft die immer fotografiert wird. Das muss die Stimmung vor einem Wettkampf doch enorm heben, meinst du nicht?“

Mila überlegte. So hatte sie es noch nicht gesehen. Doch für sie selbst war das nichts. „Auf jeden Fall kann es nicht schaden, wenn die Internetgucker mal so einen perfekten Ritt zu Gesicht bekommen – das war absolut filmreif eben!“

Nele strahlte. „Stimmt“, sagte sie.

Insgeheim musste Mila wieder einmal über das enorme Selbstbewusstsein ihrer Freundin lächeln.

Ungewohnte Gefühle

Immer donnerstagnachmittags wurde draußen auf dem Isländergestüt aufgeräumt. Die Urlaubsgäste bekamen eine Führung durchs Watt und so war der Hof meistens menschenleer. Mila hatte schon oft dabei geholfen, die Koppeln zu säubern und nach giftigen Kräutern abzusuchen, den Hof zu fegen oder die Beete zu pflegen. Das machte ihr immer großen Spaß, vor allem, weil sie dabei auch Zeit mit Jan verbringen konnte. Heute Morgen in der Schule hatte sie sich extra mit ihm verabredet. Also ritt sie nach dem Mittagessen los.

Doch auf dem Hof traf sie nur seine Mutter Anna, die gerade den Koppelzaun überprüfte.

„Hallo, Mila", rief sie erfreut. „Bitte sag, dass du helfen willst."

Mila lachte. „Natürlich! Aber nur, wenn du noch Apfelkuchen hast."

„Immer", rief Anna. Sie sah sehr erleichtert aus.

„Komm, ich suche den Zaun ab und du markierst die zu reparierenden Stellen mit einem dieser roten Bänder."

„Warum reparierst du es nicht sofort, wenn du eine Stelle gefunden hast?", wollte Mila wissen.

„Vielleicht ist ja kaum etwas kaputt, dann müsste ich das ganze Werkzeug überall herumschleppen", erklärte Anna.

Sie machten sich gleich an die Arbeit. Obwohl Anna den Zaun genau betrachtete, merkte sie offenbar, wie Mila sich suchend umsah, und klatschte sich plötzlich mit der Hand gegen die Stirn.

„Ach, ich Schaf – du willst natürlich zu Jan!" Sie wurde rot.

Mila auch. „Nicht nur", versicherte sie. „Ich helfe dir immer gern, das weißt du doch."

Anna nickte und sah Mila etwas betrübt an. „Na klar. Und leider ist Jan auch gar nicht hier. Er ist mit Jazzy und den anderen Urlaubern wattwandern."

Mila lächelte schief, als sie antwortete: „Ach, das macht doch nichts."

Aber Anna legte ihr die Hand auf den Arm und sagte: „Blöd, er hätte sich ja denken können, dass du heute kommst."

Mila sagte ihr nicht, dass Jan es sogar *gewusst* hatte.

Anna lächelte mitfühlend. „Eifersüchtig?“

Mila schüttelte tapfer den Kopf. „Nee, Jazzy ist nett, das finde ich ja auch. Komm, wir machen weiter.“

Doch in ihr drin grummelte es. Während sie schweigend die Koppel abgingen, drehten sich Milas Gedanken im Kreis. Jan hatte sie vergessen … Er war kein schlechter Kerl und grundehrlich. Wenn er lieber wattwandern wollte, statt Mila zu treffen, hätte er einfach angerufen, das wusste Mila. Also hatte er sie schlicht und einfach vergessen. Konnte man seine Freundin vergessen? Das war ganz schön seltsam, oder? Hatte er sich womöglich in Jazzy verknallt? Mila schwirrte der Kopf. Und ganz langsam wurde sie reichlich sauer auf Jan.

Doch nach dem Koppelrundlauf blieb keine Zeit mehr zum Grübeln. Anna teilte ihr Aufgaben zu, die ziemlich anstrengend waren, sodass Mila gar nicht viel denken konnte. Nach zwei Stunden klopfte Anna ihr lachend auf den Rücken.

„Oh, danke, Mila, ich glaube, wir haben es geschafft.“ Sie strich sich mit dem Finger die Haare aus dem Gesicht und die erdigen Reste vom Unkrautzupfen hinterließen eine dunkle Spur.

Mila ächzte, als sie sich reckte und streckte.

„Jetzt Apfelkuchen?“, fragte Anna.

„Aber unbedingt!“, meinte Mila.

Während Anna Tee kochte, räumte Mila die Werkzeuge in den Schuppen. Als sie in die Küche kam, duftete es schon nach grünem Jasmintee und der Apfelkuchen stand auf dem Tisch.

Mila nahm auf der Bank mit den bunten Kissen Platz. Plötzlich dachte sie darüber nach, was wohl sein würde, wenn sie eines Tages nicht mehr mit Jan zusammen wäre. Würde sie dann noch hier in der Küche sitzen und Tee trinken? Sie starrte abwesend auf ihren Apfelkuchen.

Anna schien ihre Gedanken zu erraten, denn sie sagte fröhlich: „Mila, ich bin so froh, dass du mir geholfen hast. Versprich mir, dass du mich auch in Zukunft immer besuchst, egal, ob zum Helfen oder zum Teetrinken. Ich brauche nämlich ab und zu mal eine reine Frauenteestunde.“ Sie grinste Mila verschwörerisch zu.

Mila lächelte. „Sicher.“

Anna nahm ihren Teller und lehnte sich zurück. „So, und nun will ich alle Neuigkeiten aus dem Internat hören. Was gibt es für Klatsch und Tratsch?“

Mila plauderte und futterte Kuchen und fühlte sich heimelig. Als sie sich verabschiedete, war Jan noch immer nicht zurück, doch das machte nichts. Mila hatte einen schönen Nachmittag gehabt – und sogar noch Apfelkuchen im Gepäck. War die Welt nicht schön?

Als sie Adesso in seinen Stall brachte, kamen die Gedanken an Jan jedoch wieder hoch. Und das wütende Gefühl auch. Wie hatte er Mila nur vergessen können? Das war einfach ganz und gar zu dreist. Sicher, seit den Ferien hatten sie nicht mehr so viel Zeit miteinander verbracht. Aber einfach eine morgens gemachte Verabredung vergessen? Wie unwichtig war sie denn? Mila war sauer. Sie bürstete ihre Stiefel so heftig, dass Adesso erstaunt schnaubte. Doch Mila musste ihre Wut loswerden. Blöder Jan. Ob er sich wirklich in Jazzy verknallt hatte? Was dachte er sich bloß – an jeder Hand eine Freundin – wie fies! Während Mila schrubbte, näherten sich Schritte.

„Ich glaube, die sind sauber“, sagte eine warme Stimme.

„Ja“, erwiderte Mila. „Sind deine vielleicht dreckig? Ich hätte noch Energie loszuwerden.“

Michel lachte. Er nahm ihr die Bürste aus der Hand und stellte ihre Stiefel beiseite. „So, und jetzt setzen wir uns vor den Stall und machen eine Pause. Ich hab schon Saft geholt.“ Er deutete zum Büro. Neben der Tür standen eine Flasche Orangensaft und zwei Becher.

Mila sah ihn lange an. „Woher weißt du nur immer genau, wann du kommen musst, Michel Gründgen?“

Michel holte die Flasche und legte Mila den Arm um die Schultern, während sie hinausgingen. Und neben der Wärme seiner Arme spürte Mila noch eine wohlige Wärme in ihrem Bauch, der sie verwundert nachspürte.

Es war schön, einfach auf der Bank zu sitzen, die vorbeieilenden Schüler zu beobachten, Saft zu trinken und mit Michel zu reden. Bald wurde fröhliches Herumalbern daraus und schließlich fiel Mila der Apfelkuchen ein, den sie mitgebracht hatte. „Ich komme gleich wieder“, rief sie und lief in den Stall.

Die Plastikdose mit dem Kuchen lag vor der Box. Mila griff sie und als sie sich umdrehte – stand Jan vor ihr.

„Hey“, sagte Mila verblüfft.

„Hey“, erwiderte Jan. Dann hielt er ihren Zimmerschlüssel hoch. „Hier, den hast du bei uns auf dem Tisch liegen lassen.“

Mila nahm den Schlüssel und steckte ihn ein. „Danke, aber du hättest doch nicht …“

„Ich wusste nicht, ob es einen Ersatzschlüssel gibt“, meinte Jan.

Mila nickte. Wow. Da war er also extra den weiten Weg gekommen, nur um den Schlüssel zu bringen? Das war aber nett!

„Danke für die Mühe“, sagte sie und gab ihm rasch einen Kuss. Aber irgendwie fühlte sich das komisch an.

Jan nickte nur kurz und wandte sich zur Stalltür. „Schon gut. Gehen wir raus?“ Er ließ Mila den Vortritt und sie trat ins Freie.

Draußen auf der Bank saß Jazzy neben Michel und lachte. Ihre Hand lag auf seinem Unterarm. Mila schoss es heiß in den Magen. Was zur Hölle …?!

„Hi, Jazzy“, sagte sie kalt.

„Jazzy wollte noch mal zum Filmen herkommen“, sagte Jan. „Ich dachte, ich begleite sie.“

Mila beugte den Kopf mechanisch zu einem Nicken. Sie lächelte nicht.

Jan beeilte sich, die Situation zu erklären: „Tini hat so gebettelt, dass Jazzy sie besucht. Ich wäre auch nur deinetwegen und wegen des Schlüssels gekommen, Mila. Ehrlich.“

„Schon klar“, sagte Mila. „Dann ist ja alles gut. Da ich hier nicht mehr gebraucht werde, geh ich mal.“

Sie drückte Jan die Plastikdose in die Hand, wandte sich ab und lief davon, so schnell sie konnte. Verdammte Jazzy! Musste sie denn allen den Kopf verdrehen?

Ohne dass sie überlegt hatte, wohin sie gehen sollte, stand Mila plötzlich vor Charlys Tür. Jetzt brauchte sie eine Freundin zum Reden! Sie klopfte und trat ein, als sie Charlys Stimme „Herein" sagen hörte. Doch dann erstarrte sie. Maximilian saß bei Charly auf dem Bett. Auf dem Bett! Mila machte einen Schritt rückwärts.

„Entschuldigung, ich wollte nicht stören", murmelte sie und drehte sich um.

Doch Charly sprang auf. „Halt, Mila, bleib hier. Wird ja mal Zeit, dass du mich besuchst. Wo steckt meine beste Freundin eigentlich immer, hm?" Sie nahm Mila herzlich in den Arm.

„Aber ihr seid mitten im … im Gespräch und ich …", stotterte Mila.

Maximilian klopfte neben sich aufs Bett. „Komm, setz dich. Ich erzähl Charly grad von meinem Versuch als Hundesitter letztes Jahr. Ich habe völlig versagt und es gibt eine Menge lustiger Geschichten dazu. Magst du eine Brausestange?" Er hielt Mila eine lange Plastikstange entgegen, in der es grün schimmerte. „Oben abreißen und dann nach und nach in den Mund schütten. Ist witzig!"

Mila nahm die Stange misstrauisch in die Hand und schüttete sich die Brause in ihren Mund. Es sprudelte und sie musste husten. „Meine Güte", keuchte sie. „Das ist echt … erfrischend!"

Sie lachten. Und dann gab es eine lustige Runde zu dritt, in der Mila die Zeit und alle Sorgen und Gedanken vergaß und einfach mal wieder nur Spaß hatte.

Auch später beim Skypen mit ihren Eltern wurde Mila gut abgelenkt. Sie erzählten ihr von den Erlebnissen vor Ort. Es war alles so anders als in Europa und es hatte gedauert, bis ihre Eltern sich daran gewöhnt hatten, doch inzwischen fanden sie sich gut zurecht. Mila lauschte ihren Erzählungen und bekam wieder mal ein bisschen Sehnsucht nach ihren Eltern.

Mit einem ziehenden Heimwehgefühl ging Mila danach Zähne putzen. Dabei kam die Erinnerung an Jazzy wieder hoch. Mila ärgerte sich. Mit gerunzelter Stirn lief sie zurück in ihr Zimmer – und stutzte. Da klebte ein kleiner Zettel an der Tür, auf dem „Mila“ stand. Sie nahm ihn ab und öffnete ihn.

Hey, Mila,
ich hoffe, es geht dir besser. Mach dir nicht so viele Gedanken,
ich glaube nicht, dass Jazzy etwas von Jan will.
Schlaf gut.
Michel

Mila ließ den Zettel sinken. Michel hatte bemerkt, dass sie eifersüchtig auf Jazzy war.

Sie lächelte. Aber im Gegensatz zu ihr selbst hatte er nicht bemerkt, um wen es ging.

Und plötzlich wusste Mila, dass sie dringend etwas zu erledigen hatte.

Frau Sauer hält alle auf Trab

Sie musste mit Jan reden. Doch am Freitag war keine Zeit, zum Gestüt zu reiten. Direkt nach dem Mittagessen war Reitstunde und kaum war Mila abgesessen, stand Tini vor ihr und sagte: „Du sollst zu Frau Sauer in die Küche kommen."

Mila seufzte.

Was war nun schon wieder? Jeden Tag fiel der Köchin etwas Neues ein, das Mila für sie erledigen sollte. Und Michel war sogar noch öfter dort. Da Mila Michel nicht im Stich lassen wollte und auch Frau Steinbach nicht enttäuschen mochte, half sie, ohne sich zu beschweren, aus. Doch Spaß machte das wirklich nicht.

Sie sattelte Adesso ab und machte ihn für die Box fertig. Später wollte sie ihn auf die Koppel bringen, aber jetzt musste sie erst in die Küche.

Dort wartete schon Frau Sauer.

„Ah, da bist du ja, Mila. Du und Michel, ihr bereitet den Speisesaal fürs Abendbrot vor."

„Jetzt schon? Es ist erst halb fünf. Außerdem haben Sie dafür doch die Küchenhelfer. Bei Frau Käthe mussten wir nie ..."

„Ja, ich weiß." Frau Sauer zog die Mundwinkel zu einem überheblichen Grinsen nach oben. „Frau Käthe hat sicher gute Arbeit geleistet, doch ich koche ja auf einer ganz anderen Qualitätsstufe, da brauche ich viel mehr Unterstützung. So ist das eben in der Spitzengastronomie." Sie rauschte davon.

„Eine andere Qualität ist es in der Tat", flüsterte Michel.

„In der *Spitzengastronomie* machen wir das ganz anders", flötete Mila mit verstellter Stimme.

Sie kicherten. Dann stellten sie Geschirr und Besteck bereit.

„Mir fehlt Frau Käthe", sagte Mila seufzend.

„Mir fehlt vor allem ihr Essen", meinte Michel. „Hummer, wer will so was? Und weißt du noch die Muschelsuppe neulich? Würg – die fand ich echt eklig."

„Ja, ich esse fast nur noch Brot", stimmte Mila zu. „Vor allem kocht sie beinahe jeden Tag Fisch. Ist schön und gut am Meer, aber gleich so oft?"

„Die arme Franzi", meinte Michel. „Vegetarisch

gibt es fast nie, sie hat auch nur noch Brot auf dem Teller."

Mila stemmte die Hände in die Hüften. „Weißt du was? Wir schreiben an Frau Käthe."

Michel zog die Stirn kraus. „Nee, anschwärzen ist nicht gut. Was soll Frau Käthe denn aus der Ferne machen?"

„Nein, das meine ich nicht", sagte Mila. „Mir fällt nur grad auf, dass wir sie viel zu wenig gelobt haben. Wir schreiben ihr einfach, wie sehr wir sie vermissen und dass wir ihr Essen ganz wunderbar finden."

Michels Miene hellte sich auf. „Das find ich super, ich bin dabei."

Viele Schüler waren begeistert von der Idee, als sie am Abend wieder im Speisesaal zusammenkamen. Die Nachricht hatte sich beim Abendbrot wie ein Lauffeuer verbreitet und nachdem jemand gesehen hatte, wie Frau Sauer ins Dorf gefahren war, trafen sich beinahe alle Schüler des Internats in dem großen Raum. Sogar ein paar Lehrer waren gekommen, auch Tante Caro. Und sie hatte Tini mitgebracht.

„Super Idee, Mila", fand Tini. Sie hatte sich mit jeder Menge bunter Blätter, Schere und Kleber und einem Haufen Stifte bewaffnet und verteilte die

Sachen großzügig. „Nur schöne Dinge schreiben“, ermahnte sie jeden und begann dann selbst, die schönsten Bilder zu malen.

Alle schwelgten in Erinnerungen an die guten Gerichte von Frau Käthe: Bolognese, Ofenkartoffeln mit Rosmarin, Brathähnchen …

„Fetakäse mit Tomaten und Käse überbacken“, schwärmte Franzi.

„Wisst ihr noch die Kartoffelsuppe?“, rief Eva.

„Ofengemüse!“

„Grünkohl!“

„Pizza und Lasagne!“

„Hühnerfrikassee!“

Alle riefen durcheinander und schrieben Lobeshymnen in ihre Briefe.

Auch Mila schrieb einen herzerwärmenden Brief voller Sehnsucht an Frau Käthe und fragte, wie es ihrer Schwester gehe. Dann verzierte sie ihn mit lauter Kochmützen und Kochlöffeln.

Später am Abend türmte sich ein riesiger Haufen Briefe in einem Wäschekorb neben Mila, die es übernehmen wollte, damit am nächsten Tag zur Post zu gehen.

„Das tat gut“, meinte Charly. „Gute Idee, Mila.“

„Ja“, meinte Mila. „Bestimmt hat Frau Käthe auch Heimweh und es wird ihr gefallen, etwas von uns zu hören.“

Am nächsten Morgen steckte Mila alle Briefe in ihren großen Reiserucksack. Sie suchte Tini auf, um sie mitzunehmen. Doch ihre Cousine hatte keine Zeit.

„Tut mir leid, Mila, ich muss noch üben", sagte sie. „Jazzy kommt heute und wir machen zusammen einen Film für meinen Kanal. *Zusammen!*" Tini strahlte. „Ich muss Renate noch vorbereiten!" Sie rannte los Richtung Stall.

Mila schmunzelte. Bestimmt hatte Tini sich für Renate ein tolles Kostüm ausgedacht. Sie verkleidete sich und das Pony doch zu gern. Renate war schon ein Unterwasserpony gewesen, ein Einhorn und sogar eine Kirsche!

Mila überlegte, ob sie Charly fragen sollte – doch die würde sicher wieder etwas mit Maximilian unternehmen. Michel wollte sie lieber auch nicht fragen … Mila seufzte. Also musste sie wohl alleine gehen. Als sie gerade ihr Fahrrad aus dem Schuppen holen wollte, stand Charly vor ihr.

„Hey, Mila, bist du taub?", fragte sie lachend.

Mila sah sie verwundert an.

„Na, ich ruf dich die ganze Zeit und du hörst gar nichts", sagte Charly. „Fährst du ins Dorf? Warum nimmst du mich nicht mit? Komm, wir machen uns einen schönen Shoppingvormittag."

Sie holten ihre Räder und sausten los.

Das mit dem Shopping war natürlich ein Scherz gewesen, Marum war eine kleine Insel. Immerhin gab es einen tollen Reitshop, der hier wegen der vielen zahlungskräftigen Internatsschüler gut überleben konnte.

„Aber zuerst zur Post", meinte Mila.

Und das erledigten sie wirklich sofort. Sie hatten von den Schülern Geld eingesammelt und es reichte gerade so für die Briefmarken. Die mussten sie allerdings selbst auf die Briefe kleben, denn die Frau hinterm Tresen stöhnte, als sie den Berg sah.

„Da müsst ihr mir helfen, Mädchen, ich hab hinten noch so viele Pakete zu sortieren."

Also standen Mila und Charly eine ganze Weile am Stehtisch und klebten Marken. Zum Glück waren es selbsthaftende und sie mussten nicht die Rückseiten ablecken. Schließlich wurde der Stapel kleiner und bald lag der ganze Briefhaufen in der gelben Postkiste.

„Tschüss!", verabschiedeten sie sich und verließen die Mini-Postfiliale.

„Puh", stöhnte Charly. „Jetzt brauch ich eine Stärkung."

„Eis?", fragte Mila.

„Lieber heiße Schokolade", entschied Charly, und sie betraten das Inselcafé am Hafen. Hier gab es sehr leckere Windbeutel, von denen auch zwei auf ihren Tellern landeten.

Schweigend schwelgten sie im Zuckerrausch.

„Hm, das war nötig“, murmelte Charly schließlich und rieb sich ihren vollen Bauch. „Der Algensalat gestern war sogar mir zu schleimig.“

Mila lachte. „Ja, der war übel.“

Charly wurde ernst. „Sag mal, Mila, kann ich dich was fragen?“

Das hörte sich nach einem Problemgespräch an. Mila wurde mulmig. „Was denn?“

„Bist du sauer auf mich? Wegen Maximilian?“

Mila biss sich auf die Lippe. „Nein, nicht so richtig. Ich kann ja verstehen, dass man Zeit miteinander verbringen will, wenn man sich mag. Es ist nur schade, dass so gar keine Zeit für mich bleibt. Und ehrlich gesagt …“ Mila holte tief Luft. „Ich finde schon, dass du dich ganz schön schnell von Tom entliebt hast …“ Sie warf Charly einen vorsichtigen Blick zu. War das zu ehrlich gewesen?

Doch ihre Freundin grinste von einem Ohr zum anderen. „Du denkst, ich bin in Max verknallt?“

Mila nickte langsam. „Schon …“

„Also, erstens bin ich das nicht. Und zweitens wäre das bestimmt sehr frustrierend, denn Max hat nichts für Mädchen übrig.“

„Hä?“, machte Mila verwirrt.

„Er ist schwul, Mila.“

„Ach so!“ Mila wurde rot. „Na, das konnte ich ja nicht wissen. Es wirkte so eng zwischen euch.“

Charly beugte sich vor. „Mila, mein Herz gehört nach wie vor Tom. Und ich vermisse ihn so sehr, dass es nicht einfach ist, wenn du mir immer von Jan erzählst, wie toll er ist und wie aufregend es ist, wenn er dich ansieht …“

Mila zuckte mit den Schultern. „Na, das ist wohl kein Problem mehr.“

Charly war überrascht. „Warum nicht?“

„Ich glaube, das mit Jan und mir ist vorbei.“

„Habt ihr euch gestritten?“

„Nein“, erklärte Mila. „Es hat irgendwie einfach aufgehört. Ich weiß selbst nicht, wieso.“

Und dann musste sie Charly alles ausführlich erzählen, was sie auch gerne tat. Nur der Name Michel fiel im ganzen Gespräch kein einziges Mal.

Als sie mit den Rädern auf den Internatshof fuhren, mussten sie plötzlich bremsen, denn ein seltsames blaues Untier trieb hier offenbar sein Unwesen.

„Renate, bleib stehen!“ Tini stemmte die Hände in die Hüften. Sie war komplett blau angezogen und hatte sogar ihr Gesicht blau geschminkt. Auf ihrem Kopf thronte ein weißes Partyhütchen. Jetzt begann sie, ihrem Pony hinterherzurennen.

Doch das blaue Untier dachte gar nicht daran, stehen zu bleiben. Es lief im Zickzack vor Tini her und wieherte fröhlich. Vermutlich dachte Renate, sie spielten Fangen. Die blaue Vliesdecke, die über ihr hing, flatterte um ihren dicken Bauch und das weiße Hütchen hing ihr inzwischen unterm Kinn.

Mila und Charly bogen sich vor Lachen.

„Mensch, helft mir!“, quietschte Tini empört.

Sie erbarmten sich, stellten die Räder ab und lockten Renate zu sich. Mila kraulte das Pony hinter den Ohren und zupfte den Hut wieder zurecht.

„Lass mich raten – Ponyschlumpf und Schlumpfine?“, fragte sie.

Tini nickte. „Renate, so wird niemals ein berühmtes Pony aus dir. Du musst dich echt mehr anstrengen!“ Sie lächelte Mila an. „Zum Glück ist Jazzy noch nicht hier. Hilfst du mir, Ponyschlumpf zu bändigen?“

Mila versprach es lachend und Charly brachte beide Räder in den Schuppen zurück.

Mila und Tini trainierten noch ein bisschen. Tini wollte mit Renate eine Art Kreistanz aufführen. Deswegen lief Mila den Weg vor und das Pony folgte ihr ganz selbstverständlich. Bald gelang es Tini auch, Renate ohne Milas Hilfe zu lenken.

„Jetzt hast du's raus, liebe Renate“, lobte Tini und küsste ihren Ponyschlumpf auf die Mähne.

Keine Minute zu früh.

„Oh, wie süß“, rief Jazzy, die nun auf sie zukam. „Ihr zwei seid ja unglaublich! Ach, zu gern würde ich das auch auf meinem Kanal posten, glaubst du, das geht, Tini? Was hält wohl deine Mama davon?“

Mila lächelte. „Tini hat wie ein Profi an alles gedacht“, sagte sie und hielt etwas in die Höhe, das bisher noch in einer Kiste gelegen hatte: eine blonde Perücke und eine Augenmaske. „Hiermit ist es Schlumpfine und nicht Tini, die das blaue Untier bändigt.“

„Untier? Wieso Untier?“, rief Tini beleidigt. „Ich bändige sie nicht, ich reite elfengleich auf meinem Zauberpony!“

Mila lachte, aber Jazzy schmolz dahin bei so viel Kleinmädchenniedlichkeit.

„Ihr zwei habt jetzt sicher viel Spaß miteinander“, sagte Mila und verabschiedete sich.

Auf dem Weg zu ihrem Zimmer dachte sie, dass es doch bestimmt bald Mittagessen geben müsste, da fing Georg sie auch schon auf dem Flur ab.

„Mila, du sollst zur Sauer kommen“, bat er und machte ein entschuldigendes Gesicht. „Tut mir echt leid, dass ihr zwei da so reingezogen werdet, aber Anton und ich machen schon jede Menge Überstunden“, sagte er.

„Schon gut, wissen wir doch“, beruhigte Mila ihn. „Ich komme schon.“

„Eben mussten wir Möhren zu Schmetterlingen schnitzen“, erzählte der arme Küchenhelfer. „Es mag ja sein, dass manche Restaurantköche das in Sekundenschnelle können, aber wir haben so etwas noch nie gemacht. Ich habe zig Möhren verhunzt, bevor eine annähernd wie ein Schmetterling aussah.“ Er rieb sich die Stirn. „Das macht richtig Kopfweh. Ich habe dann gefragt, ob das wirklich nötig sei, aber da hat sie mich mit Blicken fast gekillt.“

Mila presste die Lippen zusammen. So etwas war doch nicht in Ordnung. „Willst du nicht Frau Steinbach davon erzählen?“

Georg schüttelte den Kopf. „Nein, es ist ja mein Job. Sie beleidigt uns nicht, ist nur schrecklich unfreundlich. Und es war ein Arbeitsauftrag in der Küche, also eigentlich gibt es gar nichts, worüber ich mich richtig beschweren könnte.“

Mila brauste auf. „Na, wenn du so viele Überstunden machen musst, ist das doch sehr wohl ein Grund zur Beschwerde!“

„Sie bezahlt jede Stunde, die wir länger arbeiten“, seufzte Georg. „Und sie sagt, wir seien selber schuld, andere würden das in der vorgegebenen Zeit schaffen.“ Er lächelte Mila an. „Die Einzigen, die sich wirklich beschweren könnten, seid ihr zwei, du und Michel. Ihr seid Schüler hier und kein Küchenpersonal."

Jetzt war es an Mila, mit den Schultern zu zucken. „Das geht auch nicht. Frau Steinbach hat uns gebeten zu helfen, bis Frau Sauer sich eingewöhnt hat. Und wir haben zugestimmt." Sie runzelte die Stirn. „Aber auf Dauer geht das nicht, ich gehe bald noch mal zu ihr, denke ich."

Sie betraten die Küche, wo ihnen die frostige Stimmung eiskalt entgegenschlug.

„Da seid ihr ja", sagte Frau Sauer und schnalzte missbilligend mit der Zunge. „Wird auch Zeit. Mila, bitte Tische eindecken. Schnell, wenn es geht. Michel, du auch – aber hol erst noch die Rosenkuchenformen aus dem Keller, die brauche ich für den Nachmittagskaffee."

Michel zwinkerte Mila zu und stiefelte Richtung Keller.

Mila ging in den Speisesaal. Eindecken bedeutete nicht, jedem Teller und Besteck hinzustellen, das nahmen die Schüler sich selbst von der Bedientheke. Doch sie musste dafür sorgen, dass auf den Tischen aufgefüllte Salz- und Pfefferstreuer standen und dass genügend Besteck und Geschirr bereitlag. Mila entdeckte sofort, dass Servietten fehlten, und wollte in den Keller, um welche zu holen. Kurz bevor sie die Treppe erreichte, hörte sie Frau Sauers scharfe Stimme aus dem Keller zu ihr hochdröhnen.

„Na, hier liegen sie doch, Michel. Dafür musste ich jetzt in den Keller gehen? Wozu schicke ich dich denn? Du sollst mich entlasten und keine zusätzliche Arbeit machen!"

Mila zuckte zurück. Hörte sie richtig? Das war echt fies!

„Ich entlaste Sie eine Menge", sagte Michel kühl. „Vielleicht sollte ich mal mit Frau Steinbach über Ihre Führungsweise reden."

„Ha!" Frau Sauer schrie jetzt fast. „Ich weiß genau, dass du der Sohn vom Stallmeister bist, Michel. Sei dankbar, dass du dich durch die Arbeit hier bei deiner Direktorin einschleimen kannst. Du kannst von Glück reden, dass Marie dich das Internat besuchen lässt. Es hat seinen Grund, dass sie mich geholt hat, wir sind alte Freundinnen. Also überleg dir gut, worüber du mit ihr sprichst, sonst werde *ich* mit ihr reden."

Schritte hallten die Treppe hinauf und Mila versteckte sich erschrocken hinter der Tür. Zum Glück rauschte Frau Sauer aufgebracht den Flur entlang und bemerkte Mila nicht. Als nun Michel die Treppe hinaufstieg, kam Mila wieder hervor.

„Hey, Michel", sagte sie leise.

Michel sah sie prüfend an. „Hast du alles gehört?“

Mila hob entschuldigend die Hand. „Sorry, ich wollte Servietten holen, ich habe nicht mit Absicht gelauscht.“

„Schon gut“, meinte Michel und fuhr sich durch die Haare. „Sie hat recht, ich sollte mich wohl lieber nicht beschweren.“

In Milas Bauch brodelte es. „Und ob du solltest. Sie behandelt dich furchtbar. Und zu Georg und Anton ist sie auch unfair. Du musst es Frau Steinbach sagen!“

Michel drehte die Kuchenformen in seiner Hand. „Und meinen Vater unglücklich machen? Wenn der hört, wie abfällig die Sauer über uns redet, ist er sicher am Boden zerstört. Nein, Mila. Sorry, ich weiß, dass du das nicht verstehen kannst.“ Er lächelte. „Du hast so viel Gerechtigkeitssinn in dir. Aber manchmal geht es eben unfair zu. Irgendwann kommt Frau Käthe zurück, dann ist es vorbei. So lange schaffe ich das schon.“

Dann ging er zur Küche und Mila blieb ratlos zurück. Was sollte sie jetzt machen? Michel wollte nicht, dass sie zu Frau Steinbach ging. Bei Frau Käthe sollte sie sich auch nicht beschweren. Was konnte sie sonst tun?

Zunächst einmal holte sie die Servietten und

bereitete den Speisesaal vor. Dann erklang auch schon der Essensgong und die Schüler strömten herbei. Doch die fröhliche Stimmung, die unter Frau Käthe bei den Mahlzeiten geherrscht hatte, gab es inzwischen nicht mehr. Die Schüler schnupperten misstrauisch und näherten sich skeptisch der Essensausgabe. Hin und wieder war ein Murren zu hören und es war allgemein stiller.

Auch Mila reihte sich in die Schlange ein und seufzte, als sie sah, was es an diesem Samstag gab: Miesmuscheln. Wie die meisten Schüler lehnte sie dankend ab, griff nur nach dem Brot und häufte sich jede Menge Knoblauchsoße auf den Teller.

Sie ließ sich niedergeschlagen neben Charly auf den Stuhl fallen. Ihre Freundin hatte sich natürlich von den Muscheln geben lassen, ebenso wie Maximilian. Auch Eva hatte Muscheln auf dem Teller, allerdings nur zwei. Und die schob sie hin und her.

„Isst du die nicht?“, fragte Maximilian.

„Nee“, Eva wurde rot. „Frau Sauer hat gerade durch die Tür geguckt, als ich vor Anton stand. Also habe ich mir zwei geben lassen.“

Maximilian tauschte Evas Muscheln gegen zwei leere von seinem Teller. „Damit nichts verkommt“, meinte er zwinkernd.

Eva warf ihm einen dankbaren Blick zu.

„Wir sollten eine Revolution starten“, flüsterte Franzi. „Lasst uns Unterschriften sammeln.“

Sie begannen, herumzuwitzeln und den Frust herauszulästern.

Das half erst einmal.

Tini im Filmfieber

Am Nachmittag vergaß Mila die dunklen Gedanken um Frau Sauer und Michel. Tini nahm sie völlig in Beschlag. Sie hatte Mila zu einer Teeparty in Renates Box eingeladen. Als Mila die Tür öffnete, staunte sie nicht schlecht: Dort stand ein kleiner Tisch mit zwei Hockern, der liebevoll gedeckt war: Auf einer rot-weiß karierten Tischdecke standen Kekse und Trinkpäckchen und … was war das? Eine Vase mit … grünen Stielen?

„Ja, ich weiß“, sagte Tini ungeduldig. „Eigentlich dachte ich, Renate könnte bei unserer Teeparty dabei sein, immerhin ist es ihre Box. Aber sie hat mich ständig gestört. Und als ich einmal kurz nicht hingesehen habe, hat sie die hübschen Blumen gefressen. Ich konnte ihr nur noch die Stiele aus dem Maul zupfen.“

Mila lachte laut auf. „Ach, Tini, du bist wunderbar.“

„Du lachst mich aus", beschwerte Tini sich und schob beleidigt die Unterlippe vor.

„Nein, Tini, nein!", beeilte Mila sich zu sagen und nahm ihre Cousine in den Arm. „Du erlebst nur immer die putzigsten Geschichten mit Renate. Und zum Glück erzählst du mir davon, damit ich etwas zum Schmunzeln habe."

Tini lächelte. „Na gut", meinte sie, schon halb versöhnt.

„Außerdem bewundere ich dich sehr", fügte Mila hinzu.

„Warum?", fragte Tini verblüfft.

„Du hast mit Renate ein sehr trotziges und störrisches Pflegekind. Und trotzdem kümmerst du dich liebevoll um sie, verzeihst ihr alles und liebst sie von ganzem Herzen. Du bist die beste Ponymama, die es gibt."

Tini strahlte. „Ja, ich habe wirklich ein bockiges kleines Pony", sagte sie lachend. „Aber manchmal muss man auch streng sein. Deshalb muss Renate leider auf der Koppel stehen und darf nicht bei der Teeparty mitmachen."

Mila nickte ernst. „Es wird ihr eine Lehre sein."

Tee gab es auf der Teeparty nicht. Aber Tante Caros selbst gebackene Kekse schmeckten herrlich und so ein kleines Trinkpäckchen mit Zuckerlimo hatte Mila auch schon lange nicht mehr getrunken.

„So, jetzt musst du meinen Schlumpffilm ansehen“, forderte Tini. Sie zog ihren Hocker neben Milas und holte ihre rosa Handkamera hervor. Sie fummelte eine Weile daran herum, dann rief sie: „Jetzt. Gucken, Mila!“ Sie hielt Mila den winzigen Bildschirm entgegen.

Es folgte ein kurzer Film, in dem Tini sich zunächst im Schlumpfinekostüm vorstellte. Dann stieg sie auf ihr Schlumpfpony Renate. Nun folgte ein Zeitraffer, in dem Renate im Kreis lief: rückwärts, vorwärts, zur Seite aus dem Bild heraus, wieder zurück. Im Hintergrund hörte man Jazzy lachen. Schließlich stieg Schlumpfine-Tini ab, zog ihren Hut und verbeugte sich. Dabei drehte Renate ihren Ponykopf, und als Tini sich wieder aufrichtete, krachte sie gegen Renates Maul. Das Pony wieherte erstaunt auf und Tini rieb sich den Kopf. Dann grinste sie schief in die Kamera und sagte: „Verschlumpft und zugenäht!“

Mila war sprachlos. „Tini, das ist super!“, lobte sie. „Das könnt ihr doch nicht so einstudiert haben?!“

„Nein, das mit dem Zusammenstoßen nicht“, gab Tini zu. „Aber Jazzy hat mir geholfen, das zusammenzuschneiden. Es ist witzig, oder?“

„Es ist genial“, fand Mila. „Das Video ist viel besser als die anderen. Jazzy hat dir echt viel beigebracht, oder?“

Tini nickte stolz. „Findest du es wirklich besser? Beim Schneiden muss mir noch jemand helfen. Aber ich weiß jetzt, wie man das macht. Und wie es weniger wackelt. Und dass man es spannend machen muss, damit die Leute zusehen."

Mila war richtig gerührt von ihrer kleinen Cousine. Sie drückte sie noch einmal fest. „Du bist toll, Tini", flüsterte sie.

Nach der Teeparty zog es Mila an den Laptop. Sie machte es sich auf ihrem Bett gemütlich und sah sich den YouTube-Kanal von Jazzy an. Sie wusste inzwischen, dass er *Pferde-Jazz* hieß und musste nicht lange danach suchen. Es wirkte alles ziemlich professionell, aber trotzdem sehr persönlich und vor allem fröhlich und unbeschwert – genau wie Jazzy selbst. Während Mila sich durch die Videos klickte, kam es ihr vor, als säße Jazzy vor ihr und spräche mit ihr persönlich.

Die Videos waren ganz verschieden: Mal saß Jazzy in einem Sessel oder am Tisch und erzählte etwas zu einem Thema, mal zeigte sie sich beim Reiten oder bei der Pflege ihres Pferdes Nikola. Dann gab es Besichtigungen von diversen Ställen, Reitshops oder Turnieren. Sie stellte berühmte Reiter vor und Mila entdeckte sogar ein Video, in dem Jazzy vor laufender Kamera Kekse für ihr

Pferd buk. Unglaublich, wie vielfältig der Kanal war! Dann klickte Mila einen der neueren Filme an – und grinste: Es war das Training von Nele! Jazzy hatte Neles Ritt mit einer Melodie hinterlegt und ein Gespräch mit Nele geschickt ab und zu dazwischengeschnitten. Es war wie ein kleiner Film. Nele kam sehr selbstsicher, aber trotzdem freundlich rüber. „Gut gemacht, Jazzy", murmelte Mila. Das würde Nele sicher gefallen.

In einem zweiten Video trug Nele plötzlich ein auffälliges Basecap einer bekannten Marke für Reitmode mit einer dazu passenden Jacke und Handschuhen. Nanu? Würde Jazzy es womöglich schaffen, Neles Eitelkeit anzustacheln und sie für Mode zu interessieren? Doch beim zuletzt hochgeladenen Film stutzte Mila und machte große Augen: Nele trug einen langen, breiten Reitrock! Einen Rock – zum Reiten! Fast wie aus einem anderen Jahrhundert. Erstaunt betrachtete Mila, wie Nele damit auf Fairy stieg, antrabte, um dann in Galopp zu fallen. Nach ein paar Runden parierte Nele Fairy durch und sie blieb stehen. Es sah ganz easy aus! Plötzlich fand Mila, dass es ziemlich chic wirkte. Wie würde ihr wohl so ein Reitrock stehen? Bevor sie weiter darüber nachdenken konnte, klopfte es an der Tür.

„Ja, herein", rief sie.

Tini schob erst ihren Kopf durch die Tür, dann den Rest. Und sie trug – einen Rock!

„Tini, hast du dich verkleidet?“, fragte Mila.

„Nein, das ist ein Reitrock!“, erklärte Tini stolz. „So was trägt man jetzt, hat Jazzy mir gesagt. Leider will Mama mir keinen kaufen und ich muss einen alten von ihr nehmen. Aber der ist gar nicht schlecht, oder?“ Sie drehte sich, sodass der Rock leicht hochschwang. Dabei konnte Mila sehen, dass Tini ihn mit einem Gürtel an der Taille hochgerafft und festgebunden hatte.

Mila lächelte – und applaudierte dann. „Also, ich finde es sehr hübsch“, sagte sie. „Und ich habe genau so einen Rock gerade in einem Video von Jazzy gesehen – du bist absolut hip!“

Tini freute sich.

Dann kuschelte sie sich rasch zu Mila aufs Bett. „Können wir zusammen was angucken? Noch was von meinem Kanal vielleicht?“

„Na klar.“ Mila legte ihren Arm um Tini. „Hier, das zum Beispiel.“

Dieses Video von Tini war noch verwackelt und fing damit an, dass es eine Minute lang grauen Boden zeigte, über den offenbar jemand hinwegging. Dann schwenkte die Kamera hoch und man sah Steffen Gründgen, der im Stall bei einem Pferd die Hufe kontrollierte. „Das ist Steffen bei seiner wichtigen Arbeit", kommentierte Tinis Stimme aus dem Off. Das Video zeigte noch eine Weile, wie er arbeitete. Dann hob Steffen plötzlich den Kopf und setzte an, um etwas zu sagen – da stoppte der Film.

„Ja, ich weiß, das ist noch etwas unfertig", meinte Tini. „Aber das hier, das ist besser."

Auch der zweite Film zeigte Steffen Gründgen – wie er Renate am Halfter in den Stall führte. Diesmal ohne jeglichen Kommentar und auch nur sehr kurz.

Mila hob erstaunt die Augenbrauen, als auch im dritten Video gleich zu Beginn Steffen auftauchte – diesmal auf einer Wiese beim Picknick mit Tante Caro und Renate, die für ein rasches Ende des Filmes sorgte, indem sie mit dem Baguette abhaute.

Tini kicherte. „Da mussten wir schnell hinterher und ihr das Brot wieder wegnehmen. Das war lustig."

„Ihr macht viel mit Steffen, hm?", fragte Mila neugierig.

„Ja, klar", sagte Tini. „Der ist so nett. Er hilft uns immer. Außerdem kocht er manchmal, das ist total lecker, fast wie bei Frau Käthe! Und weißt du, was er am besten kann? Mit Renate reden. Wenn *der* was zu ihr sagt, dann macht sie das sofort!"

Plötzlich erinnerte Mila sich an das Lagerfeuer am Sommeranfang, bei dem sie selbst nachgeholfen hatte, damit Tante Caro und Steffen ein bisschen Zeit miteinander verbrachten. Sie lächelte in sich hinein. Sollte sich da langsam etwas anbahnen? Das würde Mila freuen, sie mochte Steffen sehr gern und fand, dass er und Tante Caro gut zusammenpassen würden. Mal sehen, wie das weiterging …

Doch zunächst würde Mila sich wohl mal um ihr eigenes Liebesleben kümmern müssen. Sie beschloss, am nächsten Morgen endlich zu Jan zu reiten.

Mut zum Sprung

Sonntags gab es im Internat länger Frühstück als unter der Woche. Doch wer zu spät kam, ergatterte am Buffet statt Brötchen nur noch Schwarzbrot und auch Früchte und Joghurts waren schon weg. Bei Frau Käthe wäre das nicht vorgekommen, aber Frau Sauer fand, es sei nicht gut, wenn die Schüler so spät am Morgen zu viel äßen, denn dann würden sie ja mittags keinen Hunger mehr haben. Dass dies den Schülern ganz recht wäre, weil sie dann auf die Meeresfrüchtepizza verzichten könnten, ahnte sie nicht.

Mila hatte lange geschlafen und keine Lust auf Schwarzbrot. Sie beschloss, bei Jan und Anna zu frühstücken. Samstags war Bettenwechsel, das hieß, die bisherigen Feriengäste reisten ab und neue kamen in die Pension. Deshalb gab es sonntags stets ein besonders üppiges Frühstück zur Begrüßung der neuen Gäste. Und Mila wusste aus

Erfahrung, dass dabei meistens etwas übrig blieb. Außerdem musste sie dringend mit Jan reden.

Zuerst kümmerte sich Mila um Adesso, dann ritt sie los. Es war sonnig, aber ein bisschen frisch – man konnte den Herbst schon erahnen, fand Mila. Sie genoss den Ritt und versuchte, nicht an das kommende Gespräch mit Jan zu denken. Doch das gelang ihr nicht. Was wollte sie eigentlich sagen? Sollte sie mit ihm Schluss machen? Aber sie mochte ihn doch noch, natürlich, sehr gern sogar. Nur, dass die Schmetterlinge verschwunden waren. Mila seufzte, als sie endlich den Hof erreichte. Hoffentlich würde Jan nicht geknickt sein! Wäre er überhaupt traurig? Oder vielleicht erleichtert? Ob er in Jazzy wohl mehr sah als nur eine gute Freundin? Ob die Schmetterlinge dorthin weitergeflattert waren?

Auf dem Hof standen nur wenige Gäste bei den Islandponys. Mila nickte ihnen zu und band Adesso im Schatten eines Baumes an den Zaun. Dann lief sie in die Küche.

Sie hatte Glück. Anna und Jan wuselten eifrig herum und es sah nach vielen Resten aus.

Anna entdeckte sie zuerst. „Ah, Mila, wie gut, dass du kommst. Ich hoffe, du hast Hunger?“ Sie schenkte ihr einen leicht verzweifelten Blick.

Jan rollte mit den Augen. „Ich habe ihr gesagt,

dass es zu viel ist. Drei Mal habe ich es ihr gesagt. Jeden Sonntag dasselbe!“ Er lachte.

Mila wurde rot. „Das Essen im Internat ist immer noch furchtbar und das Frühstück ist für mich ausgefallen. Ich könnte ein ganzes Pony verdrücken!“

Anna strahlte. Sie bugsierte Mila auf die Küchenbank und brachte ihr einen Teller, ein Messer und eine Tasse. Dann stellte sie ihr nach und nach alle Servierplatten vom Buffet vor die Nase. Drei Thermoskannen mit dem Ruf „Hier Tee, da Kaffee, die da Kakao“ folgten ebenso wie ein imposanter Brötchenkorb. Der Tisch quoll in Sekundenschnelle über.

„Halt!“, rief Mila lachend.

„Guten Appetit“, meinte Anna und verschwand nach nebenan, um den Frühstücksraum der Pension weiter aufzuräumen.

„Tee?“, fragte Jan und nahm schon die passende Thermoskanne, weil er die Antwort wusste. Er schenkte ihr und auch sich selber ein und schwieg dann.

Auch Mila sagte nichts. Sie belegte sich ein Brötchen mit Käse und fand ihre eigenen Kaugeräusche plötzlich schrecklich laut. Sie war dankbar, dass von nebenan Annas Geschirrklappern herüberscholl.

Schließlich sagte Jan: „Mila, es tut mir leid. Anna

sagte, du warst neulich ziemlich sauer, dass ich unsere Verabredung vergessen hatte und wattwandern war."

„Mit Jazzy", ergänzte Mila.

„Ja, mit Jazzy", wiederholte Jan. „Tut mir leid, ich weiß auch nicht, hier war so viel los."

Mila kaute wieder. Dann sagte sie: „Ich war schon sauer. Du hast unsere Verabredung einfach vergessen, das ist doch sch… uncool."

„Ja. Ich weiß, es wirkt, als ob Jazzy und ich … aber da ist nichts, ich meine …"

„Schon okay", meinte Mila. „Ich war nur wütend. Aber ist auch nicht mehr so wichtig."

Jan fügte hinzu: „Ich dachte, es macht dir nichts aus, wenn ich viel mit Jazzy mache. Ich find's ja auch nicht schlimm, dass du dauernd mit Michel rumhängst."

„Nicht?", fragte Mila nach.

Jan schüttelte den Kopf. „Nein. Mila, ich glaube …" Er stockte.

Mila nickte. „Ja, ich weiß. Es ist irgendwie nicht mehr so … so mit Schmetterlingen und so."

Jan sah sie aufmerksam an. „Schlimm?"

Nun schüttelte Mila den Kopf. „Dann sind wir jetzt getrennt?", fragte sie.

Jan lächelte. „Aber nur als Pärchen. Als Freunde niemals. Dafür bist du viel zu nett."

Mila grinste. „Du auch. Meistens jedenfalls.“

Ihr fiel ein gewaltiger Stein vom Herzen. Und der schien Platz in ihrem Inneren zu machen, denn plötzlich konnte sie futtern wie ein Bär.

Nach einer Weile kam Anna zurück und schob einen Metallwagen voll schmutzigen Geschirrs vor sich her.

„Hey, mir scheint, als würdest du tatsächlich alles schaffen“, meinte sie lachend.

„Schtetsch tschu Dienschten“, nuschelte Mila zufrieden.

Mila war sehr froh, dass ihr Gespräch mit Jan so unkompliziert abgelaufen war. Doch über einen Satz von Jan musste Mila den ganzen Tag nachdenken: „… dass du dauernd mit Michel rumhängst.“ Hing sie wirklich so viel mit Michel rum? Na ja, sie traf ihn ständig im Stall, wo er die meiste freie Zeit verbrachte. Das war Zufall. Und wenn sie mit ihm lernte, war das für die Schule. Und in der Küche halfen sie eben gemeinsam bei Frau Sauer aus. Die paar anderen Male, die sie Eis essen gegangen waren oder … Mila zog die Nase kraus. Okay, sie verbrachte tatsächlich viel Zeit mit Michel. Sie seufzte. Es fühlte sich eben gut an. So wie bei einer besten Freundin. Oder wie …

Vorm Stall saß Mila ab. Bevor sie hineinging,

zupfte sie ihr T-Shirt zurecht und wischte sich den Schweiß von der Stirn. Hoffentlich sah sie nicht zu verschwitzt aus … Dann hielt sie inne. Hatte sie sich nicht gerade selbst versichert, dass sie mit Michel nur befreundet war? Und nun stand sie hier und überlegte, ob sie gut genug aussah, um einen *Stall* zu betreten? Mila kicherte in sich hinein. Was wäre, wenn Michel ihr wichtiger werden würde als ein normaler Freund …

Doch es blieb keine Zeit, um sich Gedanken zu machen. Der Tag war angefüllt mit Arbeiten im Stall, Hausaufgaben für die Schule und einem Sondertraining bei Tamara und Luke. Jeder der beiden nahm sich einen Schüler für eine komplette Stunde einzeln vor. Als Mila auf Adesso zur Halle trabte, kam Franzi gerade erschöpft heraus. „Meine Güte, Luke ist echt streng heute“, keuchte sie. „Aber es ist gut – viel Spaß, Mila!“

Mila war etwas mulmig im Bauch. Sie warf einen schnellen Blick auf den Hindernisparcours, den Luke aufgebaut hatte. Sechs Hindernisse, hinten in der Halle der Oxer. Mila richtete sich auf. Das würde sie schaffen.

„Hey, Mila“, begrüßte sie Luke, der eine Tasse in der Hand hielt. „Ich muss mal gerade ein bisschen Eiskaffee trinken, ich stehe hier schon seit drei Stunden …“

„Oh, du Armer“, sagte Mila. „Willst du erst eine Pause machen?“

Luke winkte ab. „Nein, schon gut, du bist der letzte Termin vor meiner Kuchenpause.“ Er grinste. „Na, dann legen wir mal los.“ Er griff nach seinem Klemmbrett. „Für dich habe ich mir notiert: Hindernisanreiten und Wendungen üben. Ach ja, und Galoppsprünge verlängern, damit Adesso vorm Hindernis nicht zögert. Das passiert zwar nicht mehr oft, aber auf einem Turnier ist das ja etwas ganz anderes. Die Lautstärke, die vielen Zuschauer, die Anspannung – da fällt es jedem manchmal schwer, sich zu konzentrieren.“

Mila schluckte. Na, super. Das hätte sie sich auch denken können: Luke hatte ihre größten Schwächen penibel notiert und nun stand ihr eine megaanstrengende Reitstunde bevor. Doch dann entspannte sie sich. Schwächen konnte man trainieren und ausbügeln. Dafür war sie hier. Sie atmete tief durch. Also los!

Luke gab ihr ein paar Hinweise und ließ sie den Parcours dann ohne weitere Kommandos durchreiten. Als sie mit Adesso wieder vor ihm zum Stehen kam, erklärte er ihr, wo es hakte:

„Mila, denk daran, die Hindernisse im gleichbleibenden Rhythmus anzureiten. Nicht plötzlich das Tempo verändern und Gas geben. Und du musst das Hindernis gerade anreiten. Hol weiter aus, damit du und Adesso das Hindernis frühzeitig in den Blick nehmen und abschätzen könnt."

Mila nickte.

Zweite Runde. Sie bemühte sich, die Ratschläge umzusetzen. Das Gute an Luke war, dass er klar formulierte, was man ändern sollte. Sie achtete darauf, die Ecken weit zu nehmen und Adesso rechtzeitig gerade auf das Hindernis zureiten zu lassen. Auch den Rhythmus behielt sie besser bei, das merkte sie selbst und prompt sprang Adesso diese Runde leichtfüßiger über die Hindernisse.

„Sehr gut", lobte Luke. „Versuch, das im Kopf zu behalten. Jetzt die Wendungen. Diesmal hast du sie weiter geritten, das war gut zum Anreiten der Hindernisse, aber du musst Adesso auf jeden Fall in den Wendungen weitertreiben, sonst verlierst du zu viel Zeit. Also weit reiten, aber schnell. Klar?"

Mila nickte. Dritte Runde.

Mila konzentrierte sich so stark, dass sie jede Faser ihres Körpers anspannte und nach dieser Runde spürte, dass ihre Muskeln bereits anfingen zu zittern. Sie achtete auf Adesso, aber der war tiefenentspannt. „Ach, Adesso, du bist super", lobte Mila ihn und klopfte ihm den Hals.

„Besser", rief Luke nun. „Aber vergiss die äußeren Zügel nicht. Sonst belastest du das innere

Vorderbein zu sehr, bitte darauf achten. Und immer sofort nach dem letzten Sprung an den nächsten denken. Und zügig im Tempo bleiben."

Mila verdrehte die Augen und lachte. „Vielleicht zwischendurch noch ein kleiner Salto?"

Da musste auch Luke lachen. „Ja, das würde die Jury sicher beeindrucken. Doch das üben wir nächstes Mal."

Es war wirklich eine gute Stunde, die Mila enorm weiterbrachte. Es gab selten so ein intensives Einzeltraining und Mila bedankte sich am Ende bei Luke dafür.

„Es hat mir auch Spaß gemacht", meinte Luke. „Du wirst immer besser, Mila. Du und Adesso, ihr seid so schön zusammen anzuschauen. Wenn ich da an deine Anfänge hier denke ..." Er schmunzelte. „Das sind Riesenschritte, in denen du dich weiterentwickelst. Mach so weiter, Mila, und dir steht ein spannender Weg im Reitsport bevor."

Mila wurde rot vor Freude. Sie nickte Luke noch einmal zu und ritt aus der Halle.

Charly kam ihr auf Vanilla entgegen. „Na, war's schlimm?", fragte sie.

„Nein, wunderbar", antwortete Mila. „Bist du schon dran? Ich dachte, Luke hat jetzt eine Pause."

„Ich will mich noch warm reiten", erklärte Charly.

Lächelnd wünschte Mila ihrer Freundin viel Spaß. Sie war so glücklich und beschwingt, dass sie Adesso ausführlich knuddelte und lobte und ihm eine Extraration Kraftfutter gab.

Beim Abendbrot sprachen alle über das Extratraining. Maximilian, Charly, Franzi und Mila waren begeistert, aber Isa und Nele schienen unzufrieden.

„Ach, Luke meckert immer an denselben Sachen herum“, beschwerte sich Nele. „Dabei müsste ich einfach höhere Hindernisse springen. Wie sollen Fairy und ich uns denn verbessern, wenn die Herausforderungen fehlen?“

Isa sah unglücklich aus. „Ach, ich hätte gern bei Luke geübt. Tamara redet manchmal so kompliziert, bei Luke verstehe ich viel besser, was er von mir will.“

Die anderen trösteten Isa, und Mila bemühte sich, die Stimmung aufzuheitern: „Bald wirst du beim Training keine Probleme mehr haben, Isa. Wir alle werden keine Probleme mehr haben. Denn bei dem ganzen Fisch hier speichern wir so viel Eiweiß für den Muskelaufbau, da steigen unsere Leistungen ins Unermessliche.“

Alle lachten, denn in Wirklichkeit kam das Eiweiß ja gar nicht bei ihren Muskeln an, weil fast alle nur Brot aßen. Doch Isa lächelte auch und das war Milas Ziel gewesen.

„So, ich kann heute nur noch auf dem Bett liegen, fürchte ich", stöhnte Mila schließlich. „Wie gut, dass man Englischvokabeln im Liegen lernen kann."

Den anderen erging es ähnlich und alle taperten müde zu ihren Zimmern. Mila jedoch wurde auf dem Flur von Tini abgefangen.

„Hey, Tini", sagte sie überrascht. „So spät noch hier? Eigentlich bist du doch nach dem Abendessen immer zu Hause."

Tini lächelte. „Heute habe ich gebettelt, dass wir noch eine Runde Karten spielen dürfen. Und seltsamerweise hat Mami es erlaubt. Das wird super! Jetzt komm, Mila!"

Mila stöhnte leise. Sie wollte doch auf dem Bett liegen … aber ihrer Cousine konnte sie einfach nichts abschlagen. Sie ließ sich von Tini mitziehen.

Als sie in die Wohnung kamen, verteilte Tante Caro am Wohnzimmertisch schon die Karten. Neben ihr saß Steffen Gründgen.

„Hallo, Steffen", sagte Mila ein bisschen verwirrt. Sie hatte gedacht, das hier würde so ein Verwandtending zwischen Tini, Tante Caro und ihr werden.

„Hey, Mila“, erwiderte Steffen.

Mila setzte sich neben Tini. Sie griff gleich nach dem Saftglas, das schon bereitstand, und trank einen Schluck. Dann bemerkte sie, dass ein weiteres Glas vor einem leeren Stuhl stand. „Kommt noch jemand?“, fragte sie.

Tini nickte. „Ja, Michel. Aber ich konnte ihn nicht finden. Ich hab ihm einen Zettel an die Tür geklebt. Bestimmt kommt er bald. Aber Pech, wir fangen einfach schon an. Ich beginne!“

Sie schnappte sich eine Karte vom Stapel, legte sie gleich wieder ab und strahlte: „Mami, du musst zwei Karten nehmen!“

Mila lächelte. Tini freute sich immer so beim Kartenspielen und deshalb schummelten sie alle gern, um Tini gewinnen zu lassen.

Jedoch war es dieses Mal irgendwie anders. Ob es an Steffens Anwesenheit lag? Mila sah zu Tante Caro. Sie war ganz fahrig, sah immer wieder zur Tür und verpasste ständig ihren Einsatz.

„Mama, du bist dran!“, rief Tini schon zum dritten Mal ziemlich ungeduldig. „Was ist denn mit der Tür?“

„Ach, ich frag mich nur, wo Michel bleibt“, erklärte Tante Caro.

„Er wird sicher gleich kommen“, beruhigte Steffen. Mila sah, dass seine Hand zu der von Tante

Caro wanderte – aber sie zog ihre rasch weg. Nanu? Mila runzelte die Stirn. Ob die beiden sich gestritten hatten?

Tante Caro stand auf und ging in die Küche. Steffen lächelte Mila und Tini kurz zu und folgte Caro dann.

„Was ist denn hier los?", wollte Mila von Tini wissen.

Ihre Cousine zuckte mit den Schultern. „Immerhin knutschen sie heute nicht so viel. Normalerweise verpasst sie, dass sie dran ist, weil sie Steffen anschaut und küsst. Heute schaut sie die Tür an. Hoffentlich küsst sie die nicht auch noch."

Mila platzte laut heraus. Tinis Gesicht hellte sich auf und sie kicherte mit.

„Was du für Ideen hast, Tini", japste Mila.

„Na, stimmt doch", meinte ihre Cousine. „Heute ist es besonders schlimm mit ihr."

In diesem Moment kam Tante Caro wieder herein. Mila vermutete, dass sie den letzten Satz gehört hatte, denn sie wurde rot.

Das tat Mila leid. Sie wollte gern etwas zur Ablenkung sagen, aber ihr fiel nichts ein.

Tini jedoch fiel eine Menge ein: „Du bist bestimmt aufgeregt, weil du mir und Mila sagen willst, dass du mit Steffen verliebt bist, richtig? Kannste ruhig, das wissen wir schon." Sie verschränkte die Arme vor der Brust. „Und Michel weiß das auch. Ist also egal, wenn er nicht kommt."

Nun wurden gleich drei Leute rot. Tante Caro und Steffen, weil sie sich ertappt fühlten. Und Mila, weil sie Tinis Rede ganz schön forsch fand. Doch die beiden Erwachsenen lachten trotzdem und küssten sich.

„Oh nein, jetzt geht das wieder los", stöhnte Tini.

„Na, na", tadelte ihre Mama sie.

„Aber da wäre noch etwas", warf Steffen ein. „Deine Mama und ich, wir verloben uns nämlich."

Tini horchte auf. „Ist das nicht kurz vorm Heiraten?"

Tante Caro strahlte. „Genau." Sie öffnete ihre Arme, in die Tini sich jetzt stürzte.

„Wann verlobt ihr euch?", fragte Tini.

„Jetzt", flüsterte Caro. „Genau jetzt."

Steffen ging in die Küche und kam mit einem kleinen Tablett wieder, auf dem vier hübsche Sektgläser standen, in denen eine goldene Flüssigkeit sprudelte.

„Trinken wir jetzt alle Bier?", rief Tini erstaunt.

„Nein, Apfelschorle", sagte Tante Caro.

Mila lief zu ihrer Tante und umarmte sie. „Das finde ich toll, Tante Caro. Herzlichen Glückwunsch und alles Gute für euch!"

„Pass auf“, flüsterte Tini Mila zu. „Und jetzt … küssen.“

Tatsächlich, Tante Caro und Steffen küssten sich. Mila lachte und drückte Tini einen Schmatzer auf die Wange.

„Igitt, nee, du nicht auch noch!“, quiekte sie lachend.

Da klingelte es und Tini flitzte zur Tür. „Mein Bruder!“, hörte Mila Tini schreien. Sie grinste.

Als Michel ins Wohnzimmer kam, klärten sie ihn gemeinsam auf. Er gratulierte, bekam auch ein Apfelschorlensektglas und prostete allen zu.

„Na dann“, meinte er. „Auf die neue Verwandtschaft.“ Er blickte Mila an.

Dabei lächelte er so warm, dass Mila schlucken musste.

Mila drehte sich zur Seite. Sie musste wirklich dringend darüber nachdenken, was das war, das zwischen Michel und ihr!

Mila schwirrt der Kopf

Die letzte Woche vor dem großen *Young-and-great-Turnier* hatte begonnen. Mila war von dem ganzen Gefühlschaos schrecklich durcheinander. Hier passierte gerade einfach zu viel: Sie und Jan, also eigentlich nicht mehr sie und Jan, aber dafür Tante Caro und Steffen. Und Michel und die Sache mit der Küchenarbeit und die Frage, ob sie es Frau Steinbach melden sollte oder nicht, das fürchterliche Essen und nicht zuletzt die Aufregung wegen des Turniers. Das war viel zu viel für einen einzelnen Kopf!

Und ganz bestimmt hatte Mila genau deshalb auch keinen Funken Platz mehr dafür gehabt, an den Vokabeltest zu denken. Nachdem beim Frühstück alle nur über die Neuigkeit mit der Verlobung gesprochen hatten, fiel das Wort „Vokabeltest“ erst auf dem Weg zum Schulgebäude.

„Waaas?“, schrie Mila auf.

„Voo-kaa-bel-teeest", sagte Charly langsam und laut, so als wäre Mila schwerhörig oder schwer von Begriff.

„Mist! Ich hab gar nicht gelernt. Nichts! Keine einzige Vokabel!" Mila wurde blass. „Ich bin krank."

Charly hakte sie lachend unter. „Na, so ein Blödsinn. Du bist inzwischen ganz gut in Englisch. Vielleicht sind ja ein paar Vokabeln vom Unterricht hängen geblieben. Außerdem hast du noch eine Zehnminuten-Pause zum Lernen. Und ich sage dir jetzt die schwierigsten drei Wörter, die mit Sicherheit drankommen werden."

Charly redete weiter auf Mila ein – und Mila beruhigte sich tatsächlich ein bisschen. Wenn sie nur vier oder fünf Vokabeln konnte, würde es ja vielleicht für eine Vier reichen. Besser als eine Sechs!

Sie übte mit Charly und in der Pause. Als schließlich der Test vor ihr lag, wusste sie tatsächlich sechs Vokabeln sofort und war sich sicher, sie auch richtig geschrieben zu haben. Einige weitere konnte sie immerhin vage und nur bei zwei schrieb sie gar nichts auf. Erleichtert gab sie den Test ab.

„Na?", flüsterte Charly. „War doch halb so wild."

Mila lächelte gequält. „Das Schlimmste ist sowieso die Nervosität vorher."

„Dagegen machen wir was", versprach Charly.

Gleich nach dem Mittagessen zog sie Mila Richtung Gemeinschaftsraum.

„Wohin willst du?“, fragte Mila verwirrt.

„Überraschung“, sagte Charly.

„Ich glaube, ich kann Überraschungen nicht leiden“, sagte Mila gequält.

Doch dies war eine schöne Überraschung. Im Gemeinschaftsraum lagen Decken bereit. Franzi und Isa warteten schon. Charly nahm ein Buch in die Hand und setzte sich auf den Boden.

„Ihr legt euch auf den Rücken“, sagte sie. „Mila, ich brauche mal dein Handy.“

Franzi und Isa machten es sich gemütlich und Mila tat es ihnen nach. „Und nun?“, fragte sie. „Yoga?“ Das kannte sie immerhin schon von Luke.

„Nein, autogenes Training“, sagte Charly. „Noch weniger Bewegung.“

Das gefiel Mila. Sie legte sich hin und schloss die Augen.

Charly begann, aus dem Buch vorzulesen. Mit ruhiger Stimme führte sie die Gedanken der anderen langsam den eigenen Körper entlang – von den Füßen bis zum Kopf. Sie sollten die Ruhe und Schwere ihres Körpers spüren. Mila konnte sich darauf einlassen und wurde ganz ruhig und entspannt. Als Charly geendet hatte, lag sie noch eine Weile da und genoss die Ruhe.

Bis jemand plötzlich laut schnarchte. Mila öffnete ein Auge.

Dann kicherte eines der Mädchen und Mila kicherte mit.

„Das war's dann mit der Ruhe", meinte Charly.

Mila setzte sich auf und auch Isa hob den Kopf.

„Hey, Franzi, das war kein Einschlafkurs", meinte Isa.

Franzi hörte auf zu schnarchen und grinste. „Also, ich finde, ich habe eine Eins plus verdient", sagte sie gähnend. „So entspannt wie ich war sonst keiner."

Sie lachten.

Dann erklärte Charly: „Mila, wenn du das jeden Tag machst, verselbstständigt sich das irgendwann. Wenn du dann also deinen Satz ‚Ich werde ganz ruhig' denkst, schaltet der Körper sofort und geht in den Entspannungsmodus über. Das hilft dann auch vor Prüfungen oder …", sie machte eine kurze Pause, „… oder vor Reitturnieren."

Mila sah sie an. „Du meinst wirklich, das könnte mir helfen?"

Charly nickte. „Bestimmt." Sie gab Mila ihr Handy zurück. „Hier, ich hab das aufgenommen. Jetzt kannst du es einfach abspielen und alleine üben."

Mila umarmte sie. „Du beste aller Freundinnen", sagte sie dankbar.

Dann mussten sie zum Reitunterricht. Trotz Entspannung war Mila zerstreut. Immer wieder schweifte ihr Blick zu Michel. Sie beobachtete, wie liebevoll er mit Pferdinand umging und wie sehr er sich auf den Ritt konzentrierte, und bewunderte die fantastische Körperhaltung, die er dabei einnahm. Und da … da waren sie. Eindeutig. Schmetterlinge.

„Hey, Mila, alles okay?", unterbrach Charly ihr Starren. „Hast du eine Fliege verschluckt?"

Mila lächelte. „Nein, eher etwas anderes", murmelte sie leise.

„Wie bitte?"

„Ach, nichts", sagte sie schnell. „Du bist dran, Charly."

Charly trabte mit Vanilla davon.

Später im Stall gesellte Mila sich zu Michel.

„Hi", sagte sie und wusste dann nicht weiter. Sie sah zu, wie er den Sattel aufhängte und das Putzzeug aufräumte. Dabei fiel eine Kardätsche hinunter. Sie bückten sich gleichzeitig. Für einen kurzen Moment spürte Mila Michels Haare an ihrem Gesicht. Rasch erhob sie sich wieder.

Michel nahm die Kardätsche und lächelte sie fragend an. „Alles okay?"

Mila schwieg. Sie sah ihn nur an und blieb ganz

nah bei ihm stehen. Am liebsten hätte sie ihren Kopf einfach auf seine Schulter gelegt und Arm in Arm mit ihm dagestanden. Wie von selbst suchten ihre Finger seine Hand und … Michel zuckte zurück.

Er sah sie erschrocken an – oder sogar entsetzt? Mila konnte seinen Gesichtsausdruck nicht deuten. Verwirrt starrte sie zurück.

„Ich muss los“, sagte Michel knapp und ging mit großen Schritten davon. Nicht mal seinen Schrank hatte er geschlossen.

Was war das? Mila versuchte nachzuvollziehen, ob sie etwas falsch gemacht hatte … Sie hatte doch nur seine Hand berührt. Bisher war Michel noch nie zurückgewichen. Mila hatte gedacht, er würde sie auch mögen. Eigentlich hatte sie sogar gedacht, er könnte in sie verliebt sein … Aber das hier? Niemand, der verliebt war, suchte so schnell das Weite!

Mila schloss Michels Spind und lief sehr verwirrt und ziemlich verletzt in ihr Zimmer.

Sie kam nicht weit.

Wieder einmal klebte ein Zettel an ihrer Zimmertür. „Bitte in der Küche helfen“ stand darauf.

Mila knurrte.

Die nächste Stunde verbrachte sie in der Küche

und half Georg und Anton beim Vorbereiten von Häppchen. Michel war nicht da.

„Warum kann sie nicht einfach Schwarzbrot hinstellen und den Lachs und die Meerrettichcreme auf ein Tablett daneben?“, fragte Anton leise. „Das würde uns Stunden an Arbeit sparen.“

Georg legte wortlos eine kleine runde Pumpernickelscheibe neben die andere auf ein Backblech und setzte mit dem Spritzbeutel Meerrettichcreme-Häufchen darauf. Anton platzierte ein Stück Lachs obenauf und ein Minifitzelchen Dill dazu. Mila durfte die Platten mit Folie abdecken und in den Kühlschrank stellen.

„Ah, was macht ihr denn?“, rief Frau Sauer entsetzt, als sie in die Küche kam. „Doch nicht nur Lachs! Wo ist denn der Kaviar?“

Sie rannte zum Kühlschrank und kam mit einem Glastiegel zurück. „Nur ein paar Kügelchen pro Häppchen“, mahnte sie. „Und die rosafarbene Creme darunter nicht vergessen.“ Sie rauschte davon.

„Nicht vergessen“, äffte Mila sie leise nach.

Anton gluckste.

Mila starrte auf die Mengen an Pumpernickel, die noch bereitlagen.

„Was macht ihr eigentlich mit dem ganzen Zeug, das wir nicht essen? Viele Schüler rühren die Sachen ja gar nicht an“, meinte sie plötzlich. „Dürft *ihr* das dann essen?“

Georg verzog das Gesicht. „Das glaubst du nicht wirklich, oder? Nein, die Sauer macht sich jedes Mal die Plastikdöschen voll für daheim, aber wir dürfen das nicht anrühren. Das bedeutet, dass wir es wegschmeißen müssen.“

„Das ganze Essen?“, fragte Mila entsetzt.

Georg und Anton nickten.

„Wir haben ihr vorgeschlagen, weniger zu kochen“, erzählte Anton. „Aber das wollte sie nicht.“

Jetzt ging Mila aber wirklich die Hutschnur hoch. „Meint ihr, dass ihr das mal fotografieren könnt, wenn ihr heute Abend die Sachen in den Müll geworfen habt?“, fragte sie vorsichtig. Sie sagte nicht, wofür. Allen dreien war klar, dass Mila Frau Sauer bei der Direktorin melden würde. Doch Mila wollte die beiden nicht in Schwierigkeiten bringen, bei ihnen ging es schließlich um ihren Job.

Anton und Georg sagten sofort zu. Mila tauschte Handynummern mit ihnen und sie versprachen, ihr die Fotos von der Essensverschwendung zu schicken.

Anton lächelte. „Und nun geh lernen oder reiten oder was du so tust, wenn du uns nicht den Hals rettest.“

Mila grinste. Sie lief hinaus und sah auf die Uhr. Ja, jetzt müssten ihre Eltern gerade Pause haben, da konnte sie sicher kurz mit ihnen skypen.

Das tat Mila gut. Sie erzählte von ihrer Trennung von Jan, von dem Vokabeltest, vom Reitunterricht und von Tini. Über die Nachricht mit der Hochzeit freuten ihre Eltern sich besonders. Michel erwähnte Mila nicht. Und auch von der Küchenarbeit hatte sie bisher nichts berichtet, doch nun wollte sie gern den Rat ihrer Eltern. Sollte sie Frau Sauer noch einmal bei Frau Steinbach verpetzen?

„Das ist kein Petzen", sagte ihr Vater bestimmt. „Ungerechtigkeiten müssen angegangen werden. Wenn du sagst, dass Michel schon einmal versucht hat, mit ihr zu reden, und das nicht gewirkt hat, ist es in Ordnung, zur Direktorin zu gehen. Und sie hat doch auch gesagt, dass ihr zwei noch mal sprecht, wenn etwas Zeit vergangen ist."

Ihre Mutter war derselben Ansicht und warf Mila eine Kusshand zu. „Erzähl uns morgen, wie es ausgegangen ist", bat sie.

Mila versprach es und beendete das Gespräch. Sie schloss den Laptop und seufzte. Es fühlte sich gut an, ihre Eltern hinter sich zu wissen.

Mila stand auf und lief zum Büro der Direktorin.

Doch Frau Steinbach war nicht da.

„Sie hat ein paar Dinge auf dem Festland zu erledigen und wird erst am Freitag wieder zurück sein“, informierte die Sekretärin Mila.

Das war ja wie verhext!

Mila beschloss, eine Runde laufen zu gehen. Sie holte ihre Joggingschuhe und trabte los. Eine Zeit lang war sie mit Franzi jeden Morgen gejoggt, jetzt schafften sie es nur noch ab und zu. Doch als Mila ihre Schritte auf den Dünenweg lenkte, spürte sie, dass sie es vermisst hatte. Langsam lief sie weiter und ließ sich vom frischen Meereswind durchpusten.

Es tat gut, allein zu sein. Zuerst drehten sich die Gedanken wie ein Karussell in ihrem Kopf. Mila versuchte erst gar nicht, Ordnung hineinzubringen, sondern lief einfach weiter. Erst ganz allmählich wurde das Karussell langsamer. Und als Mila das Meer erreichte, schien es ihr, als ob ihre Gedanken sich selbst aufgeräumt hatten. Sie wusste immer noch nicht, was mit Michel war. Sie hatte keine Ahnung, wie es mit Frau Sauer weitergehen würde. Und bestimmt würde sie vor einem Turnier immer noch aufgeregt sein. Aber die Gedanken brachten ihr Herz nicht mehr zum Rasen, sondern lagen glasklar und geordnet vor ihr. Michel war vielleicht nicht verliebt? Gut, das war schade, aber davon ging die Welt nicht unter. Wer weiß, was die Zeit bringen würde. Mit Frau Steinbach würde Mila nach deren Rückkehr sprechen. Und auf dem Turnier würde sie sich anstrengen und zeigen, was sie konnte. Wenn das gut genug war, prima. Wenn nicht … würde es nichts an ihrer momentanen Situation hier im Internat ändern.

Mila lächelte. Was war ihr vorhin eigentlich so schlimm vorgekommen? Laufen am Meer entspannte mehr als jedes autogene Training!

Den Rückweg legte sie gehend zurück. Dabei genoss sie die Stille und dachte an all die positiven Dinge, die sie umgaben. Charly, Tini, die Hochzeit, gute Schulnoten, prima Trainingserfolge, die gute Freundschaft mit Jan. Und natürlich Adesso und Renate. Und die würde sie jetzt gleich einmal besuchen.

Reden hilft

Die nächsten Tage vergingen mit lernen, in der Küche arbeiten, reiten und Vorbereitungen für das Turnier. Wieder einmal lieh Charly Mila eine ihrer wunderschönen Turnierjacken aus und Mila bügelte sie vorsichtig auf und hängte sie sorgfältig zur Seite. Sie suchte ihre Unterlagen zusammen und kümmerte sich auch um die Ausrüstung von Adesso. Seltsamerweise begegnete sie Michel weder im Stall noch in der Küche. Offenbar vermied er es, sie zu treffen. Das fand Mila irgendwie blöd, denn es war ja nicht so, als hätte sie sich ihm an den Hals geworfen.

Am Freitag vor dem Turnierwochenende begann es allmählich zu summen. So kam es Mila jedenfalls immer vor, wenn sie und ihre Mitschüler vor einem Wettbewerb von Stunde zu Stunde aufgeregter wurden. Bei den Mahlzeiten sprachen sie entweder kaum oder alberten ausgelassen herum. Im Unterricht konnte sich keiner mehr konzentrieren und alle Gespräche drehten sich nur noch um das große *Young-and-great-Turnier* in Havenburg.

Nach dem Mittagessen tauchte Jazzy plötzlich auf.

„Hey, was machst du denn hier?", rief Mila. Sie freute sich, die YouTuberin zu sehen.

Jazzy umarmte sie. Die Küsschen ließ sie zum Glück weg. „Also, zum einen musste ich meinen größten Fan mal wieder besuchen", meinte sie und zeigte lachend auf Tini, die drei Schritte hinter Jazzy stand und sie ununterbrochen filmte. „Und zum anderen fehlt mir noch die offizielle Erlaubnis eurer Direktorin, mit zum Turnier fahren zu dürfen."

„Du gehst mit? Cool", fand Mila. „Dann kannst du mich dort bestimmt etwas ablenken, ich bin nämlich immer schrecklich nervös." Sie drehte sich zur Seite, um nicht in Tinis Video zu landen.

„Mist, jetzt ist der Akku leer", schimpfte Tini. „Ich bin gleich zurück, Jazzy!" Schon war sie verschwunden.

„Gut, dass ich dich kurz allein habe, Mila", sagte Jazzy und zog Mila zur Seite, damit niemand zuhören konnte. „Du, sag mal …" Sie warf Mila zögerlich einen Blick zu. „Jan hat erzählt, dass ihr

Schluss gemacht habt. Bin ich da irgendwie schuld dran?" Sie sah sehr zerknirscht aus.

Doch Mila schüttelte den Kopf. „Nein. Wenn überhaupt, dann hat deine Anwesenheit mir gezeigt, dass ich eben *nicht* eifersüchtig bin und es mir überhaupt nichts ausmacht, wenn Jan mit anderen Mädchen zusammen ist."

Jazzy atmete auf. „Oh, da bin ich aber froh. Ich mag dich nämlich echt gern und fände es schrecklich, wenn ich das irgendwie verursacht hätte." Sie biss sich auf die Unterlippe. „Allerdings bin ich nicht ganz sicher, was Jan sich so denkt. Von meiner Seite gibt's da keine Herzchen zu verteilen, aber manchmal guckt er so ..."

Oje, dachte Mila. Würde Jazzy etwa Jans Herz brechen? „Vielleicht solltest du ihm das sagen", meinte sie. „Besser, er weiß es, als dass er sich Hoffnungen macht."

Jazzy hob das Kinn. „Hast recht. Ich werde nachher mit ihm reden." Sie stöhnte. „Ach, warum ist das nur immer so kompliziert?"

Sie lachten, doch Mila fühlte sich wie eine falsche Schlange, denn sie befolgte ihren eigenen Rat selbst nicht. Müsste sie nicht auch mit Michel reden und ihm sagen, dass er mit dem Versteckspiel aufhören konnte? Doch bei diesem Gedanken wurde Mila das Herz schwer und sie spürte einen dicken

Kloß im Hals. Wie sollte sie in Michels dunkle Augen schauen und ihm sagen, dass sie es okay fand, wenn er sie nicht mochte? Unmöglich.

Zum Glück kam Tini zurück und Jazzy merkte nicht, dass Milas Augen einen feuchten Glanz bekommen hatten. Die beiden liefen weiter in den Stall.

Plötzlich hörte Mila irgendjemanden sagen, dass Frau Steinbach wieder da sei. Das war ihr Stichwort.

Rasch lief sie in die Küche, denn Anton und Georg hatten ihr bisher noch keine Fotos geschickt. Sie passte einen Augenblick ab, in dem Frau Sauer nicht in der Küche war, und winkte Anton zur Terrassentür.

„Pst, Anton", flüsterte sie.

Er kam sofort. „Sorry, Mila, es ging noch nicht. Sie ist immer da, meistens bleibt sie abends länger als wir. Ich hatte keine Chance."

„Schon gut", beschwichtigte Mila. „So wichtig ist das gar nicht, Frau Steinbach glaubt mir sicher trotzdem."

Anton machte noch ein zerknirschtes Gesicht, dann kehrte er an seinen Arbeitstisch zurück.

Als Mila sich umdrehte, stand sie direkt vor Michel, der sie durchdringend anschaute. Sie zuckte zurück.

„Meine Güte, hast du mich erschreckt“, keuchte sie.

Michels Gesicht wurde sofort weich, er kam auf sie zu und griff nach ihrem Arm. „Geht es dir gut?“

Doch Mila nickte nur und drehte sich weg. „Ja, alles okay, danke.“

Sofort wurde auch Michel wieder distanzierter. „Von was für Fotos habt ihr denn gesprochen?“, wollte er wissen.

Mila zögerte. Dann sagte sie: „Ich dachte, wenn ich zu Frau Steinbach gehe, wäre es gut, Fotos von dem verschwendeten Essen mitzubringen. Jetzt denke ich allerdings, dass das Quatsch ist. Ich bin ja kein Spion oder so. Frau Steinbach wird mir schon glauben.“

Michel meinte: „Ich denke, du solltest ihr nichts sagen. Zumindest nicht vor dem großen Turnier. Sie hat doch genug Sorgen. Und sie wird denken, dass ich …“

Mila unterbrach ihn. „Nein, wird sie nicht. Ich werde deutlich machen, dass es um mich geht, dich werde ich gar nicht erwähnen. Außerdem finde ich ihren Umgang mit Anton und Georg ebenfalls nicht okay und das Essen schmeckt ja auch keinem und wird nur in den Müll gekippt. Jemand muss es Frau Steinbach sagen und diejenige bin ich.“ Sie sah auf.

Michels Blick überwältigte sie. Eine Mischung aus Sorge, Bewunderung und sehr viel … Gernhaben lag darin. Mila starrte ihn kurz an, dann ging sie an ihm vorbei. Ihr Magen drehte sich, ihr Kopf konnte nicht verstehen, was hier gerade geschah …

Im Vorbeigehen griff Michel ihre Schultern und drehte sie zu sich. Ihre Gesichter waren nur wenige Zentimeter voneinander entfernt und fast dachte Mila, Michel wollte sie küssen. Doch dann sagte er: „Mila, du bist unglaublich", ließ sie los und entfernte sich rasch.

Mila fühlte sich wie ein großes Fragezeichen. „Was sollte das denn schon wieder?", flüsterte sie verzweifelt. Was auch immer Michel damit bezweckt hatte, ganz sicher wollte er sie nicht küssen. Sonst hätte er es getan. Milas Herz blutete. Sie beschloss, sich von Michel Gründgen fernzuhalten. Zum Glück hatte sie nun ja sowieso etwas viel Wichtigeres zu tun.

Mila ging direkt zu Frau Steinbachs Büro und klopfte an die große schwere Holztür. Frau Steinbach öffnete ihr.

„Hallo, Mila!", sagte sie freundlich, doch als sie Milas Miene erblickte, machte sie ein ernstes Gesicht. „Was stimmt nicht?"

Sie setzten sich an den Schreibtisch und Mila erzählte Frau Steinbach alles. Sie merkte, wie gut es tat, alles loszuwerden und das Problem mit jemandem zu besprechen. Sie hatte sich verantwortlich gefühlt für Michel, für Anton und Georg und sogar für das schlechte Essen. Beim Erzählen merkte sie, dass es höchste Zeit war, Hilfe zu holen.

Frau Steinbach schwieg eine Weile, als Mila geendet hatte. Schließlich sagte sie: „Ich kann es kaum glauben. Damit meine ich nicht deine Schilderungen, die glaube ich durchaus. Nur kann ich nicht verstehen, wie meine einst so gute Schulfreundin sich verändert hat. Du bist tatsächlich nicht die erste Schülerin, die sich bei mir beschwert, Mila."

„Nicht?", fragte Mila erstaunt.

„Nein. Über das Luxusessen habe ich letzte Woche auch mit Elena gesprochen, aber anscheinend kann sie nicht aus ihrer Haut. Sie war bis vor Kurzem in einem Drei-Sterne-Restaurant als Küchenchefin angestellt. Ich weiß nicht, weshalb sie gekündigt wurde, aber ich wollte ihr hier eine Chance geben. Doch solche Gerichte, wie sie Elena vorschweben, sind hier fehl am Platz." Frau Steinbach lächelte. „Auch die erhöhten Abrechnungen sind mir aufgefallen. Ich werde mich um das Problem kümmern, Mila. Ich danke dir sehr, dass du mich ins Vertrauen gezogen hast."

Mila wurde rot. Sie stand auf.

„Für die Zeit, in der Elena noch hier ist, werde ich zusätzliche Hilfen einstellen", ergänzte Frau Steinbach. „Du brauchst nicht mehr in die Küche, Mila. Michel auch nicht, aber das sage ich ihm selbst. Ich denke, ich muss mich bei ihm entschuldigen, dass ich ihn gebeten habe zu helfen. Das hat ihn in eine schwierige Situation gebracht." Sie streckte Mila die Hand entgegen. „Und dich auch. Entschuldige bitte, Mila. Ich hätte dir schon beim letzten Gespräch besser zuhören sollen."

Mila ergriff die ausgestreckte Hand. „Alles gut. Vielen Dank, Frau Steinbach, Sie sind eine tolle Direktorin."

Nun lachte Frau Steinbach. „Na ja, ich gebe mir Mühe. Aber jetzt bereite dich auf den Wettbewerb morgen vor, Mila. Ich drücke dir die Daumen!"

„Danke!"

Mit deutlich leichterem Herzen verließ Mila das Büro.

Mila konnte nicht schlafen. Dreimal schon hatte sie sich das autogene Training von Charlys Stimme vorlesen lassen. Beim ersten Mal laut, dann hatte Nele gefaucht und Mila hatte es über Kopfhörer weiter gehört. Mila umfasste ihren Kettenanhänger mit dem kleinen Hufeisen, der ihrer Mutter gehört hatte und ihr Talisman war. Sie versuchte, an nichts zu denken. Doch das klappte nicht.

Kurz vor Mitternacht schlich sie aus dem Zimmer und flitzte in Bademantel und Pantoffeln in den Stall.

Adesso schnaubte leise, als Mila sich in seine Box schob.

„Adesso, Süßer, ich kann nicht schlafen“, klagte sie dem großen Oldenburger ihr Leid. Mit dem Zeigefinger fuhr sie seine sternförmige Blesse nach. Eine ganze Weile stand sie so neben ihm und schmiegte sich an sein warmes braunes Fell.

Da hörte sie plötzlich Schritte. „Ja, Papa, ich geh sofort schlafen. Ich weiß, dass es spät ist.“ Das war Michels Stimme. Offenbar war er bei seinem Vater im Büro gewesen, der dort abends oft noch Papierkram erledigte.

Mila drückte sich gegen die Boxenwand. Auf keinen Fall wollte sie Michel jetzt begegnen. Und im Bademantel schon gar nicht! Zum Glück ging Michel zu Pferdinand, der ein paar Boxen weiter hinten stand. Mila versuchte zu hören, was er sagte, aber sie konnte nur Bruchstücke verstehen:

„… morgen schon … hab keine Angst … auf dich verlassen … niemals untreu … weißt du, sie ist zu nah, viel zu nah. Wenn ich … das halte ich nicht aus … ich muss sie fernhalten …“

Mila wollte vor Scham sterben. Bewegungslos verharrte sie in der Box, bis sie endlich Michels Schritte hörte, die sich entfernten, und die Tür, die sich schloss. Erst dann ließ sie ihre Tränen in Adessos Fell laufen. Die Worte hallten in ihrem Kopf wider: „... viel zu nah ... sie fernhalten ..." Er konnte ihre Nähe nicht ertragen! Mila weinte bitterlich. Erst als ihr Schluchzen in Zähneklappern überging, weil ihr kalt wurde, küsste sie Adesso und schlich zurück in ihr Zimmer. Unendlich traurig und verzweifelt zitterte sie noch eine Zeit lang unter der Decke und schlief irgendwann endlich ein.

Aufregung beim großen Turnier

Am nächsten Morgen half Mila eine sehr lange, sehr heiße Dusche. Sie war vor den anderen aufgestanden, um das Bad eine Weile für sich allein zu haben. Ebenso war sie eine der Ersten im Speisesaal. Neben dem normalen Frühstück stand für jeden Schüler ein Snackpack für unterwegs bereit. Mila fürchtete kurz, Frau Steinbach könnte schon mit Frau Sauer gesprochen haben und die Köchin würde sie heute Morgen mit giftigen Blicken ansehen, aber sie traf nur auf Anton und Georg. Die schienen noch nichts von der Direktorin gehört zu haben, denn sie lauschten erstaunt Milas Bericht.

„Danke, dass du uns geholfen hast", freute sich Anton. „Und jetzt verstehe ich auch, warum wir heute zwei Azubis vom Hafenrestaurant hier hatten."

Mila trank einen heißen Earl-Grey-Tee, der ihr wirklich guttat. Dann aß sie zwei Brötchen mit reichlich Käse und Schokoaufstrich, damit sie Energie für den Tag hatte.

Charly kam, als Mila gerade die letzten Krümel vom Teller pickte.

„Hey, Schöne", sagte sie. „Na, aufgeregt?"

Mila schüttelte den Kopf. „Bisher nicht", antwortete sie.

Charly blieb wie angewurzelt stehen. „Nicht?" Sie sah Mila prüfend an. „Du siehst sehr gelassen aus", fand sie. „Bis auf die Augenringe prima. Ist das mein autogenes Training?"

Mila lächelte. „Bestimmt!", meinte sie. Woher ihre Augenringe kamen, verriet sie niemandem.

Tatsächlich hielt ihre Aufregung sich noch eine ganze Weile in Grenzen. Beim Pferdeverladen und der Überfahrt auf der Fähre lenkten sich alle gegenseitig ab. Mila hatte genug damit zu tun, Michel aus dem Weg zu gehen und Jazzy zu begleiten. Da Jazzy sich nicht auskannte, hatte Mila ihr angeboten, sie unter ihre Fittiche zu nehmen. Erst im Bus auf dem Festland nickte Mila noch mal ein und versank so tief in den dringend benötigten Schlaf, dass Charly sie kräftig an der Schulter rütteln musste, als sie in Havenburg eintrafen.

Es war ein Riesengelände, auf dem das *Young-and-great-Turnier* stattfand. Allein der Parkplatz war gigantisch und überall standen Busse, Pferdeanhänger und Transporter. Zum Glück gab es unzählige Helfer mit orange leuchtenden Westen, die die Fahrer einwiesen, Wege erklärten und Pläne verteilten.

Keiner aus Milas Klasse war bisher auf diesem Turnier gewesen und alle machten große Augen. Als sie endlich den Weg vom Bus zum Veranstaltungsgelände gefunden hatten, bot sich ihnen ein faszinierendes Bild: Anders als bei sonstigen Turnieren sah es hier fast aus wie auf einem Jahrmarkt. Sie liefen durch ein großes gold-schwarzes Eingangstor, auf dem „Herzlich willkommen" stand und das mit zahlreichen goldenen Luftballons bestückt war. Gleich dahinter prangte auf einer großen Holztafel noch einmal der Lageplan. Neugierig versuchten Mila und ihre Freunde sich zurechtzufinden. Das war schon auf dem Plan schwer genug – wie würde es erst in echt werden?

„Schaut mal, ganz am Ende sind die Turnierplätze", zeigte Charly. „Und auf der linken Seite scheinen die Pferde untergebracht zu sein. Hier steht ‚mobile Ställe und Boxen'."

„Ja, aber guckt mal die ganzen anderen Sachen",

rief Isa aufgeregt. „Zirkuszelt, Festzelt, Eventhaus. Kinderbetreuungs-Rondell. Und überall Informationsstände. Meine Güte, das ist ja echt ein Riesending hier!“

Plötzlich rief Jazzy aufgeregt: „Mila, kann ich dich nachher anrufen? Da gibt es einen Social-Media-Pavillon, das wird wohl mein erster Anlaufpunkt sein.“ Sie strahlte.

Mila nickte. „Klar. Meld dich, dann finden wir uns schon irgendwie.“

Jazzy zog los.

Mila und Charly beschlossen, sich erst einmal in Ruhe umzusehen. Die anderen hatten konkrete Ziele: Yasmin ging zum Eventhaus, Nele zum Turnierplatz. Franzi und Isa wollten sich über die Veranstaltungen informieren. Michel zog es wie zu erwarten erst einmal zu den Pferden. Und in einer halben Stunde mussten sie sich sowieso zur Lagebesprechung mit Tamara und Luke treffen.

Mila spürte, wie die Aufregung in ihr zu kribbeln begann.

„Ist das nicht toll?“, flüsterte Charly. „Ich liebe Turniere.“

Mila erwiderte: „Ich glaube, ich auch.“ Durch das Schlafen im Bus und vielleicht auch durch ihre Müdigkeit hatte sie bisher gar nicht viel Zeit zum

Nachdenken gehabt. Deshalb hatte ihre Nervosität nicht steigen können und hielt sich wie bisher in Grenzen.

Charly zog sie zu einem Infostand. „Komm, wir gucken mal."

Es gab diverse Infobilder und Schautafeln. Die Startzeiten der einzelnen Reiter konnte man auf Bildschirmen finden, die jeweils die nächste Stunde im Voraus anzeigten. Doch Mila und Charly wussten schon von Luke, dass sie erst am frühen Nachmittag reiten würden.

Mila sah sich die gebotenen Veranstaltungen an. „Charly, schau mal, es gibt Voltigier-Vorführungen! Das würde ich gern anschauen."

Charly rief: „Ja, und guck mal, die Olympionikin, die letztes Mal Gold geholt hat, gibt Autogramme. Und auch die Springreiter der Weltmeisterschaft sind hier – sie machen ein Meet-and-Greet!"

Es gab auch verschiedene Beratungsangebote: Schulen und Internate stellten sich vor, Coaches berieten zu unterschiedlichsten Themen, Seminare wurden angepriesen.

„Meine Güte, das ist das Paradies für Pferdemenschen", meinte Charly schließlich und sank überwältigt auf einen Stuhl. Dann sprang sie wieder auf. „Schon kurz vor elf – komm, Mila, wir müssen zum Treffpunkt!"

Das war einfacher gesagt als getan. Mila und Charly rannten mit dem Lageplan in der Hand die Gassen zwischen den Zelten und Ständen auf und ab. Neben den offiziellen Bereichen gab es sehr viele Markt- und Firmenstände, an denen Waren für Pferde und Reiter beworben wurden.

„Hier waren wir schon zweimal", ächzte Charly, als sie vor einem Stand mit teuren Gamaschen haltmachten, um Luft zu holen.

Mila hielt sich die Seite. „Der Treffpunkt ist doch bei den Pferden. Direkt dahinter standen ein paar Windräder, das ist mir vorhin aufgefallen", sagte sie. Sie schielte zwischen den Zeltwänden hindurch. „Dahinten sind sie", rief sie erleichtert. „Jetzt gehen wir einfach direkt durch, bis wir am Ende der Stände angekommen sind."

Das war eine gute Idee. Sie suchten immer wieder nach den Windrädern und blieben so auf Kurs. Dafür mussten sie sich zwischen den Ständen entlangschlängeln und über Kabel und Seile steigen, was ihnen manch unwilligen Kommentar der Marktbetreiber einbrachte, aber nach ein paar Minuten erreichten sie den Rand des Platzes. Vor ihnen breiteten sich lange Absperrungen nach links und rechts aus und dahinter standen die Pferde.

„Geschafft", stöhnte Mila und entdeckte bald ihre Gruppe, die ihnen schon hektisch zuwinkte.

„Sorry, wir haben uns verlaufen“, meinte Charly, als sie bei Luke ankamen.

Alle lachten. Doch Luke machte ein ernstes Gesicht. „Ja, ich weiß, hier ist alles riesig und damit sehr unübersichtlich. Das ist jetzt lustig, aber wenn ihr nachher nicht pünktlich hier beziehungsweise am Turnierplatz seid, habt ihr Pech. Es wartet keiner und ihr werdet wegen Nichtantritt disqualifiziert.“

Alle nickten brav.

„Wir gehen jetzt noch mal die Starttermine und alle wichtigen Handlungen vorher durch“, sagte Luke. „Schaut der Konkurrenz beim Reiten zu, prägt euch die Hindernisse ein. Abgehen könnt ihr sie später. Denkt an Tamaras und meine Ratschläge. Ihr seid gut im Vergleich zu manch anderen, also zeigt, was ihr könnt.“

Nun gingen Luke und Tamara mit jedem alles einzeln durch. Die anderen liefen zu ihren Pferden oder warteten.

Mila mied Michels Blick und bemühte sich, immer mit jemandem im Gespräch zu sein, um nicht plötzlich mit ihm allein dazustehen. Sie hatte Angst, dann womöglich losheulen zu müssen.

Zum Glück kam Jazzy schließlich wieder zu ihnen und lenkte alle ein bisschen ab.

„Es ist wundervoll“, schwärmte sie. „So viele

Blogger hier – und ganz viele berühmte Reiter und Reiterinnen, habt ihr schon gesehen? Ich habe uns die tollsten Sachen rausgesucht, schaut mal!" Sie reichte einen handgeschriebenen Zettel herum. „Und wisst ihr, dass auf der anderen Seite vom Gelände sogar Wagenrennen stattfinden? Das muss ich mir nachher unbedingt anschauen. Schade eigentlich, dass wir nur einen Tag hier sind, ich könnte die ganzen drei Tage bleiben, ohne zu schlafen, und hätte vermutlich trotzdem nicht alles gesehen."

Mila hatte noch zwei Stunden Zeit, bis sie an der Reihe war, und beschloss, allein loszuwandern. Die anderen wollten zum Promizelt, darauf hatte sie keine Lust. Und Charly hatte natürlich zwei offizielle Termine von ihren Eltern aufgebrummt bekommen – sie sollte befreundete Familien treffen.

Mila wanderte entspannt durch die Reihen. Sie staunte über Reitutensilien, die sie nicht kannte und die vermutlich niemand wirklich brauchte. Sie bewunderte handgefertigte Pferdedecken und überlegte lange, ob sie ein Emailleschild für Adessos Box anfertigen lassen sollte. Da das aber sehr teuer war, entschied sie sich für ein Holzschild, auf das sie seinen Namen einbrennen ließ. Und natürlich nahm sie auch eines mit Renates Namen für Tini mit.

Eine Weile sah Mila beim Voltigieren zu, was sie sehr faszinierend fand. Wie konnte man beim Reiten auch noch einen Handstand machen? Ganz kurz beobachtete Mila auch die Konkurrenz, doch dabei wallte ihre Nervosität sofort auf und deshalb lief sie zurück zum Treffpunkt. Es war noch eine Stunde bis zu ihrem Start, aber sie wollte etwas essen und umziehen musste sie sich auch noch.

Auf einmal stand Michel neben ihr. Mila erschrak und wandte ihren Blick schnell zum Boden.

„Hey, Mila“, begann Michel zaghaft.

„Hey“, murmelte Mila.

„Du bist noch vor mir dran.“

„Ich weiß“, sagte Mila knapp.

„Mensch, Mila“, meinte Michel, „können wir nicht normal miteinander umgehen? Ich finde es furchtbar, dass …“

„Ich weiß“, unterbrach Mila. „Deshalb ist es besser, wenn wir uns aus dem Weg gehen. Ich will nicht, dass du dich furchtbar fühlst.“ Bei diesen Worten schossen ihr die Tränen in die Augen und sie wühlte rasch in ihrem Rucksack, damit Michel es auf keinen Fall merkte.

„Aber …“, begann er noch, doch dann gab er auf und ging davon.

Mila schluckte drei Mal, um den Kloß im Hals loszuwerden. Dann bereitete sie sich für das Turnier vor. Die Routinegriffe taten ihr gut und beruhigten die Gedanken. In der nächsten halben Stunde lief sie zum Turnierplatz und prägte sich ihren Parcours ein, zog sich um und versuchte, sich mit autogenem Training zu beruhigen. Dann holte sie Adesso. Nele führte Fairy gerade zum ausgewiesenen Reitplatz, auf der sie die Pferde abreiten konnten, und Mila folgte ihr. Nele würde noch vor ihr starten.

Der Platz war schon sehr voll, deshalb stand Mila am Rand und beobachtete Nele. Sie wirkte heute recht entspannt und schien sich sogar auf ihren Ritt zu freuen. Vielleicht lag das an Jazzy, die Nele begleitete und mit ihrer unkomplizierten, fröhlichen Art eine unbeschwerte Stimmung schuf. Auch jetzt stand sie am Rand und hielt ihr Handy hoch.

„So, liebe Fans von *Pony-Jazz*, wie versprochen gibt es heute eine Live-Schaltung vom *Young-and-great-Turnier* in Havenburg“, plauderte Jazzy munter drauflos. „Nele startet heute auf ihrem Pferd Fairy in der …“

Mila hörte nur mit einem Ohr zu und verlor sich in düsteren Gedanken über Michel. Sie sah aus dem Augenwinkel, dass Nele absaß und von

Jazzy interviewt wurde. Doch plötzlich wandte sich Jazzy von Nele ab und kam auf Mila zugelaufen. Ihre Worte drangen erst allmählich in Milas Bewusstsein: „Und hier habe ich noch ein besonderes Pferdenews-Leckerli für euch: Ihr wisst doch bestimmt noch, dass ich euch mal von der früheren Olympia-Hoffnung Chris Hofer erzählt habe. Leider konnte er nach seinem Unfall nie wieder an großen Turnieren teilnehmen. Aber nun ratet mal, wer hier vor mir steht: Das hier ist seine Tochter! Sie heißt Mila Hofer und …"

Mila war wie erstarrt und konnte nicht reagieren. Im nächsten Moment griff Nele Jazzys Hand und drehte sie mitsamt dem Handy in ihre Richtung. „Was ich noch sagen wollte …", begann sie und warf Mila einen kurzen Blick zu. Dann sprach sie weiter auf Jazzys Handy ein. Mila begriff, dass Nele sie gerettet hatte.

Doch sie fühlte sich immer noch wie betäubt. Jazzy hatte doch behauptet, sie hielte sich an Regeln. Mila hatte klipp und klar gesagt, dass sie nicht gefilmt werden wollte. Wieso … Plötzlich schob sich ein bekanntes Gesicht in ihr Blickfeld.

Michel.

„Alles ist gut, Mila", sagte er ruhig und legte seine warme Hand vorsichtig an ihre Wange. „Komm, wach schnell auf aus der Schockstarre.

Du bist gleich schon dran. Oder soll ich Adesso für dich abreiten?“

Seine Nähe raubte Mila das letzte bisschen Kraft. Matt flüsterte sie: „Sag das ab, ich trete nicht an.“ Sie drückte Michel die Zügel in die Hand und lief davon.

Du schaffst das, Mila!

Eine Weile irrte Mila ziellos umher. Ihre Gedanken überschlugen sich. Was hatte Jazzy nur getan? Sie hatte alles live gesendet und sicher hatten es viele Leute gesehen. Würden jetzt bald jede Menge Reporter auf sie einstürmen? Was würden ihre Eltern davon halten? Mila wollte keinen Rummel. Und vor allen Dingen wollte sie nicht die Blicke aller Welt auf sich ziehen, wenn sie bei einem Turnier ritt! Nie wieder würde sie öffentlich reiten können, sie würde ja ihren Vater grenzenlos blamieren, so gut war sie einfach nicht! Die Tränen rannen ihr über die Wangen.

Leer gedacht und müde gelaufen strandete Mila beim Kinderpavillon. Gerührt beobachtete sie, wie die kleinen Mädchen ohne Pferde über einen kleinen Parcours stolperten und viel Spaß dabei hatten.

Nach einer Weile strich ihr jemand über den Rücken. Es war Charly.

„Schau, so möchte ich es auch“, sagte Mila. „Ohne Stress. Mit Spaß.“

Charly lachte und Mila sah sie überrascht an.

„Mila, das stimmt nicht“, sagte Charly. „Du liebst Springreiten. Du liebst es, Adesso zu führen und mit ihm über die Hindernisse zu fliegen. Du liebst neue Herausforderungen und beweist dir und uns allen gern, was du kannst. Nur eben nicht vor Publikum.“

Mila musste lächeln. Das stimmte. „Aber sie werden mich alle mit meinem Dad vergleichen. Und sie werden fiese Sachen über ihn schreiben.“

Charly winkte ab. „Du weißt, als Prinzessin kenne ich mich mit der Presse aus. Du musst lernen, darüber zu stehen. Wenn sie nicht über das eine meckern, meckern sie über etwas anderes. Du wirst dich daran gewöhnen müssen, wenn du profimäßig reiten willst.“

Mila schaute auf die spielenden Kinder. „Will ich das denn?“

Charly knuffte sie in die Seite. „Das musst du heute nicht entscheiden. Heute musst du nur einen Parcours reiten. Du bist gut, Mila. Zeig es der Welt.“

Mila seufzte. „Ja, das würde ich jetzt sogar machen. Aber der Zug ist abgefahren. Ich war schon dran. Ich hab's verbockt, weil ich nicht angetreten bin.“

Charly grinste: „Also, der Zug muss wohl Verspätung haben, denn er steht immer noch im Bahnhof und wartet auf das Startsignal."

Mila sah sie verständnislos an.

„Ich bin für dich geritten", erklärte Charly. „Du reitest für mich. In genau …" Sie warf einen Blick auf ihre Armbanduhr. „… fünfzehn Minuten."

Eine Sekunde lang starrte Mila Charly nur an, dann sprang sie auf und umarmte sie. „Du bist die beste Freundin, die man haben kann!"

Charly schob sie lachend von sich. „Lauf, Mila. Zeig ihnen, was du kannst!"

„Darauf kannst du Gift nehmen."

So ruhig wie noch nie in ihrem Leben ging Mila an den Start. Nele hatte Adesso aufgewärmt und saß ab, als sie Mila kommen sah. Obwohl sie sonst manchmal sehr zickig war, unterstützte sie Mila, wann immer sie sie brauchte.

„Danke", sagte Mila und umarmte Nele kurz.

„Hals- und Beinbruch", wünschte Nele.

Dann sah und hörte Mila nichts mehr von den Menschen um sie herum. Sie konzentrierte sich nur auf Adesso und die Ansage ihres Starts.

Ihr Herz klopfte, als Adesso die ersten Schritte machte. Doch es war die normale Aufregung vor jeder Prüfung, also keine Panik. Mila atmete tief durch und trieb Adesso an. Sie würden es allen zeigen!

Der Parcours begann mit einem Steilsprung, einer Mauer, die Adesso mühelos überwand. Als Zweites wartete die Triplebarre auf sie, die Adesso und Mila ebenfalls nicht schwerfiel. Alle Hinweise von Luke waren Mila in Fleisch und Blut übergegangen und sie brauchte nicht nachzudenken, um gerade anzureiten und rechtzeitig zum Sprung anzusetzen. Sie spürte, wie ihre Haltung perfekt mit Adessos Körperbewegungen harmonierte, und lächelte sogar bei der Landung. Adesso schien zu merken, dass seine Reiterin Spaß hatte, er ritt eine schnelle weite Wendung und galoppierte auf das nächste Hindernis zu. Es war ein Oxer in kräftigen Farben, der Mila, ebenso wie Adesso, dadurch wie eine optimale Herausforderung erschien. Mit kraftvoller Eleganz setzten sie darüber hinweg. Mila hörte „Ohs“ im Publikum und spürte, wie ihr die Bewunderung Schwung für die letzten Hindernisse gab, die sie ebenfalls geschickt bewältigten.

Als Mila Adesso am Ende des Parcours zügelte und zum Abschied mit dem Kopf nickte, strahlte sie. Kein Hindernisfehler, kein Ungehorsam – sollte es tatsächlich geklappt haben? Sollte sie tatsächlich fehlerlos geritten sein? Sie lauschte auf den Ansager – ja, fehlerfrei! – und eine supergute Zeit!

Mila ballte die Faust: yeah! Strahlend dankte sie Adesso, während sie unter Jubel und Applaus der Zuschauer den Platz verließ.

Am Rand wartete schon Michel, der als Nächster am Start war. Doch Mila konnte nicht auf ihn achten, weil ihre Freundinnen sie umringten.

„Mila, du bist unglaublich geritten!“, rief Charly.

„Wie hast du das gemacht? Du warst perfekt!“, stimmte Franzi zu.

Mila saß ab. Sie musste erzählen, wie es sich angefühlt hatte und was diesmal anders gewesen war.

Auf einmal blitzte es. Mila kniff die Augen zusammen. Als sie sie wieder öffnete, stand eine fremde Frau vor ihr. „Hallo, Mila, ich bin Julia Wuseler vom Nordfunk-Radio. Das war ein fantastischer Ritt! Sagst du unseren Zuhörern, wie es sich anfühlt, in die Fußstapfen eines so berühmten Reiters zu treten?“ Sie sah Mila erwartungsvoll an.

Mila drehte sich hilflos zu Charly. Die nickte ihr aufmunternd zu.

„Ich … gut, denke ich“, stotterte Mila.

Alle lachten. Mila wurde rot und riss sich zusammen. Es war doch nur eine Frage. Also antwortete sie: „Ich meine, ich bin natürlich aufgeregt, weil es ein guter Ritt war. Das habe ich natürlich vor allem meinem Pferd Adesso zu verdanken.“

„Natürlich“, wiederholte Frau Wuseler schmunzelnd. „Und was planst du für die Zukunft? Du scheinst zu den aufstrebenden Nachwuchstalenten zu gehören. Können wir auf Medaillen hoffen? Wird Deutschland dich bald strahlend auf dem Siegertreppchen sehen?“

Mila kam die Frage blöd vor – woher sollte sie wissen, was in der Zukunft geschehen würde?

Doch nun schaltete Charly sich helfend ein und erwiderte: „Wir können nur unser Bestes geben. Sie als Presse haben es in der Hand, uns gut aussehen zu lassen!“

Damit hatte sie freundliche Lacher auf ihrer Seite und Charly nutzte den Moment, um Mila aus dem Mittelpunkt des Interesses zu ziehen. Schnell liefen sie hinter die Absperrung, wo die Presse keinen Zutritt hatte.

„Das hast du super gemacht“, fand Charly. „Ein prima erster Medienauftritt als – wie sagte sie? Hoffnungsvolles Talent?“

„Na ja, so ähnlich“, lachte Mila. „Das war doch sowieso Blödsinn. Ich hatte einen guten Ritt, aber ihr anderen seid mindestens genauso gut, meist sogar besser. Und was die anderen aus unserer Altersklasse für Zeiten hatten, will ich lieber gar nicht wissen.“

Charly nickte. „Ich hab’s nur kurz überflogen,

die Spanier und die Engländer waren sehr gut. Aber wen interessiert's? Du bist heute den Parcours deines Lebens geritten, Mila – das war sensationell. Ich bin so stolz auf dich!"

Sie umarmten sich lange.

„Danke noch mal", flüsterte Mila.

Charly war so lieb, sich um Adesso zu kümmern, damit Mila zu Jazzy gehen konnte.

Tatsächlich wartete sie schon in der Nähe und kam reichlich zerknirscht auf Mila zu.

„Ich weiß, ich weiß", sagte sie und zog den Kopf ein. „Keine Ahnung, was mich da geritten hat. Ah, sorry, Pferdewitz, war keine Absicht. Es überkam mich einfach, weil es so spannend ist, dass du die Tochter des Megachampions bist. Es … Es tut mir leid."

Mila hob die Schultern. Dann lachte sie. „Was soll ich da noch sagen? Eigentlich wollte ich dich anmeckern, aber jetzt hast du dich schon entschuldigt, damit ist es erledigt, denke ich. Aber mach so was nicht wieder."

Jazzy drückte sie rasch. „Versprochen", sagte sie. „Und jetzt habe ich eine Überraschung für dich. Du darfst wählen: Entweder wir gehen zur Autogrammstunde der Olympia-Dressurreiter oder zum Wagenrennen historischer Art. Na?"

Mila entschied sich für das Wagenrennen. Vom Thema „Berühmtheiten" hatte sie erst mal genug. Sie warteten auf Charly und holten auch Franzi, Isa, Nele, Yasmin und Maximilian dazu. Michel war nicht zu sehen, wie Mila erleichtert feststellte.

Beim Wagenrennen ging es mehr ums Gesehenwerden denn ums Gewinnen. Die Wagen sahen aus wie römische Gespanne und ihre Fahrer trugen Togen und Sandalen. Ein selbst ernannter Cäsar begrüßte die Zuschauer und drohte mit Löwen, sollte jemand ihm den Rücken zudrehen. Fanfaren bliesen zum Start, die Fahnen flatterten. Das Rennen war spannend und lustig zugleich. Die Fahrer hatten ihre Gags offenbar einstudiert und für die Zuschauer gab es viel zu lachen. Es tat Mila und den anderen gut, nach dem anstrengenden Parcours die Anspannung herauszukichern.

Nach dem Rennen futterten sie Pommes und Bratwurst.

„Dieses Turnier ist super", sagte Franzi schmatzend.

„Ja", fand Maximilian. „Ich hab zwar nicht gut abgeschnitten, aber es macht echt viel Spaß! Ihr seid aber auch eine Megatruppe. Fehlt nur noch Jan, finde ich." Er zwinkerte Mila zu.

Die wurde rot. „Ähm, wir sind nicht mehr zusammen."

„Was?“ Isa und Franzi machten große Augen. Auch Nele und Yasmin sahen erstaunt zu ihr herüber. Nur Charly wusste Bescheid.

Mila lächelte entschuldigend. „Erst seit ein paar Tagen. Es ging so schnell, ich hab in der Hektik ganz vergessen, es euch zu erzählen.“

„Okay“, meinte Maximilian. „Dann weiß es wohl nur Charly?“

„Na ja, und Jan“, erwiderte Mila und lachte. „Jazzy hat es auch mitbekommen. Aber jetzt wisst ihr ja alle Bescheid.“

Gegen sechs Uhr wurden die Preise im großen Festzelt verliehen. Viele Tagesteilnehmer waren tatsächlich schon abgereist, weil sie nichts gewonnen hatten. Doch Luke und Tamara waren der Meinung, dass man bis zum Schluss bleiben und die Sieger ehren sollte, auch wenn man selbst nicht darunter war. Und das waren sie tatsächlich nicht. Obwohl Mila eine sehr gute Zeit geritten war, gab es zwei Spanier, eine Schweizerin und eine Engländerin, die schneller gewesen waren. Das machte Mila nicht viel aus, weil sie unendlich stolz und zufrieden war. Deshalb konnte sie ohne Neid applaudieren. Schließlich waren alle Stipendien, Medaillen und Preise vergeben und der Name des Internats kein einziges Mal dabei gewesen.

„Na ja, nächstes Mal vielleicht“, murmelte Luke.

Doch da fuhr der Redner auf der Bühne fort und sagte: „Dann haben wir noch die Sonderpreise zu vergeben: zwanzig Zuschauerkarten für die Olympischen Spiele." Der Redner zählte einen Namen nach dem anderen auf und bald glaubten alle, das Internat würde wieder leer ausgehen, als er plötzlich erklärte: „Die letzten drei Karten gehen an drei besondere Reiterinnen, die sich heute durch einen beeindruckenden Zusammenhalt ausgezeichnet haben. Eine junge Reiterin wurde durch widrige Umstände daran gehindert, rechtzeitig am Start teilzunehmen. Daraufhin hat ihre beste Freundin mit ihr getauscht und ist spontan eingesprungen. Und die dritte Freundin im Bunde hat das Pferd weiter bewegt und sich darum gekümmert. So viel Zusammenhalt hat einen großen Applaus und eine Ehrung verdient. Ich bitte auf die Bühne: Mila Hofer, Charlotte Arlene Prinzessin von Löwenstein-Gabelsberg und Nele Wuttke vom Pferdeinternat *Inselglück*!"

Die Schüler kreischten auf. Mila, Nele und Charly fielen sich in die Arme. Jubelnd stiegen sie auf die Bühne und nahmen ihre Karten und Glückwünsche entgegen.

Milas Herz machte Purzelbäume vor Glück. Das war der beste Tag ihres Lebens!

Unglaublich glücklich, aber inzwischen auch sehr erschöpft, machten sich alle auf den Weg zum Bus. Auf dem Gelände war noch eine Menge los, denn viele Reiter blieben die ganzen drei Tage vor Ort. Doch für die Schüler des Pferdeinternats *Inselglück* war es nun Zeit, nach Hause zu fahren.

Vor dem Bus wartete ein fremder, elegant gekleideter Mann, der sich nun zu Luke drehte und mit ihm sprach. Als die Schüler einstiegen, wandte er sich plötzlich an Nele. Sie sah Luke fragend an, doch der nickte ihr zu.

Die anderen stiegen in den Bus und nahmen ihre Plätze ein. Mila saß am Fenster und schaute nach draußen. Plötzlich sagte sie: „Leute, schaut mal raus, da passiert irgendwas Spannendes. Seht ihr, wie Nele guckt?“

Jetzt klebten alle an den Fenstern und beobachteten, wie Neles Gesichtsausdruck sich veränderte: von misstrauisch über interessiert und neugierig bis hin zu gebannt und begeistert. Was war da nur los? In diesem Moment fiel sie dem fremden Mann um den Hals, der ihr lachend auf den Rücken klopfte.

„Was? Nele fällt jemandem um den Hals? Da stimmt doch was nicht!“ Isa kicherte.

Alle durchbohrten Nele mit neugierigen Blicken, als diese endlich in den Bus stieg. Sie grinste breit.

„Nun sag schon, wir platzen vor Neugier", rief Charly.

Nele strahlte. „Das war Pepe Garcia aus Spanien. Er kennt meine Eltern von früher und hat mich wiedererkannt. Als er sich nach meinen Eltern erkundigt hat, habe ich ihm meine Geschichte erzählt und …" Nele machte eine spannende Pause. „… da hat er mir angeboten, mich dauerhaft finanziell bei meiner Karriere zu unterstützen!" Sie riss glücklich die Arme in die Höhe.

„Das ist ja unglaublich", schrie Mila und war als Erste bei Nele, um sie zu drücken. Sie freute sich so sehr für ihre Freundin!

Auch alle anderen beglückwünschten Nele und die Stimmung im Bus war so ausgelassen, dass der Busfahrer laute Musik beisteuerte. „Ein Hoch auf uns …", sangen sie alle zusammen aus Leibeskräften.

Mila war glücklich. Was für wundervolle Freunde sie hatte! Sie war zum Umfallen müde, doch sie mussten noch so viel reden und scherzen und jubeln, dass die Busfahrt vorüber war, ehe sie die Augen hatte schließen können. Auch auf der Fähre und dem Weg zurück ins Internat war Mila noch aufgedreht.

Erst, als sie Adesso in seine Box führte, ihm dankte und sich um ihn kümmerte, kam sie zur

Ruhe. Bald konnte sie kaum noch die Augen offen halten. Als sie die Stalltür hinter sich zumachte, sah sie Michel und Maximilian miteinander reden. Doch Milas Kopf konnte keinen klaren Gedanken mehr dazu fassen. Sie schleppte sich in ihr Zimmer und fiel mit all ihren Klamotten aufs Bett. Im nächsten Augenblick war sie eingeschlafen.

Endlich zurück

Da der nächste Morgen ein Sonntag war, blieb Mila einfach liegen und schlief aus. Erst um halb elf schleppte sie sich in die Dusche. Das dampfende Wasser, das ihr auf den Kopf prasselte, weckte ihre Lebensgeister und ganz allmählich auch die Erinnerungen an den vorherigen Tag. Sie erlebte alles noch einmal, vom Entsetzen und der Traurigkeit bis hin zu ihrem Ritt und dem Jubel. Es dauerte lange, alles durchzudenken, sodass das Bad von Dampfschwaden vernebelt war, als Mila aus der Dusche stieg. Und jetzt hatte sie Hunger. Egal, was es gab, ob Algensülze oder Killerwalsuppe, sie würde es essen.

Doch nanu … Als Mila sich der Küche näherte, zog ihr ein Duft in die Nase, der so gar nicht nach Fisch roch. Das war doch … das war doch … Kakao … und Rührei …

„Frau Käthe“, rief Mila und rannte das letzte

Stück bis zum Speisesaal. Fröhliches Stimmengewirr schlug ihr entgegen. Obwohl es bald Mittag war, war der Speisesaal gerammelt voll. Am Frühstücksbuffet türmten sich Brötchen, Käse, Aufschnitt, Früchte und all die Köstlichkeiten, die Mila und alle anderen so vermisst hatten. Und hinter der Ausgabe stand Frau Käthe und schwang den Kakaolöffel.

„Frau Käthe“, flüsterte Mila, eilte auf die rundliche Köchin zu und umarmte sie stürmisch.

Frau Käthe lachte. „Huch, Mila, lass mich atmen!“, rief sie fröhlich.

„Wie schön, dass Sie zurück sind“, sagte Mila. Sie drehte sich zur Schlange vor dem Buffet um und rief: „Ist es nicht schön, dass Frau Käthe zurück ist?“

„Ja, schön!“

„Superschön!“

„Wunderklassemegaschön!“

Die Schüler begannen zu applaudieren, stellten sich auf ihre Stühle und jubelten Frau Käthe zu.

Die Köchin wurde rot vor Freude. Als der Applaus abebbte, rief sie: „Noch eine Runde Kakao für alle!“ Sie goss Mila eine Tasse ein und gab rasch noch einen dicken Löffel Sahne obenauf. „Ich freu mich auch, wieder hier zu sein“, sagte sie und zwinkerte Mila zu.

Selig ging Mila ans Ende der Schlange und reihte sich brav ein. Jetzt war fast alles wieder gut. Nur diese kleine Stelle in ihrem Herzen, die Michel gehörte, schmerzte noch. Doch irgendwie würde sie es schaffen, da auch ein Pflaster draufzukleben.

Sie setzte sich zu den anderen an den Tisch.

„Mila, lass dich feiern!“, rief Maximilian. Sie stießen an und ließen den gestrigen Tag ein weiteres Mal Revue passieren.

„So etwas Geniales erlebt man selten“, fand Yasmin.

„Ich habe die Olympia-Karte schon an meine Pinnwand geheftet“, sagte Charly. „Vielleicht rahme ich sie mir sogar ein.“

„Ja, ich hänge sie auch übers Bett“, meinte Mila.

Dann hörte sie zu, wie die anderen weiterplauderten, und aß erst einmal. Als sie sich kurz zurücklehnte, um in Ruhe ihren Kakao zu trinken, entdeckte sie Michel in der Essensschlange. Ihr Herz setzte aus. Er scherzte mit einem der älteren Schüler und lachte. In Milas Bauch zog es vor lauter Sehnsucht. Sie vermisste ihn so! Das ganze Zusammensein mit ihm. Sein Lachen, seine Vertrautheit, seine Nähe. Wie sollte ein kleines Pflaster ausreichen, dieses große Gefühl zu verschließen? In diesem Moment drehte Michel den Kopf. Mila wandte rasch den Blick ab, doch für den Bruchteil einer Sekunde sah sie in seine Augen.

Sie musste hier raus, sonst würde sie anfangen zu weinen.

Rasch stand Mila auf und verabschiedete sich. „Bis nachher." Bevor jemand sie aufhalten konnte, hatte sie den Saal verlassen und stürzte an die frische Luft.

Mila wusste nicht, wohin sie gehen sollte. Zum Gestüt wollte sie nicht. Im Zimmer würde sie gleich jemand fragen, was los sei. Im Stall würde sie Michel begegnen. Sollte sie bis ans Meer laufen? Doch dann fiel ihr der Obstgarten ein und sie lenkte ihre Schritte um das Internatsgebäude herum.

Sie setzte sich so hinter einen der Apfelbäume, dass man sie von der Küche aus nicht sofort sehen konnte, und lehnte sich an die harte Baumrinde. Seufzend zupfte sie ein Gänseblümchen ab und drehte es zwischen ihren Fingern. Sie dachte daran, dass sie später mit ihren Eltern skypen und vom Turnier erzählen konnte, und freute sich darauf. Doch immer wieder schob sich Michels intensiver Blick vor ihr inneres Auge.

„Mensch, was soll ich nur tun?", fragte sie das Gänseblümchen. Ihr fiel ein, dass man anhand der Blütenblätter abzählen konnte, ob jemand einen liebte. Sie beschloss, das Gänseblümchen entscheiden zu lassen, ob sie mit Michel sprechen sollte oder nicht. „Ich rede mit ihm, ich rede nicht mit ihm, ich rede mit ihm …" Stück für Stück zupfte Mila die Blütenblätter ab. Beim letzten Blatt murmelte sie: „Ich rede mit ihm. Da hab ich meine Entscheidung." Sie dachte eine Weile nach und flüsterte dann: „Gibt's hier noch irgendwo ein freiwilliges Gänseblümchen, das mir sagt, worüber ich mit ihm sprechen soll?"

Sollte sie ihm sagen, wie sehr sie ihn mochte? Das war vermutlich Unsinn, weil er es schon wusste. Was sollte er dann sagen: Äh, nee, sorry, ich dich nicht …? So weit waren sie ja schon. Oder sollte sie ihm versichern, dass sie sich möglichst schnell entverknallen wollte? Ging so etwas überhaupt? Und eigentlich mochte Michel sie, seit sie auf dem Internat war. Das hatte sie schon immer gespürt. Obwohl nein … das war ja offenbar vorbei. Oder es war nie so gewesen. Mila bekam Kopfweh. „Mein Kopf platzt noch vom vielen Denken!", schimpfte sie laut.

„Zu viel denken ist nicht gut", sagte plötzlich jemand hinter ihr.

Mila erschrak und drehte sich um. Es war Anton. Sie grinste verlegen. „Ups, da hab ich wohl laut gedacht."

Anton nickte. „Laut ist auch nicht besser als leise", sagte er lachend. Dann reichte er ihr einen Umschlag. „Hier. Georg und ich haben Geld von unseren bezahlten Überstunden abgezwackt. Wir möchten es dir geben."

Mila stand auf und winkte mit beiden Händen ab. „Nein, Quatsch, das war doch für eure Arbeit. Das habt ihr euch echt verdient, damit hab ich nichts zu tun."

Anton hielt ihr den Umschlag entgegen. „Es ist uns wichtig. Du hast uns einen enormen Gefallen getan. Wir stehen tief in deiner Schuld – und möchten sie ein bisschen begleichen." Er sah sie eindringlich an: „Bitte."

Mila nahm den Umschlag. „Na gut", meinte sie. „Aber wir setzen das Geld in Eis um. Bei der Hafeneisdiele. Mit Georg. Einverstanden?"

Anton nickte. „Und Michel?", fragte er.

Mila wurde rot. „Ja, ähm, vielleicht …"

Anton lächelte. „Nee, muss nicht. Georg und ich haben schon gemerkt, dass da gerade irgendwas nicht stimmt zwischen euch. Er bekommt auch einen Umschlag von uns und muss vom Eisessen gar nichts wissen. Gut?"

Nun wurde Mila knallrot. Ihre Wangen brannten vor Verlegenheit. So ein Kinderkram – und jetzt zog sie auch noch andere Leute da mit rein!

„Ja, ist wohl besser. Danke noch mal, Anton, wir gucken einfach, wann es klappt, ja?"

Anton nickte und lief in die Küche zurück.

Mila stand allein am Apfelbaum, starrte auf den Umschlag und fühlte sich wie eine Erstklässlerin. Es musste doch möglich sein, so etwas zu klären, ohne dass andere Leute in Verlegenheit kamen! Wütend stapfte sie Richtung Stall. Hoffentlich war Michel schon wieder dort, denn sie wollte ihm jetzt mal gehörig die Meinung sagen!

Michel stand tatsächlich vor Pferdinands Box und kraulte ihn zwischen den Ohren. Ansonsten war es still, die anderen befanden sich vermutlich noch im Speisesaal.

„Michel!", sagte Mila, während sie auf ihn zuging.

Michel lächelte sie an. „Da bist du ja", sagte er. „Ich hab dich auch schon gesucht, ich muss mit dir reden."

„Nichts da, jetzt rede ich erst mal", erklärte Mila. „Ich weiß, dass du nicht damit umgehen kannst, dass ich dich mag. Tut mir wirklich leid, dass ich neulich an deine Hand gekommen bin. Aber du stellst dich an wie ein Baby. Das kannst du mir doch normal sagen, dass dir das zu viel ist, oder? Statt es hier nur deinem Pferd ins Ohr zu flüstern.

Nah, viel zu nah!“ Sie funkelte Michel zornig an. „Findest du das in Ordnung?“

„Damals habe ich mit Pferdinand gesprochen. Hast du gelauscht?“ Er lächelte. „Ich musste mal mit jemandem reden.“

Mila schnaufte. „Pff. Und dann guckst du mich immer so an – meinst du, das macht es mir leichter?“

Michel kam einen Schritt auf sie zu. „Ich guck immer so? Wie gucke ich denn?“, fragte er leise.

Mila war verwirrt. „Wie du … na, so … so …“ Sie sah ihm in die Augen. „Ja, genau so“, meinte sie und spürte, wie die Wut einfach so von ihr abfloss. „Ich … das ist nicht fair. Wenn du doch weißt, dass ich …“

„Dass du was?“, fragte Michel und kam noch näher.

Milas Herz pochte.

Und dann küsste er sie. Ganz langsam nahm Michel ihr Gesicht in seine Hände, sah ihr dabei in die Augen und küsste sie sanft.

In Mila drehte sich alles. Sie schloss die Augen und spürte Michels Nähe. Als er seinen Kopf zurückzog, fiel sie ihm in die Arme.

Lange standen sie ganz still da und hielten sich schweigend aneinander fest.

Irgendwann schob Mila ihn von sich. „Und was soll das jetzt?“, fragte sie vorsichtig.

Michel sah sie liebevoll an. „Mila, ich wusste bis gestern Nacht nicht, dass du mit Jan Schluss gemacht hast. Ich dachte, ihr seid noch zusammen. Ich …"

Entsetzt starrte Mila ihn an. Dann griff sie sich mit der Hand an den Kopf. „Meine Güte, du hast geglaubt, ich wäre untreu!" Sie wurde rot. „Oh Schande, du musst ja echt schlecht von mir gedacht haben."

Nun wurde Michel rot. „Ja, äh, das tut mir leid, ich hab mich wirklich gefragt, was das soll. Denn es passt so gar nicht zu dir, unehrlich zu sein. Aber ich konnte auch niemanden fragen. Da musste ich eben mit Pferdinand reden. Du warst mir immer so nah, das hat mich ganz durcheinandergebracht. Zumal ich nicht genau wusste, ob es nicht wirklich ein Versehen war mit der Hand …" Er zögerte. „Deshalb musste ich mich erst mal ein bisschen fernhalten von dir, verstehst du?" Er strich ihr eine Haarsträhne hinters Ohr. „Du weißt doch, dass ich dich schon sehr lange mag, und … es war wie ein Startschuss, deine Hand an meiner zu spüren. Ich konnte nur noch daran denken, deine Hand zu halten …"

Milas Kopf begann zu begreifen, was ihr Herz schon längst verstanden hatte: „Das heißt also, jetzt, wo du weißt, dass Jan und ich getrennt sind, können wir zusammen sein?"

„Ja“, sagte Michel und grinste. Ganz bewusst nahm er ihre Hand und verknotete ihre Finger mit seinen. „Gut, dass Maximilian gestern Abend noch zu mir gekommen ist. Weißt du, wie ich die Nächte davor geschlafen habe? So gut wie gar nicht …“

Mila lachte glücklich. „Bei mir war's ähnlich.“

Keiner wunderte sich und stellte Fragen, als Mila und Michel Hand in Hand in den Speisesaal zurückkamen. Alle schauten kurz auf und registrierten es, aber es schien niemanden zu erstaunen. Charly grinste Mila an, Isa hob bedeutungsvoll eine Augenbraue und Maximilian nickte nur zufrieden. Auch die anderen sagten nichts und rückten wortlos Stühle um, damit Mila und Michel nebeneinandersitzen konnten.

„Aber nicht beim Essen rumknutschen“, merkte Nele trocken an.

Mila kicherte. „Mal sehen“, meinte sie nur.

Michel beugte sich zu Mila. „Ich hole uns Tee“, flüsterte er ihr ins Ohr. „*Uns*“, wiederholte er und schenkte Mila einen zärtlichen Blick, bevor er losging.

„Und sie werden uns *doch* vollturteln“, seufzte Nele.

„Ach, sei doch still“, meinte Maximilian. „Ich

habe genau gesehen, dass du Anton aus der Küche immer zublinzelst."

Nele huschte ein hauchzartes Rosa über die Wangen. Dann lachte sie. „Blödmann!"

Plötzlich ging ein Wispern durch die Tischreihen und bald kam es auch an Milas Tisch: Die Schüler hatten sich überlegt, ein Willkommensfest für Frau Käthe zu feiern.

„Super Idee", freute sich Mila. „Ich hole die Erlaubnis von Frau Steinbach."

Schon stürzte sie davon.

Frau Steinbach freute sich, dass Mila zu ihr ins Büro kam.

„Da bist du ja, Mila. Ich wollte auch mit dir reden. Aber du zuerst", bat sie.

Mila erzählte von den Plänen der Schüler und Frau Steinbach fand die Idee hervorragend.

„Sehr schön. Ihr könnt das gleich morgen machen, die ganze Schule bekommt einen Tag schul- und reitunterrichtsfrei. Am besten wäre es doch, Frau Käthe zu überraschen, oder? Sonst steht sie nur stundenlang in der Küche, um ein Festessen vorzubereiten."

Mila strahlte. „Das ist perfekt. Ich locke sie in den Ort, ich weiß schon, wie. Und die anderen können durch die Küche wuseln. Wenn wir zurückkommen, feiern wir. Cool!" Sie sprang auf, doch Frau Steinbach bremste sie.

„Mila, ich möchte dir noch einmal danken, dass du dich eingemischt hast. Manchmal müssen auch Erwachsene auf die richtige Spur gebracht werden, wenn sie ein wenig blind für Probleme sind."

Etwas verlegen meinte Mila: „Nein, schon gut. Was ist denn mit Ihrer Freundin, wo ist sie jetzt? War sie sehr wütend?"

Die Direktorin faltete ihre Hände. „Nein, nicht wirklich. Sie hat recht empört gesagt, dass sie auch bemerkt habe, dass die Schüler ihr Essen nicht zu würdigen wissen. Und tatsächlich hatte sie schon ein Angebot in Berlin für ein kleines Zwei-Sterne-Restaurant. Sie war sehr zufrieden, gleich abreisen zu können." Frau Steinbachs Augen blitzten vergnügt. „Und als hätte das Schicksal uns in die Hände spielen wollen, rief Frau Käthe mich gestern Morgen vom Münchener Hauptbahnhof aus an, um mir mitzuteilen, dass sie auf dem Heimweg sei. Ihrer Schwester geht es besser."

Mila atmete erleichtert auf. „Ende gut, alles gut", meinte sie.

Frau Steinbach nickte. „So kann man es wohl sagen." Sie stand auf. „Und nun darfst du mir Nele schicken. Ich habe heute Morgen recht früh einen Anruf von einem gewissen Herrn Garcia erhalten."

Mila grinste. „Ja, davon wissen wir schon. Ich sag Nele Bescheid." Damit verließ sie das Büro. Sie hatte eine Menge zu tun: Schüler informieren, um Geheimhaltung bitten, Essen und Feier planen und natürlich Anton und Georg heimlich in den Plan einweihen und Frau Käthe morgen zu einem langen Ausflug in die Eisdiele einladen. Hoffentlich klappte alles!

Es war kaum zu glauben, wie gut ein so großer Haufen Schüler plötzlich zusammenarbeiten konnte, wenn es allen wichtig war. Sehr eifrig wurde geplant, diskutiert und organisiert.

„Also, Anton, Georg, Michel und ich gehen nach dem Mittagessen mit Frau Käthe in die Eisdiele", fasste Mila am Abend noch einmal mit ihren Freunden zusammen. „Ihr und die anderen Schüler schmückt den Obstgarten, backt und kocht und stellt Stühle und Tische bereit. Franzi dichtet den Song um und alle üben erst für sich und proben später gemeinsam. Dabei können Michel und ich leider nicht mitmachen, aber wir singen dann eben etwas leiser." Sie rieb sich lachend die Hände. „Das wird ein Spaß, Frau Käthe wird Augen machen!"

Ein verrückter Haufen

Den Vormittag nutzte Mila, um Tini zu besuchen. Ihre kleine Cousine freute sich sehr über das Holzschild für Renates Box.

„So eins wollte ich immer schon haben, danke!“, rief Tini.

Mila musste ihr natürlich alles vom Turnier erzählen. Sie sagte ihr auch, dass sie jetzt mit Michel zusammen war. Darüber freute Tini sich noch viel mehr als über das Schild.

„Waaas?“, kreischte sie. „Das ist ja super!“

Dann hatte Tini keine Zeit mehr, denn sie musste noch die Verkleidung für Renate und sich selbst vorbereiten. „Es ist doch ein Fest, da muss man sich fein machen. Vor allem für Frau Käthe!“, erklärte sie.

Auch Mila machte sich fein. Sie hatte vor Kurzem in dem kleinen Secondhandladen der Insel ein hellblaues Sommerkleid gekauft und überlegte fast jeden Morgen, zu welcher Gelegenheit sie es anziehen sollte. Sie fand, heute war der perfekte Tag dafür.

Michel sah sie bewundernd an, als sie ihn abholte, um zu Frau Käthe zu gehen. „Mila, du siehst toll aus“, fand er. „So … elegant!“

Auch Frau Käthe sah chic aus – was vermutlich vor allem daran lag, dass Mila und Michel sie das erste Mal ohne Schürze sahen. Anton und Georg hatten sie seitlich eingehakt und führten sie die Treppen vor dem Internat hinunter.

„Möchten Sie, dass wir eine Kutsche oder ein Taxi holen?“, fragte Anton.

„Aber nein!“, antwortete Frau Käthe empört. „Ich bin vielleicht etwas rund, aber doch nicht unsportlich.“ Und sie legte auf dem Weg zur Eisdiele ein so flottes Tempo vor, dass die anderen kaum hinterherkamen.

„Und ihr seid sicher, dass die anderen Schüler das mit dem Abendbrot allein schaffen?“, fragte Frau Käthe noch einmal misstrauisch, bevor sie sich vor der Hafeneisdiele niederließen.

„Ganz sicher“, bestätigte Mila.

Sie bestellten die größten Eisbecher, die es gab: den Meeresfrüchte-Becher (wobei die Meeresfrüchte aus Marzipan waren), den Krabbenkutter (viel Himbeereis mit einem Keksschiffchen obenauf), das Wattenmeer (Schokoladeneis mit blauen Sahnewellen) und zweimal Algensalat.

„Den müssen wir einfach nehmen“, sagten Anton und Georg. Und das Eis, das ihnen gebracht wurde, sah dem Algensalat von Frau Sauer tatsächlich ähnlich: Es war grünes Pistazien-Spaghettieis.

Georg probierte. „Schmeckt zum Glück ganz anders“, fand er.

Sie hatten eine vergnügte Runde: Frau Käthe erzählte von ihrer Schwester und danach gab sie noch viele Anekdoten aus der Internatsküche zum Besten. Alle hatten viel Spaß und der Nachmittag verging wie im Flug.

Als sie sich auf den Rückweg machten, blieb Michel kurz zurück, um vom Handy aus im Internat anzurufen: Es lief alles wie am Schnürchen.

„Na, dann heim“, rief er.

Frau Käthe zog Mila zu sich. „Hör mal, Mila, ich habe auf der Zugfahrt viel nachdenken können. Eure vielen Briefe und Frau Steinbachs Berichte über das Essen der Vertretungsköchin haben mir deutlich gemacht, wie wichtig es ist, einen guten Ersatz zu haben, wenn man ausfällt. Vor allem Rezepte scheinen mir wichtig zu sein, denn das ist wohl das größte Geheimnis meines Schaffens. Deshalb …“, sie lächelte Mila an, „… möchte ich dich bitten, in nächster Zeit all meine Rezepte mit mir in ein großes Buch zu schreiben. Bisher gibt es das gute Rezeptbuch ja nur in meinem Kopf. Na, was meinst du?"

Mila fühlte sich sehr geschmeichelt. „Ich? Wirklich? Sehr gern, Frau Käthe. Unglaublich gern!"

Möglichst unauffällig bemühten Mila und Michel sich, Frau Käthe nicht durch den Vordereingang, sondern hinten herum zur Küche zu lotsen. Sie widersprach zum Glück nicht und blieb kurz darauf völlig perplex vor dem Obstgarten stehen.

Lange Tische mit weißen Decken reihten sich im Gras aneinander. Sie waren edel eingedeckt und mit Blüten und Efeu verziert. Dahinter stand der große Chor, der noch einen Moment wartete, bis Mila und Michel sich eingereiht hatten. Dann begannen Schüler und Lehrer gemeinsam zu singen und es war einer der schönsten Gänsehaut-Momente, als es durch den Garten scholl: „Ein Hoch auf Sie ... auf uns're Köchin!"

Franzis neuer Text strotzte vor Lob für Frau Käthe, die ihre Hände vorm Bauch knetete und gerührt eine Träne nach der anderen von der Wange wischte.

„Ach, ihr Lieben, ihr seid so wundervoll", rief sie schließlich heiser und umarmte alle, die in ihre Nähe kamen.

Es wurde ein sehr gelungenes Willkommensfest. Mila saß an einem langen Tisch mit ihren Freunden, Tante Caro, Steffen und Michel. Auch Jan und Jazzy waren gekommen, und Jazzy flüsterte Mila zu: „Ich habe mit Jan gesprochen. Alles okay, es war wohl mehr Bewunderung meines Könnens als Verliebtheit."

Mila freute sich und lächelte Jan zu, der zurückzwinkerte. Er wusste von ihr und Michel und schien es Mila nicht krummzunehmen, dass sie so schnell einen neuen Freund gefunden hatte.

„Jazzy, es war cool, dass du so oft dabei warst", fand Mila. „Kommst du uns ab und zu besuchen?"

„Auf jeden Fall", versicherte Jazzy. „Und ich habe auch noch eine Überraschung für euch." Sie holte einen großen Karton unter dem Tisch hervor.

„Was ist das?", fragte Michel neugierig.

Jazzy öffnete den Deckel und holte einen dunkelroten Stoff hervor, den sie vor sich hielt und aufschüttelte.

„Ein Reitrock", staunte Mila.

„Die Firma hatte dank der Werbung durch Nele und mich eine so große Nachfrage, dass sie mir zum Dank ein paar Röcke geschickt hat", erzählte Jazzy. „Hier, der ist für dich." Sie reichte Mila den dunkelroten, samtigen Rock. „Obwohl das Kleid dir wirklich hervorragend steht, aber du wirst wohl kaum darin reiten, oder?"

Mila grinste. „Eher nicht. Aber der Rock ist toll. Vielen Dank, Jazzy!"

Auch Yasmin, Nele, Franzi und Isa bekamen einen Reitrock – und es gab einen in Kindergröße für Tini. Doch wo war die eigentlich?

„Sag mal, Tante Caro, wo ist denn Tini?", fragte Mila.

„Keine Ahnung", antwortete sie.

Da ertönte ein langes „Tut-tuut!" und mit viel „Tsch-tsch-tsch-tsch" bog Tini um die Ecke.

Sofort jubelten und lachten alle Schüler, denn die Verkleidung war diesmal sofort zu erkennen: Renate steckte in einem Pappkarton, der aussah wie eine Lokomotive, und Tini trug eine Kochmütze und eine von Frau Käthes bunten Schürzen. Dazu schwang sie noch einen Kochlöffel. „Ich bin endlich zurück!", rief Tini. Ihr Publikum war begeistert.

Michel legte Mila sanft von hinten die Arme um die Schultern und schob seinen Kopf neben ihren, sodass sie seine Haut an ihrer Wange spüren konnte.

„Wie schön, zu diesem verrückten Haufen dazuzugehören", flüsterte Michel Mila ins Ohr.

In Milas Magen flatterten Hunderte glücklicher Schmetterlinge durcheinander – und sie gehörten Michel und Tini und Frau Käthe, Charly und Adesso und ihren Freunden … und diesem ganzen bunten, wirbelnden, wunderwunderschönen Leben im Pferdeinternat *Inselglück*.

Emma Norden wurde 1978 geboren und malte sich schon als kleines Mädchen aus, Schülerin eines Reitinternats zu sein. Gerne wäre Emma so wie Mila und würde mit ihrem Traumpferd Adesso spannende Abenteuer erleben. Aber statt am Strand entlangzugaloppieren, schreibt sie fleißig Geschichten und wird von ihren Kindern auf Trab gehalten.